묵향 30
부활의 장
붉은 전갈 용병단

묵향 30
부활의 장

초판 1쇄 발행일 · 2012년 6월 20일
초판 4쇄 발행일 · 2023년 2월 28일

지은이 · 전동조
펴낸이 · 유용열
기　획 · 김병준
편　집 · 김은희, 유지원, 최승현
펴낸곳 · 도서출판 스카이미디어

주소 · 서울시 동대문구 용두동 234-35번지 대명빌딩 201호
전화 · (02)922-7466
팩스 · (02)924-4633
E-mail · skymedia62@hanmail.net
출판등록 · 제6-711호

Copyright ⓒ 전동조 2023

값 9,000원

ISBN · 978-89-6122-201-3　04810
ISBN · 978-89-92133-00-5　(세트)

※ 온라인상의 불법 복제물의 유포나 공유는 저작자의 재산권을 침해하는
　중대한 범죄 행위로 관련법에 의거해 처벌 대상이 됩니다.
※ 작가와의 협의에 의하여 인지는 생략합니다.
※ 잘못된 책은 본사나 구입하신 서점에서 교환해 드립니다.

DARK STORY SERIES Ⅳ

묵향

부활의 장

전동조 장편 판타지 소설

30
붉은 전갈 용병단

차례
붉은 전갈 용병단

깨어난 아르티어스 ················ 7

오크 풀 뜯어먹는 소리 ············ 29

여긴 다 내 땅이야, 나가! ·········· 45

발정난 여우 ···················· 61

붉은 전갈 용병단 ················ 83

6급 용병이 된 라이 ·············· 103

노예병들의 기중대 ··············· 125

크라레스의 속셈? ················ 145

차례
붉은 전갈 용병단

엘프들의 오랜 꿈 ······················ 161

실버 드래곤의 심술 ···················· 177

신관과 무녀 ························· 193

최강의 드래곤 제스미네어 ················ 211

첫 실전 투입 ························ 235

똑똑한 오크보다 교활한 올란도 ············ 255

치열한 전투 ························ 273

깨어난 아르티어스

DARK STORY SERIES

30

붉은 전갈 용병단

어스무스 엘 그랜딜 공작은 최근 행복에 겨워, 아무것도 먹지 않아도 배가 고프지 않을 정도였다. 그랜딜 공작이 얼스웨이 후작과 함께 골드 드래곤의 레어로 끌려왔을 때, 그는 레어를 지키는 멍멍이 생활에 만족하며 살아야만 했다. 그들의 주인이 된 골드 드래곤이 레어를 비운 채 외유를 하고 있을 때에도 그들은 감히 도망칠 엄두조차 내지 못했다.

이곳은 드래곤의 둥지. 마법에 능한 드래곤이 무슨 짓을 해놨는지 알 수가 없었기 때문이다. 만약 드래곤이 자신들 몰래 몸속 어딘가에다가 표식을 새겨놨다면 어떻게 되겠는가. 그들이 세상 끝까지 도망친다고 해도, 드래곤은 쉽사리 그들을 찾아낼 게 뻔했다.

사실, 게으르기 짝이 없는 아르티어스가 그런 짓을 해놨을 리 없지만, 엘프의 전설에 그런 내용들이 심심찮게 등장했기에 그랜딜은 자신의 주인도 당연히 그랬을 것이라고 철석같이 믿었었다.

그런 그랜딜이 간 크게도 감히 딴 생각을 하기 시작한 계기는, 100여 명의 부하들이 생기면서부터였다. 그리고 그 시작은 아주 사소한 것이었다. 그것은 바로 갑작스러운 인구 증가에 따른 식량 부족이었다.

해마다 한 번씩 말토리오 산맥의 드워프들이 공물을 바치기 위해 아르티어스의 레어를 방문했다. 그랜딜은 그때를 이용하여, 그들에게 자신들이 먹을 식량 조달을 부탁했었다. 그런데 일이 어떻게 꼬이다 보니 식량은 다 떨어져 버렸는데, 이미 도착했어야 할 다음 마을의 드워프들이 도착하지 않는, 그런 개 같은 경우가 발생하게 된 것이다.

이틀을 내리 쫄쫄 굶은 후, 그랜딜은 목숨을 건 결단을 내려야 했다. 이대로 굶어죽느니, 사냥이라도 해야겠다고 말이다. 만약 자신들의 주인이 잠에서 깨어나 레어 밖으로 무단이탈한 죄를 물을 가능성도 컸지만, 그래도 어쩔 수가 없었다. 이대로 굶어죽을 수는 없었으니까.

그랜딜은 일단 20명의 엘프들을 식량을 구해오라며 밖으로 내보냈다. 그런 다음 두려움에 가득 찬 눈으로 주인이 자고 있는 공동(空洞) 앞에서 무릎을 꿇고 대기했다. 주인이 깨어난다면 즉시 백배사죄 하기 위해서였다. 하지만 그의 예상과는 달리 드래곤은 깨어나지 않았다. 그제서야 그랜딜은 드래곤은 한번 잠을 자기 시작하면 최소 몇 십 년은 기본이라는, 엘프족에게 전해져 내려오는 고서의 내용을 확신할 수 있었다. 그리고 예상과 달리 주인의 감시가 그리 치밀하지 않을지도 모른다는 생각을 가지게 되었다.

그날 이후, 그랜딜의 활동 반경은 조금씩 그 범위가 넓어지기 시작했다. 줄곧 사냥만 하며 레어 안으로 돌아오지 않은 엘프가 밖에서 거주한 기간이 1년을 넘어섰을 때, 그랜딜은 마침내 결론을 내렸다. 그가 의심했던 대로 드래곤이 엘프들의 몸에 특별한 제재를 가해 놓지 않은 게 확실하다고 말이다.

문제는 일반 엘프가 아닌 대마법사인 자신에게 있었다. 게다가 다른 엘프들과는 달리 아르티어스를 주인으로 모시고 산 세월이 다르지 않은가.

더군다나 아르티어스는 레어 안 깊은 곳에서 잠이 들어있는 상태. 밖에 출타 중이라면 언제 돌아올지 몰라 감히 못된 생각을 품을 여지도 없었겠지만, 10년 동안 눈에 뻔히 보이는 장소에서 푹 자고 있다면 얘기는 달라진다.

한동안 그 문제로 고심하던 그랜딜은 무조건 부딪혀 보는 방법을 선택했다. 드래곤을 떠보기 위한 것인 만큼, 공간이동 마법까지 썼다. 그가 간 곳은 드워프 마을이었다. 만약 자신의 몸에 제재가 가해져 있어 드래곤이 깨어난다면, 일 때문에 외출을 했다고 변명을 할 수 있기 때문이다.

그랜딜이 드워프 마을에 공간이동 마법으로 도착하자, 일을 하던 드워프 하나가 그를 보고 꽁지가 빠지게 동굴 안으로 달려 들어갔다. 아마 자신들의 촌장을 부르러 간 것이리라.

드워프 촌장을 기다리며, 그랜딜 공작은 주위를 휘휘 둘러봤다. 내색은 하지 않았지만 등에서는 식은땀이 주르륵 흘러내렸다. 지금이라도 당장 분노한 골드 드래곤이 공간이동을 해 와 자신을 추궁할 것만 같았기 때문이다.

'꿀꺽! 젠장, 미치겠군.'

얼마나 긴 시간이 흘렀는지 모른다. 이때, 드워프 촌장이 동굴 안에서 달려 나왔다. 드워프와 엘프는 천성적으로 사이가 썩 좋지 못하다. 평소 드워프 마을에 엘프가 찾아온다면 당장 내쫓아 버렸겠지만, 그랜딜에게는 그렇게 하지 못했다. 왜냐하면 그랜딜이 아르티어스가 부리는 노예라는 것을 잘 알기 때문이다.

드워프 촌장은 딱딱한 표정으로 퉁명스럽게 용건만 물었다.

"그래, 이번에는 뭘 원하신다고 하십디까?"

"레어에 수리를 요하는 부분이 좀 있는데, 시급히 와서 손봐 줬으면 좋겠군."

레어를 수리하라는 말에 드워프 촌장은 살짝 인상을 찡그리며 대답했다.

"수리…, 라구요? 예, 알겠습니다. 일꾼들을 당장 보내도록 하겠습니다."

"그럼, 기다리겠네."

별로 급한 일이 아니었음에도 불구하고 그가 직접 공간이동 마법까지 사용하며 움직인 것은, 드래곤의 반응을 살펴보기 위함이었다. 드워프 마을을 방문하고 돌아온 그랜딜 공작은 레어에 돌아오자마자 드래곤이 자고 있는 공동으로 달려갔다.

공동 밖에서 경계를 서고 있던 엘프 2명이 그랜딜을 알아보고 인사를 건네왔다.

"그랜딜 공작 전하, 오셨습니까."

인사를 받으며 그랜딜은 급히 물었다.

"아무 이상은 없었느냐?"

"예. 그 어떤 변동 사항도 없었습니다!"

부하들이 큰 소리로 대답했기에, 그랜딜은 기겁을 해서는 소리를 낮춰 질책했다.

"쉿! 조용조용히 말하거라. 주인님께서 주무시는데 방해가 될까 두렵구나."

그랜딜의 질책에 엘프들은 목소리를 낮춰 대답했다.

"예, 옛! 조, 조심하겠습니다."

공동 안을 향해 가만히 귀를 기울여 보니 숨소리조차 들려오지 않았다. 드래곤은 입구 반대편에다가 머리를 두고 자고 있는지, 동굴 입구를 자신의 몸통으로 틀어막고 있는 상태였다. 만약 이게 드래곤이라는 것을 몰랐다면 황금으로 된 문이 입구를 가로막고 있는 줄로 착각할 정도다.

그때 그랜딜의 뇌리를 번쩍 하고 스쳐 지나가는 게 있었다. 그렇다. 전설에 따르면 드래곤이 잠에서 깨어날 때쯤, 마치 지진이 일어나는 듯한 미세한 진동을 일으킨다고 하지 않았던가. 그게 사실이라면 더 이상 드래곤이 언제쯤 깨어날까 걱정할 필요가 없어진다.

"경계를 서면서 뭔가 미세한 진동 같은 게 느껴지면, 나한테 즉시 보고하도록 해라."

"예, 공작 전하."

공동 입구를 벗어나는 그랜딜의 입가에는 미소가 어려 있었다. 드래곤은 깊은 잠에 빠진 게 확실했다. 그토록 마나에 민감하다는 드래곤이, 레어 안에서 공간이동 마법까지 썼는데도 불구하고 잠에서 깨어날 생각을 하지 않고 있다.

하기야, 지금 생각해 보니 모두들 마법공부를 한답시고 대규모 마법까지 레어 안에서 구사하기도 했지 않았던가. 그런데도 지금껏 드래곤은 세상모르고 뻗어 자고 있는 것이다.

"이건 확실해."

드래곤이 깊은 잠을 자는 게 확실한 이상 더 이상 조심할 필요는 없었다. 그토록 꿈에 그리던 고향에 돌아가 일가친지들을 만나본다고 해도 무슨 문제가 되겠는가.

"나중에 드워프들이 오면 레어의 수리를 시키도록 해라."

"알겠습니다, 전하."

"나는 잠시 밖에 나갔다가 돌아오마."

잠시라고는 했지만, 그가 가고자 하는 곳은 그리 가까운 곳이 아니었다. 그랜딜은 조심스럽게 주위를 둘러보며 품속에서 책자 한 권을 꺼냈다. 혹여, 드래곤에게 압수당할까 두려워하며 소중히 간직해온 책자. 그것은 바로 공간이동 좌표가 기록된 책자였다. 크루마 제국 황제의 문장이 그려져 있는.

'곧바로 초장거리 이동을 하는 것은 위험해. 커다란 마나의 파동이 그놈의 잠을 깨울 가능성이 있으니까. 처음 몇 번은 짧은 거리로, 레어에서 적당히 거리가 멀어진 다음에 초장거리 이동을 하기로 하자.'

생각을 정한 그랜딜 공작은 먼저 드워프 마을로 공간이동 했다. 마을에서 철물을 옮기며 돌아다니던 드워프 하나가 공작의 모습을 보고 눈이 휘둥그레지는 찰나, 그는 또다시 주문을 외워 2차 공간이동을 실시했다.

레어에서 꽤 멀리 떨어진 후에야 그랜딜 공작은 초장거리 공간이동 마법진을 그릴 수 있었다. 아무리 대마법사인 그라도 초장거리 이동을 주문만으로 실행할 수는 없었던 것이다.

"살아생전에 고국 땅을 다시 밟게 되는 날이 오게 될 줄이야."

가슴이 뜨거워진다. 그랜딜 공작은 자신도 모르게 눈물이 흘러내리는 것을 느꼈다. 그는 급히 눈물을 닦은 후, 공간이동 마법진의 중간으로 걸어갔다.

번쩍!

환한 빛이 사라졌을 때, 그곳에는 더 이상 그랜딜의 모습은 남아있지 않았다.

* * *

"주, 주인님께서 깨어나셨습니다!"

드래곤이 잠들어 있는 거대한 공동 안을 감시하고 있던 한 엘프가 다급한 목소리로 작은 수정구슬에 대고 외쳤다.

속마음 같아서는 주인님이 아닌 '미친 드래곤'이라든지, '도마뱀' 따위와 같은 원색적인 단어로 호칭해도 전혀 모자랄 것 없는 성질 더러운 존재였지만, 엘프는 애써 참으며 주인님이란 단어로 아르티어스를 호칭했다.

왜냐하면 그 커다란 덩치에 걸맞지 않게 귀가 엄청나게 밝아,

혹여 자신의 말을 들을 가능성이 있기 때문이다.

　여유로운 표정으로 차를 마시고 있던 그랜딜 공작은 갑작스러운 부하의 보고에 기절초풍할 만큼 깜짝 놀랐다. 드래곤은 한번 잠이 들면 100년, 200년은 우습게 곯아떨어지는 종족이라고 들었다. 그는 자신의 주인이 완전히 잠에 곯아떨어진 것으로 확신했기에, 오랜만에 찾아온 평화로움을 한껏 만끽하고 있었다.
　그런데 이게 무슨 청천벽력 같은 소리란 말인가? 기절초풍하지 않을 수 없었다. 얼마나 놀랐는지, 그랜딜 공작은 자신이 마시던 찻잔을 엎질러 입고 있는 로브 밑 부분을 더럽혔음에도 전혀 모를 만큼 정신이 없었다.
　그는 마음의 동요를 필사적으로 감추며 수정구를 향해 말했다. 하지만 그의 목소리는 심하게 떨리고 있었다.
　"지, 지금 당장 그리로 가겠다."
　공간이동 마법을 쓰면 한순간에 그쪽으로 갈 수 있었겠지만, 그는 지금 공간이동 마법 주문을 외울 수조차 없을 정도였다. 허겁지겁 달려가는 그랜딜 공작. 달리다보니 마음이 조금은 안정이 된다.
　마음이 안정이 되자, 곧바로 무책임한 조상들에 대한 분노가 뭉클뭉클 솟아올랐다. 엘프족 전설에 전해져 내려오는 내용이 완전히 거짓말이라는 게 드러났기 때문이다. 한번 잠을 자면 몇 백 년은 쥐죽은 듯 곯아떨어진다는 그 전설이…….
　'이런, 빌어먹을! 잘 알지도 못하면 아예 적지를 말아야지. 왜 그런 엉터리 정보를 적어놔서…, 하마터면 죽을 뻔 했잖아! 그나저나 어찌된 게 이놈의 드래곤은 시도 때도 없이 벌떡벌떡 일어나? 이놈은 잠도 없나?'

숨이 턱에 차도록 달려온 그랜딜 공작은, 경비를 서고 있던 엘프에게 안내를 받으며 밖으로 걸어나오고 있는 한 호비트의 모습을 볼 수 있었다. 그 호비트가 바로 드래곤임에 틀림없었다. 그는 비굴하게 고개를 조아렸다.

"편안하게 주무셨습니까? 주인님."

호비트는 심드렁한 표정으로 대꾸했다. 그의 짐작대로 호비트는 아르티어스가 변신한 모습이었다.

"그래. 내가 잠든 사이에 무슨 일은 없었느냐?"

"아무런 일도 없었습니다, 주인님."

드래곤을 일반적인 동물들과 평행선상에서 비교하기에는 무리가 있다. 보통의 동물들이 밤과 낮에 영향을 받는데 비해, 드래곤은 전혀 그런 것에 구애를 받지 않았다. 평소 그들은 잠을 자지 않는다. 한 번씩 취미 삼아 낮잠이라는 것을 자기도 했지만, 사실 그들에게 있어서 그런 행위는 불필요했다.

수백 년 동안 잠 한숨 자지 않고도 멀쩡하게 돌아다닐 수 있는 만큼, 잠을 잘 때는 한 번에 몰아서 자야 하는 게 그들이 지닌 숙명이다. 따라서 한번 자면 최소한 수십 년은 기본이다.

드래곤이 잠을 자는 이유는 졸리거나 피곤해서가 아니다. 몸에 필요한 각종 원소들은 물론이고, 마나를 대지로부터 흡수하여 몸을 튼튼하게 재구성하기 위한 과정이 잠이라는 형태로 표출되었던 것이다.

　타 차원으로 넘어갔다가 생각지도 못했던 엄청난 고수와 생사를 건 대결을 펼치는 과정에서 막심한 상처를 입었던 아르티어스. 다른 드래곤이었다면 그 피해를 복구하기 위해 최소 수백 년 이상 잠에 빠져있어야 했을 것이다. 하지만 그는 겨우 15년이라는 짧은 잠만 자고 깨어났다.

　물론 그 시간에 몸을 완벽하게 회복해서가 아니라, 아들에 대한 걱정 때문에 깨어난 것이다. 새로운 생을 다시금 시작하게 된 아들. 예전에 지닌 능력을 잃어버려 너무나도 나약하기 짝이 없는 그런 아들을 나 몰라라 하고, 어떻게 편안히 잠에 취해 있을 수가 있겠는가.

　그랜딜과 함께 밖으로 걸어 나오던 아르티어스는 곧 자신의 레어 안이 예전과 많이 바뀌었다는 것을 눈치 챘다. 을씨년스럽던 텅 빈 공간에 그림이나 조각상과 같은 예술품들이 놓여있는 등, 아무도 살지 않는 것 같은 썰렁한 모습이었던 레어 안이 지금은 화사한 온기로 가득 차 있었다. 그뿐만 아니라 예술품들 사이사이마다 예쁜 꽃들이 심어져 있는 화분들이 놓여 있어 상큼한 향기를 풍기고 있었다.

　구조물만이 바뀐 게 아니었다. 레어 여기저기를 돌아다니며 청소를 하는 등 바쁘게 움직이고 있는 엘프들. 다른 드래곤들의 둥지에 갔을 때, 아르티어스가 볼 수 있었던 모습이었다. 아주 잘 통제되고 있는 노예들의 모습 말이다.

　"호오, 그동안 제법 애를 썼구나."

"감사합니다, 주인님. 마음에 드셨다니 다행입니다."

"흠, 숫자가 많이 늘었는데, 식량은 모자라지 않았더냐?"

아르티어스의 질문에 그랜딜은 얼른 고개를 처박으며 대답을 했다.

"예, 저희들이 먹을 것은 몇 명을 밖으로 내보내 사냥을 하거나, 채집을 하는 것만으로도 충분합니다. 그리고 주인님께서 일어나시면 바로 식사준비를 할 수 있도록, 매일 사슴 1마리씩을 사냥해 보관해 두고 있었습니다. 만약 주인님께서 일어나시지 않으시면, 다음날 저희들이 먹으면 되니까요."

그랜딜의 꼼꼼한 일처리에 마음이 흡족해진 아르티어스는 고개를 주억거리며 말했다.

"잘했다. 그럼 식사를 준비하거라. 오랜만에 사슴 요리가 먹고 싶구나."

"옛, 주인님."

"참, 식사 준비는 드워프식으로 하라고 이르거라. 나는 엘프식보다는 드워프식의 기름진 요리가 좋으니까."

묵향을 따라 이리저리 돌아다니며 개고생을 하다 보니, 어느새 식성까지 닮아버린 아르티어스였다.

"예, 그렇게 지시하겠습니다."

그랜딜은 품 안에서 작은 수정구를 꺼내 식당에 근무하는 엘프들에게 명령했다. 주인님께서 드실 음식을 준비하라고 말이다.

식사가 준비될 동안 뭘 하며 기다리나 고민하던 아르티어스는 갑자기 뭔가 생각났다는 듯 그랜딜에게 물었다.

"내가 자고 있는 동안, 아버지의 레어에서 가져왔던 물품들에 대한 정리는 끝냈겠지?"

"여부가 있겠습니까, 주인님. 기존의 창고에 넣기에는 물품들의 양이 너무 많아 창고를 새로 하나 더 만들었습니다. 식사가 준비되기 전에 그쪽을 한번 둘러보시겠습니까?"

"잘했군. 그럼 한번 살펴보도록 할까."

"예, 주인님. 이쪽으로 오시지요."

그랜딜의 안내를 받으며 아르티어스는 마법물품 창고부터 천천히 둘러보았다. 산더미처럼 쌓여있는 각종 마법재료들. 과연 그랜딜이 자신있게 말했을 정도로 수많은 종류의 마법재료들이 용도별로 분류되어 일목요연하게 정리되어 있었다.

그랜딜은 흐뭇한 표정으로 창고 안을 둘러보는 아르티어스에게 현재 마법재료들의 수량과 지금까지 엘프들이 마법공부를 하느라 소비한 마법재료의 숫자를 조심스럽게 보고했다. 혹시 드래곤이 뭐라고 할까 걱정되었던 것이다.

하지만 그의 우려와 달리 아르티어스는 신경조차 쓰지 않았다. 엄청난 양의 마법재료들을 소비하긴 했지만, 대신 엘프들의 마법실력이 좋아지지 않았는가. 엘프들의 마법 실력이 뛰어날수록 부려먹기는 더 좋다. 알아서 열심히 공부를 하겠다는데, 그걸 왜 말리겠는가.

마법물품 창고를 둘러본 후, 아르티어스가 향한 곳은 재물들을 쌓아놓은 창고였다. 창고 앞에 도착하자 그랜딜은 얼른 품

안에서 서류 한 묶음을 꺼내 내밀었다.

"이것은 그동안 드워프들이 주인님께 바친 물품을 적은 목록입니다."

묵향을 만난 후, 아르티어스가 다시금 활동을 재개한 이래 그 지배하에 있는 드워프들은 매년 한 가지씩 공물을 만들어 바치고 있었다. 다른 드래곤들처럼 영토 내의 드워프들을 달달 볶는 것도 아니었지만, 그의 창고는 빠른 속도로 채워지고 있었다. 그럴 수밖에 없는 것이, 그가 자신의 영토라고 우기고 있는 말토리오 산맥은 엄청나게 광활했고, 그곳에 거주하고 있는 드워프들의 숫자 역시 헤아리기 힘들 정도로 많았기 때문이다.

목록을 슬쩍 훑어본 아르티어스가 흐뭇한 표정으로 창고 안에 쌓여있는 물품들을 살펴보고 있을 때 그랜딜이 조심스럽게 말했다.

"저 그런데…, 산맥의 가장 동쪽에 있는 5개 드워프 마을에서 9년 전부터 공물이 올라오지 않고 있습니다. 이를 어찌 처리해야 할지……?"

그 말을 들은 아르티어스의 얼굴에 피식 조소가 어렸다. 감히 드래곤에게 바칠 공물을 빼먹을 간 큰 드워프들은 존재하지 않았다. 그렇다면 원인은 뻔했다. 세상 물정 모르는 애송이 한 마리가 산맥으로 기어 들어온 모양이다.

"가장 동쪽에 있는 마을들이라고?"

그랜딜은 9년 전의 목록과 10년 전의 목록을 비교하여 보여주며 대답했다.

"예, 바로 여기에 있는 5개 마을들 입니다."
"그놈들이 왜 공물을 안 보냈는지 가서 살펴봤느냐?"
심드렁한 어조로 묻는 아르티어스. 하지만 그 질문을 들은 그랜딜은 당혹감에 식은땀을 주르륵 흘려야 했다.
'예리한 놈. 자는 동안 내가 여기저기 돌아다녔다는 것을 눈치 챘다는 것인가? 아니면, 나를 떠보는 건가?'
아르티어스의 의도를 알 수 없었던 그랜딜은 최대한 책잡히지 않도록 두리뭉실하게 대답했다.
"감히 주인님의 허락도 구하지 않고, 제 임의대로 그렇게 먼 곳까지 갈 수가 없어서……."
그랜딜의 대답에 아르티어스는 그럴 수도 있겠다는 생각을 했다. 자신이 생각해도, 자신의 영토는 과할 정도로 너무 넓었으니까.
"앞으로 그런 일이 있을 때는 나한테 즉시 보고하도록 해라. 물론 자고 있을 때는 빼고."
"예, 주인님. 그럼 지금 바로 정찰대를 파견할까요?"
그랜딜의 말에 아르티어스는 고개를 저었다.
"그럴 필요는 없다. 뻔한 거 아니겠냐. 세상물정 모르는 어린 놈이 하나 기어들어온 거겠지. 그 일은 내가 직접 처리하겠다."
"알겠습니다, 주인님."
"흠, 그나저나 지금쯤이면 식사 준비가 끝났겠지?"
아르티어스의 말에 급히 수정구를 통해 식당에 연락을 취해 본 그랜딜은 고개를 조아리며 말했다.

"방금 준비가 끝났다고 합니다, 주인님. 그럼 식당으로 모시겠습니다."

드래곤들은 드워프 외에도 여러 종족들을 노예로 부렸다. 경비를 세우는 데는 힘이 좋은 오크나 트롤, 오우거 따위를 썼고, 시중을 들게 하는 데는 아름다운 외모를 지닌 수인족(獸人族)이나 엘프 따위를 썼다. 오크나 드워프처럼 땅딸막하고 투박하게 생긴 놈에게 시중을 받는 것보다는, 그편이 훨씬 더 눈이 즐거운 게 사실이었으니까.

하지만 밖으로 싸돌아다니는 것을 즐기던 아르티어스는 레어에 노예들을 끌어들이지 않고 살아왔었다. 그런데 요즘 들어 그랜딜이나 얼스웨이를 시작으로, 엘프들을 노예로 부리고 보니 꽤나 편리한 것 또한 사실이었다.

예전에는 자신이 직접 요리를 해야 했지만 지금은 엘프들이 요리를 하는 것은 물론이고, 식탁까지 꽃으로 예쁘게 장식해 놨으니 얼마나 좋은가 말이다. 그런 의미에서 본다면 아버지의 던전을 탐색할 때, 얼스웨이 후작을 실험용으로 던져버린 것은 그의 실수라고 할 수 있었다. 그런 하찮은 용도로 쓰고 버리기에는 너무 과분한 엘프였으니까.

하지만 아르티어스는 그 일에 대해 후회는 전혀 하지 않았다. 정 필요하면 나가서 몇 마리 더 잡아오면 그만이라고 생각하는 그가, 엘프 한 마리 죽은 정도로 후회할 리가 있겠는가.

아무런 말도 하지 않고 음식을 천천히 먹고 있는 아르티어스.

하지만 그의 머릿속은 그 어느 때보다도 활기차게 움직이고 있는 중이었다.
　금단의 비술을 썼으니, 아들놈은 오래전에 태어났을 것임에 틀림없다. 별 탈 없이 성장했다면, 지금쯤 15살이 되었으리라. '별 탈 없이'라는 단서가 붙어있다는 게 문제였다. 만약 무슨 사고라도 당해서 죽어버렸다면, 그로서는 도저히 돌이킬 방법이 없었으니까.
　생각이 여기까지 미치자 향긋한 육즙이 흘러내리는 맛있던 사슴고기가 마치 모래를 씹는 것처럼 까칠하게 느껴졌다. 그는 나이프와 포크를 툭 내던지며 욕지거리를 내뱉었다.
　"끄응, 제기랄!"
　그러자 옆에서 식사 시중을 들고 있던 그랜딜이 깜짝 놀라 물었다.
　"음식이 입에 안 맞으십니까? 주인님."
　"그건 아니니 네가 신경 쓸 필요 없다. 식사는 됐고, 포도주나 한 병 가지고 와!"
　"옛, 주인님."
　잠시 후, 식탁 위의 음식들이 치워지고 포도주 한 병과 과자가 놓였다.
　아르티어스는 포도주 마개를 신경질적으로 딴 뒤 잔에 따라 벌컥벌컥 마셨지만, 그의 머릿속은 온통 아들놈을 어떻게 찾아낼 것인가로 가득 차 있었다. 하지만 아무리 궁리를 해봐도 뾰족한 수가 떠오르지 않았다.

'빌어먹을, 도무지 좋은 방법이 떠오르지 않는군. 그래! 브로마네스에게 물어보자. 그놈이라면 뭔가 기발한 아이디어를 생각해 낼지도 모르니 말이야.'

아르티어스가 포도주를 마시다 말고 갑자기 자리에서 벌떡 일어서자, 주변에서 시중을 들기 위해 서있던 엘프들은 겁에 질려 바닥에 납죽 엎드렸다. 상대는 포악하기 짝이 없는 드래곤이다. 얼굴 표정을 보아하니 식사가 그다지 마음에 들지 않은 듯했다. 식사를 하면서도 끊임없이 못마땅한 표정을 지은 것으로 미루어 보아, 어쩌면 식사를 준비한 자신들을 쓸모가 없다고 죽일지도 모른다는 공포에 모두들 얼굴이 새파랗게 질려 있었다.

하지만 아르티어스는 부들부들 떨고 있는 그들은 본 척도 하지 않고, 창백한 표정으로 고개를 조아리고 서있는 그랜딜을 향해 말했다.

"수정구를 내놔 봐."

아르티어스의 의도를 전혀 짐작할 수 없었던 그랜딜. 하지만 그 명령을 거부할 수는 없는 노릇이었다. 품안에서 수정구를 꺼내 건네는 그의 두 손이 두려움으로 인해 미세하게 떨렸.

하지만 아르티어스는 그랜딜이 내민 수정구를 받지 않았다. 그저 그랜딜이 들고 있는 수정구에 손바닥을 살포시 올린 뒤 뭔가 주문을 외웠을 뿐이다.

스팟!

곧이어 수정구가 밝은 색으로 빛나는가 싶더니 본래대로 돌아갔다.

"나에게 바로 연락되도록 마법을 걸어뒀다. 무슨 일이 있으면 연락하도록."

그제야 내심 안도의 한숨을 내쉬는 그랜딜 공작.

"예, 주인님."

"참, 그리고 어지간한 일은 네가 알아서 처리해. 날 귀찮게 하지 말고 말이야. 알겠지?"

그 말이 끝남과 동시에 희뿌연 빛 무리에 감싸지는 아르티어스의 몸체. 뿜어져 나오던 빛이 사라졌을 때, 그의 몸은 흔적도 없이 사라지고 없었다.

"휴우~."

아르티어스가 어딘가로 공간 이동해 버렸다는 것을 눈치 챈 그랜딜 공작은 그제야 안도의 한숨을 푹 내쉬었다. 허리를 꼿꼿이 편 그랜딜 공작은 바닥에 납죽 엎드리고 있는 엘프들을 향해 명령했다.

"주인님께서는 어딘가로 출타하셨다. 식탁을 정리하고 돌아가서 쉬도록 해라."

아르티어스가 자리를 비웠음에도 불구하고, 그의 어조는 공손하기 짝이 없었다. 그럴 수밖에 없는 것이, 이곳은 드래곤의 레어 안이다. 마법의 원조라고 불리는 드래곤이니 만큼, 아르티어스가 레어에 뭔 수작을 부려놨는지 모르지 않는가. 따라서 그저 조심, 조심 또 조심하는 수밖에 도리가 없는 것이다.

그랜딜의 지시에 따라 식탁 위를 치우며 부산하게 움직이기 시작하는 엘프들.

"이번에는 또 뭔 짓을 저지르려고 하는 거지?"

그랜딜은 텅 빈 레어 안을 물끄러미 바라보며 나지막한 목소리로 중얼거렸다. 갑자기 사라진 아르티어스의 행동을 도저히 이해할 수 없었던 것이다. 드래곤은 절대 강자였고, 그 어디에도 얽매이는 것이 없는 자유로움의 상징이었다.

하지만 그의 주인인 골드 드래곤은 그런 상식에 위배되는 행동을 지금껏 숱하게 저지르고 있었다. 다크 폰 치레아 대공을 양자(養子)로 삼는 파격을 저지르는 것으로도 모자라, 국가 간의 일에까지 깊숙이 개입했다.

지금껏 드래곤이 인간의 도시를 파괴한 적은 많았지만, 자신이 좋아하는 호비트를 위해서 그런 적은 단 한 번도 없었다.

그런데 그는 그런 짓을 했다. 그것도 하필이면 자신의 조국을 대상으로 말이다. 그리고 그때 자신이 가장 존경했던 엘프 또한 잿더미가 되어 사라져 버렸다. 크루마 제국의 모든 엘프들의 존경을 한 몸에 받고 있었던 티란 엘 그린레이크 공작을 말이다.

'이번에도 뭔가를 저지르려고 하는 게 틀림없어. 바깥세상의 일에 필요 이상으로 집착하는 드래곤. 그가 집착하는 게 뭘까? 그게 뭔지만 알아낼 수 있다면, 우리 엘프족에 커다란 도움이 될 수도 있을 텐데…….'

물론, 드래곤을 꼭두각시처럼 조종할 수 있을 거라고는 생각지도 않았다. 하지만 그것을 계기로 드래곤의 도움을 조금만이라도 얻어낼 수 있다면…, 그것만 해도 세상의 역사가 뒤바뀔 것이다.

브래스 한방 날리는 게 드래곤으로서는 별 일도 아니겠지만, 그 한방으로 크루마 같은 강대국이 휘청거린 것은 누구나 다 아는 사실이었으니 말이다.

　'흐흐, 어쨌든 어느 정도 행동의 자유를 허락받았으니 살맛이 나는구나.'

　이제 아르티어스로부터 공식적으로 자치권을 위임받은 것이나 다름없게 되어버린 그랜딜 공작. 그는 드래곤이 깨어났다는 부하의 보고를 받았을 때만 해도 최악의 상황을 각오했었다. 하지만 이제 보니 그게 아니었다. 이것은 오히려 커다란 기회였다.

　'드래곤이 나를 이 정도로 믿어줄 줄이야……. 이렇게 되면 놈의 이목을 속이고 일을 꾸미는 게 더욱 쉬워진다고 봐야겠지.'

오크 풀 뜯어먹는 소리

30

붉은 전갈 용병단

번쩍.

엄청난 마나의 파동과 함께 익숙한 존재감의 등장에 브로마네스는 만사를 제쳐놓고 레어 밖으로 달려 나왔다. 만면에 함박웃음을 지으며…….

"오~, 이게 누군가, 친구. 정말 오랜만일세."

예전에 왔을 때는 틱틱거리더니, 전과 달리 환대하는 걸 보면 뭔가 속셈이 있음에 틀림없었다.

"이렇게 반갑다고 하는 놈이, 지금까지 단 한 번도 연락조차 하지 않았냐?"

"뭐야! 연락을 안 하기는 누가 안했다는 거야? 10년 전에 내가 보낸 마법통신을 씹은 건 네놈이었잖아!"

브로마네스의 신경질적인 반응에 아르티어스는 찔끔 해서는 급히 사과했다.

"어, 그, 그랬나? 내가 그동안 좀 피곤해서……."

아르티어스의 말에 브로마네스는 단번에 그 사정을 눈치 챘다.

"아항~, 자고 있었던 모양이군."

아르티어스는 순순히 실토했다.

"그렇다네. 그러니 자네가 이해해 주게, 친구. 내가 그동안 좀 바빴나? 마음 같아서는 한 100년쯤 퍼자고 싶었지만, 처리해야 할 일이 있어서 억지로 몸을 일으킨 거라네."

"어쨌거나 한숨 푹 잤다니 다행이군. 자, 들어가자구. 너한테 보여줄 것도 있고 말이야."

브로마네스가 아르티어스를 끌고 간 곳은 높이 8미터 정도로 제작된 거대한 자신의 동상 앞이었다. 동상을 올려다보는 브로마네스의 얼굴은 흐뭇함과 자부심으로 가득 차 있다.

"어때, 대단하지?"

"대단하긴 하네. 제법 잘 만들었어."

대답은 시큰둥하게 했지만, 마음은 정반대였다. 드래곤인 이상 아르티어스 역시 금은보석에 무관심할 수는 없었기 때문이다. 동상을 바라보는 아르티어스는 너무나도 배가 아팠다. 그만큼 대단한 작품이었던 것이다.

새하얀 상아로 뼈대를 만들고, 금과 은으로 몸통을 붙인 다음, 각종 보석으로 끝마무리를 해놨다. 문제는 브로마네스는 이걸 자신의 동상이라고 만든 모양인데, 전혀 레드 드래곤처럼 보이지 않는다는 점이었다.

몸통에 붙인 금이 불빛에 번쩍거리는 것이 꼭 골드 드래곤처럼 보였다. 그리고 새하얀 상아와 은으로 인해 실버 드래곤처럼 보이기도 했다.

'젠장, 이건 개발에 편자야. 이런 돌대가리의 레어에 놔두는 것보다는, 내 레어를 장식하는 게 훨씬 더 잘 어울릴 텐데…….'

하지만 아르티어스는 그런 얘기를 꺼내 브로마네스의 기분에 초를 치지는 않았다. 아쉬워서 찾아온 것은 그였으니까.

연신 동상에 대한 자랑을 하면서도 '배 아프지' 하는 표정으로 아르티어스를 곁눈질하던 브로마네스는 의기양양하게 말했다.

"내가 데리고 있는 드워프 좀 빌려줄까? 너는 필요할 때마다 주변에 있는 드워프놈들을 잡아다가 일을 시킨다며? 그래서는 안 돼. 놈들이 제대로 실력을 갖추도록 훈련도 시키고, 또 협박도 하면서 공을 들여야 하는 거야. 그래야 자기들이 알아서 째깍째깍 예술작품도 만들어 바치고……."

아르티어스는 짜증스런 표정으로 손을 내저으며 상대의 말을 막았다.

"됐어. 나는 현재로도 충분히 만족해."

"이봐. 네가 그렇게 어정쩡하게 대하니까, 그놈들이 성심성의껏 일하지 않고 대충 시간만 때우고 마는 거란 말이야. 한두 놈 잡아다가 확실하게 맛을 보여 놓으면……."

"아아, 그건 됐어. 안 그래도 할 일도 많은데, 하찮은 드워프 따위에게 신경 쓸 시간 없어."

화려한 보물을 싫어하는 드래곤은 없다. 그런데 이런 강한 부정이라니. 뭔가 이상하다는 것을 느낀 브로마네스는 의심스럽다는 듯 아르티어스를 바라보며 물었다.

"시간이 없다고? 너 혹시…, 아직도 그 호비트를 살리려고 뛰어다니고 있는 건 아니겠지?"

"아니, 그건 이미 끝난 일이야. 실은 그거……."

브로마네스는 아르티어스의 말을 오해했다. 그는 호탕하게 웃으며 소리쳤다.

"핫핫, 이제야 네가 정신을 차렸구나! 그래, 축하한다. 보내줄 놈은 보내줘야지. 좋아! 이런 기쁜 날에 술을 한잔 안 할 수가 없지."

자신의 말이 도중에 씹힌 건 매우 짜증나는 상황이다. 그런데 문제는 자신의 말이 도중에 씹힘으로 인해, 브로마네스가 더욱 큰 오해를 했다는 데 있었다. 아르티어스로서는 그저 황당할 뿐이었다.

"아니, 그게……."

"흐흐, 너하고 마시려고 괜찮은 포도주 좀 준비해 놨어. 뭐, 나는 포도주보다는 좀 더 화끈한 걸 좋아하지만 말이야."

기분이 무척 좋은지 브로마네스는 곧바로 노예들에게 명령해서 술상을 준비하라고 일렀다. 확실히 브로마네스는 노예를 다루는 재주가 탁월한 모양이다. 그의 명령이 떨어지자마자 노예들이 사방에서 우르르 몰려나오더니 그들의 앞에다가 커다란 탁자 하나를 가져다 놓았다.

그리고 곧이어 여러 가지 음식들을 척척 가져오기 시작했다. 술안주로 먹는 것인 만큼 탁자 위에 차려진 것은 간단한 요리와 과자류, 그리고 고소한 견과류 종류가 주를 이루고 있었다.

"자, 앉아. 네가 그 호비트를 얼마나 좋아했는지는 나도 잘 알고 있어. 그래, 큰 결심했다."

브로마네스는 술잔 가득히 포도주를 따라 아르티어스에게 건

넜다.

"자네의 결단을 위하여!"

마지못해 술잔을 받아 쭉 들이켠 아르티어스의 얼굴은 떨떠름했다. 하지만 그에 비해 브로마네스의 얼굴은 무척 밝았다. 아니, 마음이 편치 않은 친구를 위해 일부러 밝은 표정을 짓고 있는 것처럼 느껴졌다.

"자, 죽은 놈은 죽은 놈이고……. 친구, 나하고 유희 한판 하지 않겠나? 예전처럼 둘이서 함께 말이야."

"다 늙어서 유희는 무슨 얼어 죽을 유희."

상대에게 어떻게 말을 꺼내야 할까 고심하고 있는 아르티어스였기에, 그의 대응에는 짜증이 묻어있었다. 하지만 브로마네스는 그런 말투에 전혀 개의치 않는다는 듯 활짝 웃으며 말했다.

"어허, 내 말을 먼저 잘 들어봐. 그럼 너도 흥미가 생길걸. 다란츠 해역(海域)에 꽤 많은 실버 일족들이 몰려 사는 건 너도 알고 있지?"

아르티어스가 고개를 끄덕이자 브로마네스는 급히 말을 이었다.

"그 녀석들이 이번에 꽤 커다란 일을 꾸미고 있다고 하더라고. 어때? 거기에 동참해 보는 것은?"

말을 듣던 아르티어스의 인상이 왈칵 일그러졌다.

"말이 되는 소리를 해라. 녀석들이 일을 꾸미는 데 끼어들어 봐야 무슨 재미가 있겠냐? 게다가 우리들의 도움 따위는 필요로 하지도 않을 텐데……."

그런 반응이 나올 줄 알았다는 듯 브로마네스는 피식 웃더니 장난기 가득한 어조로 말했다.

"흐흐, 내 말은 녀석들을 돕자는 게 아니라 훼방 놓자는 거야. 꽤나 재미있을 거 같지 않나, 친구?"

"훼방을 놓자고?"

순간, 아르티어스의 눈이 번쩍였다. 악동 기질이 다분한 그였기에, 이번 제안은 꽤나 구미가 당겼던 것이다.

아르티어스가 가장 싫어하는 일족이 무식한 레드라면, 그 다음 순위를 차지하는 게 힘만 센 실버였다. 바다에 사는 드래곤인 만큼 놈들은 육상 드래곤보다 월등한 덩치를 지니고 있었고, 그 덩치에 비례하는 타고난 능력까지 갖추고 있었다.

그래서인지 실버 드래곤들은 육상에 서식하는 드래곤을 2류 쯤으로 치부하며 깔봤다. 자기 잘난 맛에 살고 있는 아르티어스로서는 정말이지 열 받는 일이었던 것이다.

그런 놈들을 골탕 먹이는 일이라면 틀림없이 즐거우리라. 그것도 친구와 함께이니까, 그 즐거움이 2배쯤 되지 않을까? 하지만 아쉽게도 아르티어스는 그 계획에 동참할 수가 없었다. 그에게는 그것보다 더 중요한 일이 있었으니까.

"자네가 틀림없이 관심을 가질 거라고 생각했다네, 친구."

귀를 쫑긋하는 아르티어스의 반응이 마음에 드는지 브로마네스는 흐뭇하게 웃으며 포도주를 단숨에 들이키더니 말을 이었다. 브로마네스는 포도주를 음미하며 마시는 법이 없었다. 그 커다란 잔에 가득 채워서는 단숨에 털어 넣을 뿐…….

"물론 그놈들이 한꺼번에 떼거리로 일을 벌인다는 건 아냐. 실버 일족의 체면이 있지, 어떻게 그런 일을 하겠냐. 간단하게 말해 유희를 즐기려는 어린놈을 하나 꼬셔서, 그놈을 대리인으로 내세운 거야."

실버 일족 전체도 아니고, 그 대상이 어린놈 한 마리라는 말에 아르티어스는 짜증이 왈칵 솟구쳤다. 브로마네스 혼자서도 놈을 가지고 놀 수 있을 게 뻔한데, 뭘 함께 하자는 말인가? 하지만 아르티어스는 솟구치는 짜증을 애써 억눌러야 했다. 놈에게 부탁하기 위해 찾아온 처지였으니까.

"친구, 나는 별로 흥미가 없으니 하고 싶으면 자네 혼자 하시게나."

시큰둥한 아르티어스의 반응에 브로마네스는 김빠진 듯한 어조로 중얼거렸다.

"그래? 나는 네가 좋아할 줄 알았는데……."

"그거 말고 내가 좀 더 재미있는 유희 거리를 하나 제안하지."

그 말에 침울해 하던 브로마네스는 반색을 하며 급히 반문했다.

"오오, 좋은 건수가 있는 모양이군. 그게 뭔가? 친구. 자네 말만 들어도 벌써 구미가 동하는구먼."

"이 일은 우리 드래곤으로서도 해내기 힘든, 아주 난이도가 높은 일이지."

아르티어스가 짐짓 말을 끌자 브로마네스는 애가 타는 모양이었다.

"허, 이거 참! 내 성질 급한 걸 모르나? 빨리빨리 말해보게."

아르티어스는 자신의 호비트 아들을 '금단의 비술'이라는 마법을 사용하여, 다시금 환생하도록 만들었다는 것을 찬찬히 설명해 주었다.

아르티어스의 말을 다 들은 브로마네스는 어이가 없다는 듯 되물었다.

"정말로 살려낸 거냐? 그 비술이라는 걸 사용해서?"

"마법은 분명히 실행되었어."

브로마네스의 질문에 단호하게 대답한 아르티어스는 포도주를 한잔 더 입안에 털어 넣은 다음 말을 이었다.

"비술이 성공했으니, 그 아이는 분명히 다시 태어났을 거야. 문제는 그 아이를 내 능력으로는 도저히 찾아 낼 수가 없다는 거지. 그 망할 비술이라는 게, 자신을 죽인 적으로부터 몸을 숨기는 것까지 옵션으로 딸려있었거든."

잠시 어이가 없다는 듯 아르티어스를 빤히 쳐다보던 브로마네스는 곧 한숨을 푹 내쉬며 말했다.

"내 입으로 이런 말을 하기는 좀 그렇지만, 딴 건 몰라도 마법 실력만 따진다면 네가 나보다 한수 위잖아?"

"그건 그렇지."

"그런데 네가 못하는 일을 내가 할 수 있을 거라고 생각했나? 그것도 마법에 관계된 일을?"

"그래도 너는 나보다는 견문이 넓잖아. 아는 드래곤도 많고 말이야."

오지랖이 넓어 낄 데 안 낄 데 가리지 못하는 성격 탓에 견문이 넓어진 것이었지만, 부탁을 해야 하는 입장인 아르티어스는 애써 단어를 순화해 말했다. 아르티어스는 브로마네스를 그렇게 평했지만, 솔직히 브로마네스의 처지가 아르티어스 보다는 백배 나았다. 그에게는 사방에 원수들만이 즐비했으니까. 말토리오에 자리 잡았다가 그의 행패에 쫓겨난 드래곤들로……

"내가 아는 드래곤이 많다고 해도 이런 경우에는 전혀 도움이 되지 않는다네, 친구. 게다가 전생의 비술이라는 말은 오늘 처음 들어봤거든. 만약 그런 황당무계한 마법이 있는 줄 알았다면, 다른 드래곤들이 가만히 있을 줄 아나? 저능한 호비트 따위도 그런 방법을 이용해 생을 연장하는데 말이야."

"그렇게 쉽게 생각할 수 있는 문제가 아니야. 비술을 쓸 때 그 주변에 임신이 가능한 암컷이 있어야 하고, 또 일정한 시간 내에 수컷과 거시기를 해서 임신을 해야만 한다는 조건이 붙어있거든. 그런 마법으로 생을 연장하기에는 우리 드래곤 종족의 인구수가 너무 적어."

그 말에 브로마네스는 마치 김샜다는 듯 한숨을 푹 내쉬며 말했다.

"그런 짜증나는 제약이 있었군. 그 비술을 쓸 때, 일정거리 안에서 거시기를 하고 있을 동족이 과연 몇이나 있겠나? 아예 없는 거나 마찬가지지."

"그러니까 어린놈이나 괴롭히는 그런 시시한 짓거리는 집어치우고 어때? 내 일을 도와주는 것이. 네가 하려는 일보다, 훨씬 난이도도 높고 보람찬 일이 될 거야."

"보람차기는 개뿔이…, 그건 네놈에게나 해당되는 말이겠지."

"말을 그따구로 할래? 그리고 좀 도와주면 어디가 덧나냐?"

신경질적인 아르티어스의 말에 브로마네스는 냉담한 표정으로 대꾸했다.

"싫어. 보물을 찾는 것도 아니고, 호비트따위 찾는 건 재미 하나도 없다구."

"그러지 말고 좀 도와주라."

"싫다니까. 네놈 일을 훼방 놓는 거라면 또 몰라도……. 오호, 말하고 보니 그편이 훨씬 더 재미있겠는데. 흐흐훗."

그러자 아르티어스는 울컥해서 소리쳤다.

"빨갱이, 너 자꾸 그딴 식으로 삐딱하게 말할래?"

아르티어스는 온갖 위협과 협박을 동원해서 브로마네스를 설득하려 했지만, 씨알도 먹히지 않았다. 아니, 오히려 브로마네스는 계속 자신을 그딴 일로 괴롭힌다면 작심하고 아르티어스의 수색 작업을 방해하겠다고 협박했다.

만약 그것도 안 된다면 말토리오 산맥 일대에 살고 있는 모든 호비트들을 씨몰살시켜 버릴 수도 있다는 위협까지도 서슴지 않았다.

약이 바짝 오른 아르티어스는 만약 그딴 짓을 하기만 하면 브로마네스의 레어를 박살내 버리겠다고 맞받아쳤다. 그리고 이어진 것은 그야말로 유치하기 짝이 없는 공갈과 협박의 연속이었다.

결국 신경질이 머리끝까지 치밀어 오른 아르티어스는 자리를 박차고 일어서며 으르렁거렸다.

"이런 망할 새끼! 내가 다시 한 번 더 네놈에게 부탁하는 일이 있다면, 내가 드래곤이 아니라 오크다."

그러자 아르티어스 못지않게 열받은 상태인 브로마네스는 상대를 말리기는커녕 차갑게 대꾸했다.

"오크 풀 뜯어먹는 소리 하고 자빠졌네. 잘 가라, 오크 새꺄. 다시는 오지 마!"

분기탱천한 아르티어스는 치밀어 오르는 화를 이기지 못하고 부숴져라 이빨을 으드득 갈았다. 성질 같아서는 브로마네스의 둥지에다가 브래스라도 한방 날려버리고 싶었지만, 차마 그렇게까지 하지는 못했다. 그렇게 했다가는 브로마네스와는 완전히 끝장이라는 것을 그도 잘 알기 때문이었다.

둥지 밖으로 걸어 나가다 보니 입구 쪽에 세워져 있는 30여 개의 동상들이 보였다. 호비트는 물론이고 엘프, 드워프, 오크, 트롤, 오우거 등등······. 여러 종족들을 실물 크기로 제작해 놓은 것들이다.

입구 좌우로 도열해 있는 동상들은 마치 동굴을 통과하는 존재를 향해 예를 표하는 것 같은 포즈를 취하고 있었다.

주인이 꼴 보기 싫다 보니 그놈의 동상들마저도 눈에 거슬렸다. 하지만 아르티어스는 애써 참았다. 동상을 때려 부숴봐야 스트레스 해소도 별로 되지 않고, 브로마네스와의 관계는 더더욱 악화될 게 뻔했으니까.

브로마네스가 예전에 이 동상들을 보여주며 자신에게 얼마나 자랑질을 했던가. 물론 지금도 아끼는지는 모르겠지만, 아무튼 이것을 제작해 놨을 당시에는 무척 아꼈던 기억이 있다.

씩씩거리며 밖으로 걸어 나오던 그의 눈에 오크들이 보였다. 브로마네스의 레어 입구를 지키는 오크들이었다. 오크들은 잔뜩 겁에 질린 듯한 모습으로 황급히 아르티어스를 향해 비굴한 표정으로 고개를 숙였다. 자신의 주인과 함께 레어 안으로 들어간 이 호비트가 사실은 드래곤이라는 것을 녀석들도 눈치 챈 것이다.

"췩췩!"

드래곤의 심사가 안 좋다는 것을 녀석들도 느꼈지만, 그렇다고 도망칠 수도 없었다. 브로마네스로부터 동굴 입구를 지키라는 명령을 받았기 때문이다. 때문에 감히 눈을 마주치지도 못하고 슬그머니 딴 데로 눈길을 돌리는 오크들.

"이놈의 새끼들은 제대로 인사도 못해!"

퍽!

"꾸에엑!"

아르티어스에게 발길질을 당한 오크는 땅바닥에 나뒹굴었다가 재빨리 다시 원래 위치로 돌아왔다. 하지만 그 오크의 얼굴은 이미 죽음에 대한 공포로 인해 하얗게 변해있었.

호전적인 오크가 공포에 질려 부들부들 떠는 모습을 보기는 아주 어려운 일이었지만, 지금 입구 쪽에 모여 있는 오크들은 다들 똑같은 모습이었다. 두 눈을 질끈 감고 그저 아르티어스의 처분만 기다리며 달달 떠는 불쌍한 모습들. 상대가 대적 불가능한 드래곤이라는 것을 잘 알기에 나타나는 반응이었다.

한대 더 쥐어박으려던 아르티어스는 그 모습에 신경질적으로 손을 내렸다. 반항도 제대로 못하는 놈들을 쥐어 패봐야 짜증만 날 뿐이기 때문이다.

"빌어먹을! 반항이라도 좀 해야 괴롭히는 재미가 있지."

그런 의미에서 본다면, 과거 아들놈들과 함께 다니던 호비트들은 꽤나 괴롭히는 재미가 쏠쏠했던 놈들이었다. 처음에는 절절 기더니, 나중에는 제법 개기기까지 했으니까 말이다. 그렇다면 그놈들을 괴롭히러 갈까? 아니, 그건 아니었다. 그놈들에게는 시킬 일이 있었으니까.

이때, 그의 뇌리를 번쩍 하고 스쳐 지나가는 것이 있었다. 아르티어스는 손가락을 딱하고 튕기며 음흉한 미소를 지었다.

"맞아. 그놈이 있었지. 흐흐흐, 오랜만에 세상물정 모르는 손님이 오셨다 이거지? 내가 이러고 있을 게 아니라, 제대로 된 대접을 해드려야지."

여긴 내 땅이야, 나가!

붉은 전갈 용병단

과연 그의 예상대로 어린 드래곤 한마리가 들어와 있었다.

"어서 오십시오. 저희 집에 오신 것을 환영합니다."

자신의 기척을 읽고 밖으로 달려나오는 드래곤의 모습을 보고서야 아르티어스는 왜 이놈이 이 악명 높은 말토리오 산맥으로 제발로 기어들어 왔는지를 알 수 있었다.

물빛과도 같은 푸른 머리카락을 하고 있는 엘프. 아무리 엘프들의 외모가 특이한 데가 있다고는 하지만, 저런 색깔의 머리카락을 자연적으로 가지고 태어난다는 말은 들어본 적이 없었다.

"호오, 이번 손님은 실버였군. 그나저나 머리카락 색깔이 꽤나 근사한걸?"

아르티어스의 비꼬는 말투를 알아채지 못한 애송이 드래곤. 그는 자신의 머리카락 색깔의 칭찬에 활짝 미소 지으며 말했다.

"감사합니다, 손님. 그런데 저희 집에는 어쩐 일로 오셨습니까?"

아르티어스는 심드렁한 표정으로 말했다.

"그건 내가 묻고 싶은 말이야. 이 말토리오가 내 영토라는 것을 모르는 드래곤이 있을 거라고는 생각도 못했는데 말이지. 네놈은 지금 내 영토를 무단으로 침입하여, 내 드워프들을 강탈해 갔어. 네놈의 죄를 알겠지?"

애송이 실버 드래곤은 아연한 표정으로 대꾸했다.

"그, 그건 무슨 말씀이십니까? 여기는 말토리오 산맥이 아니라, 쟈코니아 산맥입니다만……."

"저쪽으로 가서 지나가는 호비트놈들을 붙잡고 물어봐라. 여기가 말토리온지, 쟈코니아인지. 내 영토에 들어와 자리를 잡은 것도 괘씸한데, 감히 내 드워프들까지 강탈해가?"

반대편인 아르곤 쪽 주민들은 이 산맥을 쟈코니아라고 불렀지만, 아르티어스가 손가락으로 가리킨 쪽에 사는 치레아 주민들은 자신들의 눈앞에 보이는 모든 산맥을 말토리오라고 불렀다. 거대한 산맥이 쭉 연결되어 있는데, 어디에서 어디까지가 말토리오고, 쟈코니아인지 헷갈렸기에 그렇게 하고 있었던 것이다.

하지만 하늘 저 높은 곳에서 볼 수 있는 드래곤의 입장에서는 말토리오와 쟈코니아가 헷갈릴 수는 없는 노릇이다. 엄연한 쟈코니아 산맥에 와서 말토리오라고 강짜를 부리고 있는 아르티어스의 저의가 의심스러워진 애송이 실버 드래곤. 그는 의혹이 가득 찬 시선으로 아르티어스를 탐색하며 대꾸했다.

"제가 백번 양보해서 여기가 말토리오라고 해도, 이 주변에는 그 어떤 드래곤의 기척도 느껴지지 않았는데요."

"흥, 대답할 가치조차 없다. 정 알고 싶으면 네놈 애비한테 가서 물어봐. 말토리오 산맥의 주인이 누구인지 말이야. 그리고 어린놈의 새끼가 감히 꼬박꼬박 말대꾸나 하다니, 너 오늘 한번 죽어봐라!"

"아, 아니……. 다짜고짜 왜 이러십니까? 우리 말로 하자구요. 꾸에에엑!"

처음부터 치밀어 오르는 분노를 풀기 위해 찾아온 아르티어스가 곱게 말로 끝낼 리가 있겠는가. 몇 번 투닥거린 결과, 애송이 드래곤은 절실히 깨달아야만 했다. 마법으로는 상대가 안 된다는 것을. 그렇다면 남은 방법은 단 하나밖에 없었다.

"이런 미친 드래곤 같으니라고! 내가 이대로 당하고 그냥 넘어갈 줄 알았냐!"

그 말이 끝남과 동시에 엘프의 몸에서 밝은 빛이 뿜어져 나왔다. 드래곤으로 현신하여, 상대를 짓밟아줄 생각인 것이다. 하지만 실전 경험이 전혀 없는 그는 알지 못했다. 드래곤으로 현신하는 그 짧은 순간이 가장 취약하다는 것을.

아르티어스는 그 모습을 보자 콧방귀를 뀌며 이죽거렸다.

"흥! 가지가지 하고 있네. 적을 코앞에 두고 현신을 하다니……."

퍼퍼펑!!

현신을 하는 동안 아르티어스의 공격에 고스란히 노출되었지만, 드래곤의 외갑은 막강한 방어력을 자랑했다. 그렇다고 고통까지 없는 것은 아니었다.

〈크으윽! 이런 젠장!〉

나지막한 신음 소리와 함께 자욱한 먼지 사이로 모습을 드러내는 은빛 거체. 성인식을 거친지 얼마 지나지도 않은 어린놈이었는데도 불구하고, 실버 드래곤은 엄청나게 커다란 덩치를 지니고 있었다.

오랜 세월 바다에 적응된 탓인지 실버 드래곤의 몸체는 군더더기가 거의 없는 완벽한 유선형에 가까웠다. 그리고 육상 드래곤과는 달리 날개가 붙어있지 않았다. 대신 물속을 헤치고 다니기에 알맞도록, 조금 넓적하게 진화한 꼬리는 두텁고도 강인해 보였다. 꼬리가 워낙에 튼튼해 보이다 보니, 상대적으로 뒷다리가 부실해 보이는 것도 사실이다.

"호오, 실버 일족의 본체를 보는 건 정말 오랜만이로군."

본체로 현신하는 도중에 두들겨 맞았기 때문인지, 애송이 실버 드래곤의 몰골은 처참하기 짝이 없었다. 하지만 겉모습처럼 상태가 그렇게 엉망인 것은 아니었다. 본체로 현신하는데 걸리는 시간은 아주 짧다. 그 짧은 시간동안 공격을 퍼붓는 방법은 주문을 필요로 하지 않는 용언마법 뿐이다.

하지만 본체로 현신하지 않은 상태에서는 높은 레벨의 용언마법은 사용이 불가능했다. 그 때문에 수십 방을 두들겨 맞았지만, 실버 드래곤의 외갑을 뚫고 내부에까지 충격을 안겨줄 만큼 강한 공격은 하나도 없었던 것이다.

〈아주 박살을 내주마! 후우욱!〉

본체로의 현신을 완료하자마자 머리끝까지 신경질이 나 있던 애송이 실버 드래곤의 입에서 엄청난 브래스가 터져 나왔다. 물의 기운을 지닌 실버 드래곤의 브래스는 막강한 파괴력을 자랑

한다. 세찬 물줄기가 강철을 잘라버리듯, 브래스는 그 앞을 가로막는 모든 것을 파괴하고 지나갔다.

콰콰콰콰!

하지만…, 문제는 아르티어스 어르신이 그런 브래스를 정면으로 맞을 만큼 멍청하지 못하다는 게 애송이 실버 드래곤의 불행이었다. 드래곤끼리의 싸움이라면 이미 도가 튼 아르티어스는 애송이를 상대로 본체로의 변환조차 하지 않았다.

마법만으로도 충분히 요리가 가능한데, 뭐하려고 귀찮게 본체로 현신하는 수고까지 하겠는가.

바로 코앞에 있었는데도 불구하고 아르티어스는 브래스가 날아오기 직전에 초단거리 공간이동을 해버렸다. 덕분에 애송이 실버 드래곤이 내뿜은 브래스는 아르티어스가 있었던 지점 위를 헛되이 쓸고 지나갔을 뿐이다.

그리고 곧이어 애송이 실버 드래곤은 아르티어스가 자신의 옆구리 근처로 공간이동 했음을 눈치 챘다. 약이 바짝 오른 애송이 실버 드래곤은 재빨리 목을 늘여 아르티어스를 아예 씹어 버리려고 했다.

콱!

하지만 안타깝게도 그의 이빨은 헛되이 허공을 씹었을 뿐이다. 그 이후로도 애송이 실버 드래곤은 아르티어스를 향해 자신의 가장 강력한 무기인 이빨과 꼬리를 미친 듯이 휘둘렀다.

하지만 죽어라 공격해도 미꾸라지처럼 살살 빠져나가는 아르티어스. 머리 뚜껑이 열릴 정도로 약이 바짝 오른 애송이 실버 드래곤은 아르티어스가 자신의 몸통 바로 근처에 있다는 것도 잊고 공격마법을 펼쳤다. 그만큼 열이 받은 것이다.

퍼펑!

〈쿠엑!〉

온몸으로 전해져 오는 엄청난 충격에 애송이 실버 드래곤은 자신도 모르게 비명을 내질렀다. 자신의 몸통에까지 피해가 올 것을 각오한 공격이었다. 물론 자신의 몸은 조금 아픈 정도에서 끝나겠지만, 상대는 아마 살아남기 힘드리라. 본체로의 현신조차 하지 않은 상태였으니까.

하지만 그 순간, 애송이 실버 드래곤은 자신의 코앞으로 날아오는 시뻘건 불덩어리를 볼 수 있었다. 그동안 요리조리 도망다니던 아르티어스가 큰 거 한방을 준비하고 있었던 것이다.

워낙 지근거리에서 가해진 공격이었기에, 실전 경험이 전혀 없었던 애송이 실버 드래곤은 당황해서 그저 멍하니 바라보기만 했다.

하기야 이렇게 가까운 거리에서 헬파이어가 갑자기 날아온다면, 성체 드래곤이라고 해도 방법이 없기는 매한가지일 것이다. 처음부터 방어주문으로 몸을 튼튼하게 감싸놨다면 또 몰라도…….

콰콰쾅!

〈꺼윽!〉

턱밑을 정통으로 직격당한 애송이 실버 드래곤의 머리통이 뒤쪽으로 확 꺾였다. 막강한 위력의 공격마법을 정면으로 허용

했음에도 불구하고 애송이 실버 드래곤은 죽지 않았다.

다만 그 엄청난 충격에 정신이 오락가락 하고 있는 상태! 그 순간, 아르티어스는 애송이 실버 드래곤의 다리와 꼬리가 연결되는 그 치명적인 급소 부위로 이동했다. 마법에 능한 아르티어스는 처음부터 트리플 스펠(Triple spell)로 헬파이어 주문을 외웠기에, 그의 손바닥 위에는 아직도 시뻘건 구체가 2개씩이나 남아있었다. 비릿한 미소를 지으며 아르티어스 어르신은 그 남은 두 방을 녀석의 거시기(?)에다 사정없이 던져버렸다.

콰쾅!

〈꿱!〉

쿵.

외마디 비명과 함께 애송이 실버 드래곤의 거체가 땅바닥에 처박히며 자욱한 먼지를 피워 올렸다.

부르르르.

난생 처음 느껴보는 그 지독한 고통에 비명조차 제대로 지르지 못하고 온몸을 그저 부들부들 떨고만 있는 애송이 실버 드래곤. 드래곤으로 태어난 이후, 아마 처음 느꼈을 것이다. 너무 아프면 비명조차 지르기 힘들다는 것을.

그런 실버 드래곤을 보며 아르티어스는 으르렁거렸다.

"또 다시 내 영토 주변을 기웃거리면, 그때는 아예 죽여 버릴 줄 알아. 알겠냐?"

애송이 실버 드래곤은 대답을 할 수 있는 처지가 아니었다. 너무 극심한 고통에 비명도 제대로 못 지르고 있는 상황인데,

대답할 정신이 어디에 있겠는가.
"이 정도로 타일렀으니 알아들었겠지. 쩝. 좀 더 큰놈이 왔으면 좋았을 텐데. 이건 너무 애송이가 되어놔서 스트레스 해소가 안 되잖아."
 말은 그렇게 하고 있지만, 거시기 부분을 꽉 움켜쥐고 부들부들 떨고 있는 애송이 실버 드래곤의 애처로운 모습은 그의 속을 확 풀리게 만들어 주었다.
 '어쨌거나 대충 기분은 풀었으니, 팔시온이라는 놈에게 가봐야겠군.'

* * *

쿠당당!
 느긋하게 누워 차를 마시고 있던 팔시온은 노크도 없이 문을 박차고 뛰어들어온 집사를 못마땅하다는 눈빛으로 쳐다보았다.
 "대, 대, 대공 전하. 밖에 드, 드……."
 팔시온은 더 이상 집사의 말을 듣지 않고 밖으로 뛰쳐나갔다. 집사가 경기를 일으킬 대상이라고 해봐야, 아르티어스 외에 누가 있겠는가 말이다.
 "어르신, 어서 오십시오."
 팔시온의 환대에 아르티어스는 아무런 대꾸도 하지 않고, 마치 이곳 대공관저가 자신의 집이라도 되는 양 성큼성큼 걸어가서는 탁자에 턱 하니 자리 잡았다. 팔시온은 마치 비 맞은 강아지처럼 잔뜩 움츠린 모습으로, 아르티어스의 눈치를 핼끔핼끔 살피며 그 옆에 자리 잡았다.

"무슨 하명하실 일이라도 있으십니까?"

"네가 다스리고 있는 치레아 공국 말이야."

"네."

"인구가 정확히 얼마나 되는지 알고 있냐?"

"대충 100만 명 정도라고……."

순간 아르티어스의 눈꼬리가 사납게 치켜 올라갔다. 그와 동시에 팔시온은 공포에 질려 온 몸에 소름이 돋아야만 했다.

"대충? 대충이라니. 말도 안 되는 헛소리 집어치우고, 당장 정확한 인구가 얼마나 되는지 알아봐!"

"그, 그게……."

"왜? 싫다는 것이냐?"

"그, 그건 아니고…, 뭣 때문에 그러시는지 이유를 가르쳐 주시면……."

"뭣이? 네놈 따위가 감히 내게 그딴 요구를 할 자격이나 된다고 생각하는 거냐?"

분노로 무시무시하게 번쩍이는 아르티어스의 눈동자. 지금 당장 팔시온을 씹어 먹어버릴 것만 같은 광기에 가득 차 있었다. 이미 마스터의 경지에 이른 팔시온이었지만, 그는 지금 자신이 마스터씩이나 되는 경지를 개척했다는 사실 자체를 잊어버렸다. 대신 그의 머릿속을 가득 메운 것은 지독하리만큼 끔찍한 공포였다.

여긴 내 땅이야, 나가! 55

"이, 이봐! 집사, 집사!"

"옛!"

팔시온의 다급한 부르짖음에 밖에서 대기하고 있던 집사가 미친 듯이 달려 들어왔다.

"지금 당장 본국의 인구를 조사하라고 일러라!"

"예? 평민들 인구를 말씀하시는 겁니까?"

그 말에 팔시온은 아르티어스의 눈치를 살피며 조심스럽게 물었다.

"어느 정도 수준까지 조사하라고 이를까요? 평민? 아니면 농노? 하명만 하십쇼."

"남녀노소를 막론하고 노예건 귀족이건, 모두 다."

순간 팔시온의 얼굴이 왈칵 일그러졌다. 그렇다고 대놓고 싫은 내색을 할 수가 없었기에, 팔시온은 집사를 노려보며 사납게 소리쳤다.

"어르신 말씀 들었지? 지금 당장 본국의 인구를 철저히 조사하도록! 평민이건 귀족이건, 노예건, 모두 다! 단 한 명도 빠져서는 안 돼. 알겠나!"

"옛! 즉시 그렇게 지시하도록 하겠습니다."

이때 옆에서 심드렁한 표정으로 지켜보며 앉아 있던 아르티어스가 불쑥 끼어들었다.

"정확한 숫자를 파악하려면 시간이 얼마나 걸리지?"

"최소한 유, 육 개월은 주셔야……."

생각보다 긴 시간에 아르티어스의 얼굴이 사납게 일그러졌다.

"유욱개월~?"

"그게 어쩔 수 없습니다, 어르신. 제가 아무리 닦달을 한다고 해도, 휘하에 있는 영주들에게 연락을 하고, 또 그 영주들이 자신의 밑에 있는 가신들에게 지시를 내리고……. 뭐 이런 식으로 해서 노예 한 명 한 명까지 다 숫자를 헤아려 보고를 받은 다음, 그 모든 보고서들을 받아서 집계하려면…….."

더듬거리면서도 필사적으로 너무 시간이 촉박하다고 말하는 팔시온의 말을 아르티어스는 금방 이해할 수 있었다. 전체 인구를 다 조사하려면 당연히 시간이 많이 걸릴 수밖에 없다는 것을. 그렇기에 아르티어스는 최대한 시간을 절약할 수 있는 방법을 제시했다.

"그렇다면 15년 전에 태어난 아이들만을 조사한다면 어떻겠나?"

아르티어스의 말을 들은 팔시온은 머리를 갸웃하며 급히 되물었다.

"그러니까 15세 정도의 아이들만 조사하라는 말씀이십니까?"

"그렇지. 대신 약간의 오차는 있을 수 있다는 거 알지? 듣자 하니 너희 인간들의 경우 예정된 날짜보다 훨씬 더 앞당기거나, 아니면 조금 늦게 태어나는 경우도 허다한 게 사실이잖아."

"물론입니다, 어르신."

아르티어스는 집사에게로 시선을 돌리며 물었다.

"그렇게 하면 시간이 좀 절약이 되겠나?"

"14~16년 전에 태어난 아이들만을 추려서 파악하려 한다면 시간이 단축되긴 할 것이옵니다. 하오나, 생각보다는 그리 많은 시간이 단축되지는 않을 듯 하옵니다. 왜냐하면 휘하의 영주들에게 지시를 내려, 그들로부터 답신이 올라오는데 걸리는 시간은 동일하니 말이옵니다."

아르티어스는 잠시 생각을 정리한 다음, 다시 명령을 내렸다.

"그렇다면 이렇게 하지. 방금 전에 말한 그 나이대의 아이들을 말이야, 치레아 공국만이 아니라 스바시에 그리고 크라레스 제국 전체로 확대해서 끌어 모으도록 해."

그 말에 팔시온은 경악했다.

"크, 크라레스 제국 저, 전체를 다 말씀이십니까?"

"그래, 전부 다!"

말도 안 되는 명령이라는 건 알지만, 팔시온으로서는 선택의 여지가 없었다. 지금 바로 죽임을 당하고 싶지 않다면, 시키는 대로 하는 수밖에 달리 도리가 없는 것이다. 어쩔 수 없다는 듯 가볍게 한숨을 내쉰 팔시온은 허탈한 음성으로 말했다.

"알겠습니다, 어르신. 가스톤에게도 어르신의 명령을 전하겠습니다. 그리고 루빈스키 대공에게도 말입니다."

"단 한 놈도 빠져서는 안 돼. 알겠어?"

"명심하겠습니다. 그런데 그 나이대의 아이들 숫자만 파악해서 알려드리면 되는 겁니까?"

아르티어스는 고민하지 않을 수 없었다. 금단의 비술을 썼으니, 분명 그 아이들 중에 자신의 아들이 있을 것이다. 하지만 아들을 무슨 재주로 알아낼 수 있단 말인가. 환생 전처럼 마나를 잔뜩 가지고 있는 것도 아닌데…….

그러다 문득 과거 아들놈이 크루마에 납치되어 행방불명되었을 때가 떠올랐다. 마나의 기운이 전부 사라져 버린 상황에서 그가 아들을 찾아낼 수 있는 방법은 단 하나도 없었다. 그때는 나이아드의 도움을 받았었지만, 이번에는 육체까지 바뀌어 버렸으니 제 아무리 나이아드에게 용빼는 재주가 있다 하더라도 아들을 찾아내지는 못하리라.

"끄응……."

이때, 기가 막힌 생각이 하나 떠올랐다. 아들의 영혼을 가지고 있는 만큼, 아들의 재능 역시 가지고 태어났을 가능성이 크지 않겠는가. 그리고 아들이 지닌 재능 중에서 가장 뛰어난 것은 바로 검술에 대한 것이었다.

"숫자를 알려줄 필요는 없고, 그 아이들에게 검술을 좀 가르쳐 봐."

"검술을…, 말씀이십니까?"

"그래, 검술. 기초적인 것이라도 괜찮아. 그래서 딴 애들보다 평균 이상으로 검술에 재능이 있는 애들은 몽땅 다 이쪽으로 끌어 모아. 알겠냐?"

"알겠습니다. 즉시 시행하라고 이르겠습니다."

기운차게 대답한 팔시온은 곧 뭘 생각했는지 애처로운 눈빛으로 아르티어스를 잠시 바라보더니, 주저주저하며 물었다.

"그렇게 하려면 제법 시간이 걸릴 텐데, 괜찮으시겠습니까?"

팔시온의 걱정은 당연했다. 크라레스 제국 전역에 걸쳐 검술에 재능이 있는 아이들을 끌어 모으자면, 인구 조사를 하는 것에 비해 훨씬 더 많은 시간이 필요했다.

그런데 문제는 이 성질 더러운 드래곤이 그때까지 참아주느냐 하는 것이었다. 그가 아는 아르티어스는 그 더러운 성질머리에 비례할 만큼, 인내심이라고는 두 눈을 씻고 찾아보려야 찾아볼 수 없는 드래곤이었으니까.

"물론이지. 네가 농땡이만 부리지 않는다면 내 기다려 주지."

걱정과는 달리 아르티어스가 시원스럽게 허락하자, 팔시온은 내심 가슴을 쓸어내렸다.

"어느 분의 명령인데 제가 감히 농땡이를 피우겠습니까. 그런 염려는 접어두십시오. 제가 직접 나서서 독려하도록 하겠습니다."

"대신! 단 한 명이라도 빠트려서는 안 되는 거 잘 알지?"

"옛, 어르신!"

호기롭게 대답하는 팔시온을 못미덥다는 눈초리로 쳐다보던 아르티어스는 갑자기 비릿한 웃음을 지으며 이죽거렸다.

"흐흐, 나중에 단 한 명이라도 빠트렸다는 것이 밝혀지면, 그때는 차라리 죽는 게 낫다는 생각이 들도록 만들어 줄 테다. 알겠냐?"

"며, 명심하겠습니다, 어르신."

아르티어스라는 절대적인 폭력 앞에 나약한(?) 팔시온으로서는 납쭉 엎드리는 것 말고는 달리 선택의 여지가 없었다.

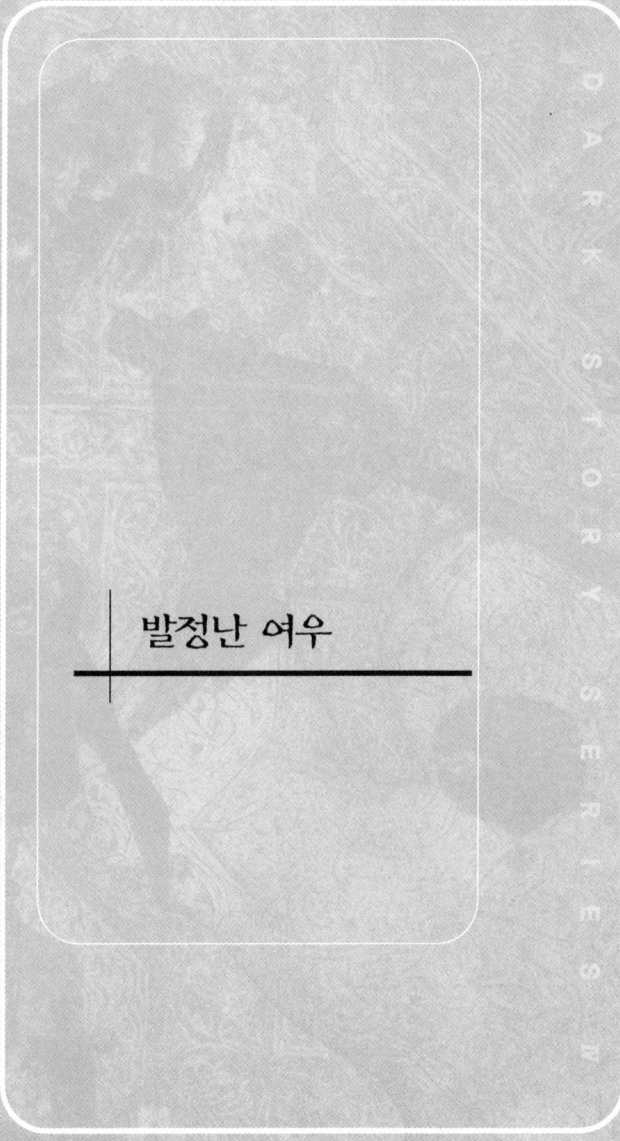

발정난 여우

30

붉은 전갈 용병단

따가닥, 따가닥.

목적지인 전갈 성에 도착했을 때, 라이는 기절한 채 말 등에 실려 있었다. 올란도가 성문 앞에 도착하자, 경계병들은 곧바로 그를 알아보고 얼른 성문을 열었다.

성문에서 그리 멀지 않은 곳에, 임무를 마치고 돌아온 말들에게 곧바로 물을 먹일 수 있도록 만들어 놓은 커다란 물통이 자리 잡고 있었다. 풍차를 통해 길어 올려진 물이 끊임없이 흘러 들고 있었기에 물은 비교적 깨끗했다.

물통 언저리에는 이미 수십 필의 말들이 묶여있었다. 올란도는 안장과 짐, 그리고 라이를 말 등에서 내린 다음 자신의 애마를 그 말들 옆에 묶었다. 말은 물을 보자마자 주둥이를 틀어박고 열심히 들이키기 시작했다. 그만큼 목이 말랐던 것이다.

"성에 도착했으니 라이를 깨워야겠군."

올란도가 고개를 돌렸을 때, 라이의 모습이 보이지 않았다.

"이 녀석이 어디로……?"

첨벙, 첨벙.

이리저리 뒤쪽을 둘러보던 올란도가 요란한 물소리에 고개를 그쪽으로 돌려보니 물통에 고개를 처박고 있는 라이를 발견할 수 있었다. 언제 깨어났는지 라이는 말에게 물을 공급하기 위한 물통을 부여잡고 게걸스럽게 물을 마시고 있었다. 엄청나게 목이 마르긴 말랐던 모양이다.

올란도는 급히 달려가 라이의 허리를 붙잡고 물통 밖으로 끌어냈다.

"놔! 이거 놓으라고. 물! 물을 마시게 해줘. 물~~."

"짜식아! 그렇게 갑자기 물을 잔뜩 마시면 죽어, 임마. 아무리 목이 말라도 조금씩 마셔야 하는 거라구."

하지만 이미 갈증에 눈이 뒤집힌 라이에게 그런 말은 통하지 않았다. 죽을 힘을 다해 물통으로 다시 기어가려는 라이와 밀고 당기기를 거듭하던 올란도는 짜증이 슬슬 치밀기 시작했다. 눈이 뒤집혀서 물통으로 기어가는 놈을 끌어당기자니, 힘도 들었고 말이다.

"젠장, 도저히 말로 해서 들을 수 있는 상태가 아니군."

올란도는 주먹으로 라이의 뒤통수를 힘껏 가격했다.

"큭!"

단 한 방이었다. 라이는 기절해서 축 늘어졌다. 올란도는 급히 품속에서 소금을 꺼내 가루로 만들어 라이의 입 안에 털어넣었다. 그런 다음 주위를 둘러보다 심부름을 시키기에 적당해 보이는 용병 하나를 찾아냈다.

"이봐, 자네."

"예? 저…, 말씀이십니까?"

"그래. 너 말이야."

그 말에 주춤주춤 다가오는 덩치가 큰 사내. 제법 용병 생활을 오래 해서인지 벌써 올란도가 자신에게 귀찮은 일을 시킬 것 같다는 짐작에 인상이 잔뜩 구겨져 있었다.

같은 용병들인 만큼, 자신의 직속상관이 아닌 이상 굳이 올란도의 명령을 따라야 할 필요는 없었다. 하지만 올란도는 덩치가 큰 사내가 마치 자신의 부하인양 주저하지 않고 지시를 내렸다.

올란도는 축 늘어져 있는 라이를 손가락으로 가리키며 말했다.

"이 녀석을 대기대(待期隊)에 넣어둬. 나는 지금 단장님께 보고 드리러 가야 하니까."

그러자 사내는 내키지 않는 듯한 표정으로 슬그머니 손사래를 쳤다.

"하, 하지만 저도 바쁜데……."

사내의 반응에 올란도는 가소롭다는 듯 말했다.

"호오, 꽤나 한가해 보였는데, 그렇게 바빴었나? 참, 나는 마틴 올란도라고 한다네. 들어보았는지 모르겠지만 말일세."

올란도의 이름을 듣자마자 사내는 마치 똥 씹은 것처럼 인상을 왈칵 일그러트렸다.

"서, 설마 그 발정난 여우라는……?"

사내의 말이 마음에 들지 않는 듯 올란도는 살짝 미간을 찌푸리며 대꾸했다.

"어허, 낭만 여우라고 불러주게. 남의 별명을 자네 마음대로 그렇게 함부로 바꾸면 안 되지."

그 말에 자신이 알고 있는 올란도가 확실하다는 걸 깨달은 사내는 곧 어쩔 수 없다는 듯 그 명령을 순순히 받아들였다.

"젠장, 알겠습니다. 이 녀석을 대기대에 넣어두기만 하면 되는 거죠?"

사내가 이렇게 금방 꼬리를 내릴 수밖에 없었던 이유는 용병단에 자자하게 퍼져있는 올란도의 악명 때문이었다. 올란도는 자신이 낭만 여우라고 불리길 원했지만, 다른 사람들은 모두들 그를 발정난 여우라고 불렀다.

'발정난'이라는 별명이 붙을 정도로 여자를 엄청나게 밝히는 주제에, 왜 그렇게 잔머리는 뛰어난 것인지. 더군다나 워낙에 뒤끝이 강한 인간이라서 한번 찍혔다가는 두고두고 괴롭힘을 당해야만 했다. 타고난 잔머리로 수단과 방법을 가리지 않는 그의 마수에 걸려 고생한 사람이 한둘이 아니었던 것이다.

투덜거리는 사내를 바라보던 올란도는 그 어깨를 가볍게 두들겨 준 뒤 부드럽게 말했다.

"자네가 자진해서 협조해 준다니, 정말 고맙군."

축 늘어져 있는 라이 문제가 해결되자 올란도는 단장에게 복귀 신고를 하기 위해 발걸음을 바삐 옮겼다.

마침 단장은 집무실에 있었다. 올란도는 군례를 올리며 단장에게 보고했다.

"71중대장, 마틴 올란도. 단장님의 명을 받아 신입 부대원 한 명을 노예상으로부터 인수한 후 지금 귀대하였습니다. 이에 신고합니다."

올란도의 경례를 받은 단장은 탐탁지 않은 듯한 표정으로 질책했다.

"왜 이렇게 늦었나?"

"신입 부대원의 실력을 테스트 할 겸, 사막을 한 바퀴 빙 돌았습니다."

계집질을 하다 늦은 게 아니라, 사막을 한 바퀴 빙 돌았다는 말에 단장의 딱딱했던 표정이 약간은 풀어졌다.

"그래? 수고했구먼. 그런데 본관은 자네에게 실력 테스트를 해보라는 명령을 내린 기억이 없는 것 같은데? 나간 김에 노예를 하나 인수해 오라고 했을 뿐이지."

"흐흐, 150골드나 주고 사오라고 하신 노예가 너무 볼품이 없어 보여서, 어떤 놈인지 살짝 맛을 봤을 뿐입니다."

자신의 질책에도 태연하게 대꾸하는 올란도의 태도에 단장은 그저 피식 웃기만 했다. 사실 올란도는 이런 곳에서 중대장이나 하고 있을 사람이 아니었다. 단장은 지금도 올란도를 볼 때마다, 그를 자신의 수하로 부릴 수 있다는 게 믿겨지지 않을 정도였으니까.

'저놈의 개차반 같은 성격만 바꿔도……'

하지만 그런 생각이 들 때마다 단장은 애써 고개를 저어야만 했다. 그런 올란도를 과연 자신이 감당할 수나 있을까 하는 우려 때문이었다. 사실, 올란도는 이런 용병단에 머물만한 그릇이 결코 아니었으니까.

잠시 올란도를 바라보며 입맛을 다시던 단장은 곧 정색을 하며 물었다.

"그래, 녀석의 검술 실력은 어떻던가? 테귤러가 호언장담을 할 정도니, 제법 쓸 만하겠지?"

그 말에 올란도는 속이 뜨끔했다. 그러고 보니 노예상에 있는 미모의 여자노예에게 홀딱 빠지는 바람에 검술 실력을 알아보지 못했다는 게 그제서야 떠오른 것이다. 물론 용병단으로 데리고 오는 도중에도 대련을 할 만한 시간적 여유는 충분히 있었지만, 깜빡 잊어버리고 하지 않았다.

라이를 괴롭히는 것에 재미가 들리는 통에…….

하지만 올란도는 임무를 소홀히 했다는 점을 시인하기 보다는, 곧 자신의 특기인 화려한 말빨로 화제를 은근슬쩍 돌렸다.

"150골드씩이나 주고 산 놈이니, 당연히 그 정도 값어치는 해야죠. 문제는 그게 아니라, 녀석을 우리 용병단의 일원으로 회유할 수 있을지가 관건이 아니겠습니까? 사실, 단장님께서도 그런 생각을 하셨으니까, 150골드라는 거금을 배팅하신 거겠지요. 주위에 널려있는 전쟁노예라면 그 반값만 줘도, 녀석보다 훨씬 더 대단한 실력을 지닌 놈을 구입할 수 있으니까 말입니다."

올란도의 말에 단장은 천천히 고개를 끄덕였다. 자신이 우려하는 바를 정확히 짚었기 때문이다. 일을 믿고 맡길 수 있는 수하를 둔 기쁨 때문인지, 단장의 얼굴에 희미한 미소가 떠올랐다.

"그건 자네의 말이 옳아. 그래, 자네가 그렇게까지 말할 수 있을 정도로 녀석이 쓸 만하더란 말이지?"

'어, 그런 뜻으로 말한 게 아니었는데요.' 라고 대답하고 싶었지만, 이미 물은 엎질러진 상태였다. 올란도는 썩은 미소를 애써 지으며 어색하게 말했다.

"무, 물론이죠. 괜찮지 않다면 제가 단장님께 이런 말은 하지도 않았을 겁니다."

단장은 그 대답이 마음에 든 듯 고개를 끄덕였다.

"자네가 그렇게까지 말하는 것을 보니, 녀석을 한번 키워보고 싶다는 뜻인 것 같군."

당연히 올란도로서는 그런 생각은 전혀 해본적도 없었다. 그런데 왜 얘기가 이런 식으로 흘러가고 있을까? 그건 단장이 올란도를 용병단에 붙잡아두고 싶었던 마음에 그 노예를 구입했고, 또 그런 이유로 올란도에게 노예를 인수해 오라고 보냈기 때문이다.

문제는 올란도가 자신의 게으름을 변명하기 위해 말한 것이, 단장에게는 노예에게 꽤 관심이 있다고 받아들여졌다는 점이다. 물론 그건 엄청난 오해였지만, 어쩌다 보니 올란도로서는 그 말을 거부할 수 없는 상황이 되어 버렸다.

'젠장, 얘기가 어쩌다가 이렇게 꼬인 거지?'

여자를 꼬시기에도 바쁜 자신이 왜 눈치를 보며 도망칠 궁리만 하는 꼬맹이를 키워야 한단 말인가. 더군다나 바짝 말린 멸치 같은 체형을 가지고 있는 형편없는 놈을 말이다.

하지만 지금으로서는 받아들일 수밖에 없는 상황이었다.

150골드나 주고 산 노예의 실력도 파악하지 않고, 녀석을 데리고 노는 재미에 너무 농땡이를 피운 것이 그의 발목을 잡은 것이다. 무엇보다 변명을 하느라 주저리주저리 헛소리를 한 게 결정적인 화근이었다.

"그렇게 해주시면 저야 고맙죠."

올란도가 떨떠름한 표정으로 대답하자, 단장은 씨익 미소 지었다.

"알겠네. 그렇다면 노예의 정확한 실력 평가가 끝난 뒤, 자네 중대에 배속시켜 주겠네. 한번 잘 키워 보게나."

"감사합니다, 단장님."

귀찮음에 일그러진 얼굴을 감추기 위해 얼른 고개를 숙인 올란도는 용건이 모두 마무리 되자 더 이상 귀찮은 일이 생기지 않게 잽싸게 단장실을 빠져 나가려 했다. 그런 올란도를 단장이 불러 세웠다.

"참, 한 시간 후에 간부회의가 있을 거야. 자네도 참석해 줬으면 하는데……."

"중대장급까지 모두 다 모이는 회의입니까?"

"그건…, 아니고 지휘관 회의일세."

지휘관 회의라면 용병단 내의 독립부대 지휘관들을 말하는 것이다. 5명의 연대장들과 그리고 3명의 독립대대장들.

"말씀은 감사합니다만, 저는 아직 거기에 참석할 계급이 되지 못해서 말이지요. 헤헤……."

"쯧, 자네의 생각이 그렇다면 어쩔 수 없지. 그만 가보게."

"옛!"

올란도가 단장실 밖으로 나가자 단장은 의자에 등을 깊숙이 기대며 그와 처음 만났던 때를 떠올렸다. 올란도가 용병단에 가입하고 싶다며 처음 자신을 찾아왔던 그날을.

그를 봤을 때 단장은 심장이 덜컥 내려앉는 줄 알았다. 처음에는 자신을 죽이기 위해 황실에서 파견한 기사인 줄 알았다. 온 몸이 저릿저릿할 정도의 패도적인 기운. 그런 기운을 그는 숨기지도 않고, 고스란히 내뿜고 있었다.

'내 실력이 이 정도니, 알아서 항복하라는 뜻인가?'

하지만 놀랍게도 그게 아니었다. 상대는 지금 자신의 존재감이 고스란히 밖으로 뿜어져 나가고 있다는 것조차도 의식하지 못하고 있었던 것이다. 침울하게 가라앉아있는 우울한 눈빛. 이건 세상 다 산 듯한 그런 눈빛이 아닌가. 한눈에 단장은 올란도에게 뭔가 깊은 사연이 있다는 것을 깨달았다.

"무, 무슨 일로 저를 찾으셨습니까?"

"사람을 구한다고 들었습니다."

그가 내뿜는 기세가 워낙에 강했기에, 부하들도 설마 이런 사람이 용병단에 입단하기 위해 찾아온 사람이라고는 생각도 하지 못했었던 모양이다. 하기야 정규기사단에 들어가고도 남을만한 기세의 소유자가 무슨 할 짓이 없어서 용병단에 가입하겠다고 찾아왔겠는가. 그것도 이런 변방에 위치한 용병단에 말이다.

"벌써 10년이나 되었군."

그가 이곳에 오고, 많은 일들이 있었다. 하지만 문제는 그가 전혀 용병단의 성장에 도움이 되지 않고 있다는 사실이었다. 임무를 게을리 한 것은 아니었지만, 평범한 용병 중대장의 실력 그 이상은 보여주지 않고 있다는 게 단장의 마음을 아프게 했다. 과연 무슨 가슴 아픈 사연이 있었기에, 저러고 있는 것일까…….

'그에게 좋은 자극제가 되었다는 것 하나만으로도 150골드를 쓴 값어치는 있군.'

하지만 곧이어 단장은 씁쓸한 어조로 중얼거렸다.

"정신을 차리는 것은 좋지만, 기사단에 들어가겠답시고 떠나 버리면 나만 손해잖아. 정말 이래도 되는 걸까?"

말은 그렇게 하면서도 단장은 자신의 결정을 바꿀 생각은 전혀 없었다. 그만큼 올란도를 아끼고 있었기 때문이다.

단장실을 나선 올란도는 곧바로 훈련장으로 달려갔다. 자신과 친한 교관을 만나기 위해서였다. 용병단 내에 신입이 들어오면 훈련소 교관이 실력 테스트를 행한다. 어느 정도 실력을 지니고 있는지를 알아야, 그에 맞는 곳에 써먹을 수 있을 테니 말이다.

라이를 자신의 부대에 배속시켜 주겠다는 말에 올란도가 뜨끔한 이유는 바로 그런 이유에서였다. 훈련소에서 실력 테스트를 받았는데, 평가가 영 형편없이 나온다면 방금 전에 자신이 단장한테 거짓보고를 올린 게 백일하에 드러나게 되지 않겠는가. 물론, 몸값이 몸값인 만큼 놈의 실력이 쓸 만할지도 모른다. 하지만 놈의 멸치 같은 몸매로 봤을 때는 영 못미더운 것 또한 사실이었다.

그런 만큼 무슨 짓을 해서라도 실력 테스트에서 우수한 평가를 받게 만들어야만 했다. 그리고 '무슨 짓' 중에서 가장 손쉬운 방법은 평가를 사전에 조작하는 것이라는 것은 올란도에게는 진리와 같은 해답이었다.

   *   *   *

용병 사내가 막사까지 업고 왔을 때도 세상모르고 잠에 빠져있었던 라이. 워낙 지쳤었기에 기절한 것이 곧바로 깊은 숙면으로 이어졌던 것이다.

한참을 곤하게 자고 있던 라이는 겨우 잠에서 깨어났다. 살며시 눈을 떴지만 아무것도 보이는 것이 없었다. 아직 한밤중인 모양이다. 무심결에 다시금 잠을 청하기 위해 눈을 감았던 라이는 갑자기 깨달았다. 자신이 누워있는 곳이 사막의 모래 위가 아니라는 것을. 온몸이 얼어붙는 듯한 살벌한 추위 대신, 따스한 공기가 주위를 감싸고 있었다.

"응? 어떻게 된 거지?"

깜짝 놀란 라이는 벌떡 몸을 일으켰다.

쿵!

"크윽!"

눈에서 불이 번쩍 했다. 아픈 머리통을 감싸 쥐며 더듬어 보니 머리 위쪽으로 나무의 질감이 만져졌다.

"아그그극, 머리야. 방금 전까지 사막이었던 것 같은데…, 도대체 여긴 어디지?"

두 눈에 힘을 주며 천천히 주위를 둘러보니 어두운 실내였다. 불은 켜져 있지 않았지만, 창문을 통해 들어오는 희미한 달빛 덕분에, 실내의 정경을 어렵지 않게 파악할 수 있었다.

자신이 머리를 박은 것은 천정이었다. 2층 침대의 위쪽에서 자고 있었던 것이다. 고개를 돌려 주위를 살펴보니, 자신이 자고 있는 것과 같은 2층 침대가 4개 정도 더 있었다. 그러니까 층마다 침대 5개, 총 10명이 잘 수 있도록 만들어진 방이다.

"드르렁……."

"으드득, 뽀드득!!"

방에는 라이 혼자 있었던 것이 아니었다. 코를 고는 놈도 있고, 또 어떤 놈은 외나무다리 위에서 웬수라도 만난 듯 무서운 기세로 이빨을 갈아대고 있었다.

라이는 주위를 살피며 살그머니 침대 밑으로 내려갔다. 그리고는 살금살금 걸어 문 쪽으로 다가갔다. 귀를 기울여 밖의 동정을 살폈다. 밖에서는 아무런 기척도 들려오지 않았다. 문을 열고 밖으로 나가볼까 고민하고 있을 때였다.

그때 라이의 눈에 띈 것이 작은 창문이었다. 라이는 재빨리 창문 앞으로 다가갔다. 창문 밖으로 보이는 광경. 높은 성벽 위에는 주위를 환하게 밝혀주는 화톳불이 타오르고 있었고, 경계를 서는 보초병들의 모습이 보였다.

그제서야 현 상황을 이해한 라이가 감격스런 어조로 중얼거렸다.
"그렇지. 성으로 간다고 했었지. 성에…, 겨우 도착했구나. 도착했어."

그러자 흐릿하던 기억들이 하나씩 떠올랐다. 목이 타들어 가는 듯 했던 갈증. 앞에서 성큼성큼 걸어가는 올란도를 놓치지 않기 위해 라이는 필사적으로 걸었었다. 발이 마치 지면에 쩍쩍 달라붙는 것처럼 무거웠지만, 그래도 악착같이 올란도의 뒤를 따라갔었다. 그를 놓치면 죽는다는 생각에…….

결국 자신이 해 낸 모양이다. 라이는 스스로가 그렇게 대견할 수가 없었다.

"그때는 괴로워서 죽을 것만 같았는데……?"

그런데 어떻게 이렇게도 몸이 가뿐할 수가 있지?

침대라고는 하지만 딱딱한 나무 침상에 그저 이불 하나 덮고 잔 것이기에 편한 잠자리라고 말하기에는 어려웠다. 하지만 곰곰이 생각해 보니 잠자리 때문은 아닌 것 같았다.

올란도와 사막으로 들어선 이후부터 그랬다. 밤새도록 덜덜 떨면서 걸어야 하는 게 결코 쉬운 일은 아니다. 요 근래 많이 좋아졌다고는 하지만, 오크족 노예 생활로 인해 피폐해진 체력이 완전히 회복된 것도 아니었다. 아직까지도 빈약한 근육이 그걸 잘 말해주고 있었다.

그런데 이상하게도 요즘 들어 아침에 쓰러지듯이 잠을 자고 일어나면, 온몸에 활력이 용솟음치는 걸 느낀다.

'내가 옛날에도 그랬었나?'

라이는 잠시 자신의 앙상한 손을 바라보다 천천히 고개를 흔들었다. 예전에 집에서 지내던 그 시절, 몸 상태가 훨씬 더 좋았던 그때도 이렇지는 않았었다. 아버지가 시켜 엄청나게 쌓인 장작을 패고 난 뒤, 온몸을 쑤시는 근육통에 며칠 동안 고생한 것이 어디 한두 번이었던가. 그건 수련이라는 미명하에 받아야 했던 검술훈련 때도 마찬가지였다.

"뭔지는 잘 모르겠지만, 내 몸이 바뀌었어."

잠을 자고 나면 활력이 샘솟는 듯한 이런 이상한 현상이 일어나기 시작한 게 언제부터였더라? 기억을 더듬기 시작한 라이의 머릿속에 곧 한 사람의 모습이 떠올랐다.

아름다운 이국적인 분위기의 여인.

곧이어 그녀의 비현실적인 검무가 떠오르자, 라이는 애써 고개를 가로저으며 중얼거렸다.

"그런 개꿈은 떠올려 봐야, 정신만 사나워지고……."

그때 머릿속에 번쩍하고 떠오르는 게 있었다.

"맞아. 그러고 보니 테귤러 씨가 내 몸의 활성도를 높여줬다고 했었지. 대신관에게 부탁해서 말이야. 그래, 그거야. 그것 때문인 게 분명해."

라이는 오크 소굴에서 구출될 때 만났던 사제가 신성마법을 쓰는 것을 직접 경험한 이후, 신의 존재에 대한 것이라면 무조건 믿기로 했다. 예전에 마을에 있을 때 신의 존재에 대한 얘기를 들었을 때는 무슨 옛날 얘기 듣는 것처럼 무감동했던 게 사실이었지만, 자신의 눈으로 직접 보게 되자 믿지 않을 도리가 없었던 것이다.

그런데 사제보다 훨씬 지위도 높고, 신앙심도 깊다는 대신관이 자신에게 직접 신성마법을 걸었었지 않은가. 맞다! 그랬기에 요즘 잠만 자고 일어나면 몸이 개운해지고 활력이 샘솟는 것이리라.

머릿속을 가득 채운 의문이 해소되자 라이는 자신의 오줌보가 터지기 일보직전이라는 사실을 깨달았다. 그러고 보니 커다란 물통에 머리를 처박고 벌컥벌컥 물을 마셨던 기억이 어렴풋이 떠오른다. 그때 자신의 주위에는 말들 역시 코를 처박고 물을 마시고 있었다.

"우웩! 이런 젠장, 아무리 내가 정신이 없었다고 해도 그렇지. 말들이나 먹는 그딴 더러운 물을 머리까지 처박고 마셨다니……."

지금은 단지 생각하는 것만으로도 속이 메슥거릴 정도지만, 그때는 정말 아무 생각도 나지 않았다. 오로지 물을 마셔야겠다는 것 외에는.

"젠장, 이제 와서 후회해 봐야 뭐해. 이미 뱃속에서 소화가 끝나 밖으로 튀어나오려고 하고 있는데 말이야."

중얼거리던 라이는 살금살금 문 쪽으로 다가갔다. 오줌을 핑계로 문밖을 살펴볼 생각이었던 것이다. 라이가 조심스럽게 문을 빼꼼이 여는 순간, 갑자기 어둠속에서 거친 사내의 목소리가 들려왔다.

"무슨 일이냐?"

'허억!'

너무 놀라 하마터면 오줌을 싸버릴 뻔 했다.

'기왕에 들킨 것.'

라이는 당당하게 문을 열고 밖으로 나갔다. 긴 복도가 먼저 눈에 들어왔다. 그리고 복도를 중심으로 그 양쪽 끝에 중무장한 병사들이 2명씩 서서 경비를 서고 있었다. 그 중 라이의 방과 가까운 위치에 있는 병사들 중 한 명에게 조심스럽게 말을 걸었다.

"수고하십니다. 저, 소변이 마려워서……."

병사는 손가락으로 한쪽 방향을 가리키며 말했다.

"화장실은 저쪽에 있다. 왼쪽에서 3번째 문이야."

"감사합니다."

'휴우, 이제 살겠네.'

오줌을 누면서도 라이는 이곳이 성은 성이라고 생각했다. 잠자는 방 앞에도 중무장을 한 병사들이 지키고 있다니. 지금까지 그가 잡혀있었던 그 어떤 곳보다도 탈출하기 힘든 곳일 가능성이 컸다. 더군다나 성 밖은 뜨거운 사막! 도저히 도망칠 방법이 없었다.

볼일을 마친 라이가 힘없는 발걸음으로 자신이 깨어난 방으로 돌아가고 있을 때, 방금 전의 그 병사가 말을 걸었다.

"좀 더 자두도록 해라. 해가 뜨려면 아직 멀었으니까."

"예."

병사의 조언대로 라이는 좀 전에 일어났던 침대를 찾아 드러누웠다. 잘 수 있을 때 푹 자서 체력을 비축해야 할 필요가 있었다. 그건 오랜 시간 노예생활을 하며 체득한 경험에서였다.

꼬로로록······.

오줌을 누고 나니, 이번에는 배가 격렬하게 고파오기 시작했다.

'내가 언제 밥을 먹었었지?'

물통에 머리를 처박았던 것까지는 기억이 나는데, 그 뒤는 아무리 생각을 해도 떠오르지 않는다. 물론 그 이전의 기억도 반쯤은 정신이 나간 상태였기에 가물가물하기만 했다.

'내가 물통에 머리를 처박은 게 아침때였나, 점심때였나? 그런데 지금은 오밤중이니 도대체 몇 시간을 잔거야? 그러니 몸이 가뿐할 수밖에 없네.'

정신을 잃기 시작했을 때에는 물이 거의 다 떨어진 상황이라 밥도 제대로 먹지 못했다. 그 허기가 한꺼번에 몰려오고 있는 모양이다. 하지만 라이는 애써 잠을 청하려고 노력했다. 오크족의 감옥에 갇혀있을 때, 배고픔을 잊는 데는 잠자는 게 최고라는 것을 배웠으니까.

하지만 잠을 자려고 노력할수록 정신은 더욱 맑아지고 있으니 그게 문제였다. 배는 고프고, 더군다나 주위에서 들려오는 요란한 코고는 소리와 이빨 가는 소리. 소음에 신경이 거슬릴수록 잠과는 더욱 거리가 멀어졌다. 정말이지 미칠 지경이다.

라이는 양쪽 귀를 손으로 꽉 틀어막으며 중얼거렸다.

"다른 걸 생각해야 해. 오크 소굴에서도 다른 사람들과 잘만 생활했었잖아."

 이럴 때는 관심을 다른 쪽으로 돌리는 게 좋았다. 그편이 시간도 훨씬 잘 흘러갈 것이고 말이다. 그렇기에 라이는 이리저리 다른 것들을 생각하려고 노력했다. 하지만 떠오르는 것은 비관적인 생각들뿐이었다.

 그러다 문득 어릴 때 들었던 영웅담이 떠올랐다. 아무도 병역을 이행하지 않으려는 산골 오지를 지키기 위해, 죄수들이나 노예들을 병사로 써먹었다는 얘기. 그 얘기에 나왔던 노예들처럼 자신도 도적떼나, 아니면 사막에 서식하는 몬스터나 때려잡다가 생을 마치게 되리라.

 '말도 안 돼!'

 갑자기 라이는 고개를 세차게 저었다. 이런 생각을 해서는 안 된다. 긍정적인 생각만을 해야 한다. 영웅담에도 나오지 않던가. 비관적인 생각만 해서는 난관을 벗어날 수 없다고 말이다. 그래서인지 영웅담의 주인공들은 모두들 하나 같이 활기찼고, 긍정적인 사람들뿐이었다.

 '그래! 내가 모든 것을 포기하고 이대로 노예로 죽을 줄 알아? 나를 잘못 봤지. 내 무슨 짓을 해서라도 반드시 여길 탈출하고 말거야. 아니, 탈출할 수 있어!'

 라이는 이곳에서 탈출하려면 뭘 해야 하는지부터 생각했다. 우선 상관들의 환심을 사 그들을 안심시키는 동시에, 주변의 지리를 파악하는 게 먼저였다. 사막이라는 게 얼마나 무서운 곳인지는, 이곳에 오는 도중에 뼈저리게 느꼈으니까.

이리저리 잡다한 생각을 하던 라이의 머릿속에 문득 이국의 여인이 등장했던 그 꿈이 떠올랐다. 그녀가 췄던 아름다운 칼춤. 그리고 그녀가 몸속의 기운을 수련하던 괴이한 방법. 꿈에서 깼을 때는 마치 방금 전에 그런 일이 일어났었던 것처럼 뇌리에 선명했었는데, 그새 며칠이나 지났다고 모든 게 희미해져 버린 상태다.

"그것 참, 예쁜 여자였는데……. 그나저나 내가 그런 여자를 언제 본적이 있었나? 아니면 예전에 들었던 영웅담들 중에서 그런 여자가 나온 대목이 있었던가?"

아무리 생각해 봐도 자신이 왜 그런 괴이한 꿈을 꾸게 된 것인지 이해할 수가 없었다.

"에이, 관두자. 개꿈이 달리 개꿈이겠어? 아무 상관도 없으니까 개꿈이지. 그건 그렇고, 그 여자가 나오는 꿈을 다시 한 번 더 꾸고 싶어. 정말 예뻤는데 말이지."

중얼거리며 라이는 눈을 살며시 감았다. 그리고 그녀의 모습을 떠올려 보려 했지만, 쉬운 일은 아니었다. 얼굴은 거의 생각나지 않고, 그녀가 입고 있던 옷차림의 윤곽만이 어렴풋이 떠오를 뿐이다. 오늘밤에도 그녀를 다시 한 번 볼 수 있을까? 그러면 좋겠는데…….

하지만 라이의 생각은 오랜 시간 그녀에게 고정되지는 못했다. 좀 더 현실적인 부분으로 생각이 옮겨가기 시작했기 때문이다.

'먼저 성 주변의 지리부터 파악하는 게 우선이야.'

올란도! 그 호색한 인간은 여기까지 오는 내내 여자 얘기만 했지, 탈출에 도움이 될 만한 얘기는 거의 해주지 않았다. 밤에 걷고, 낮에는 잠을 자야 한다는 것. 그리고 모래뿐인 사막이라고 하지만, 어딘가에는 오아시스가 있다는 것을 가르쳐 줬다. 하지만 정작 중요한 오아시스의 위치는 가르쳐 주지도 않았고, 거기를 어떻게 찾아가야 하는지에 대해서는 아예 말도 꺼내지 않았다. 능구렁이 같은 자식.

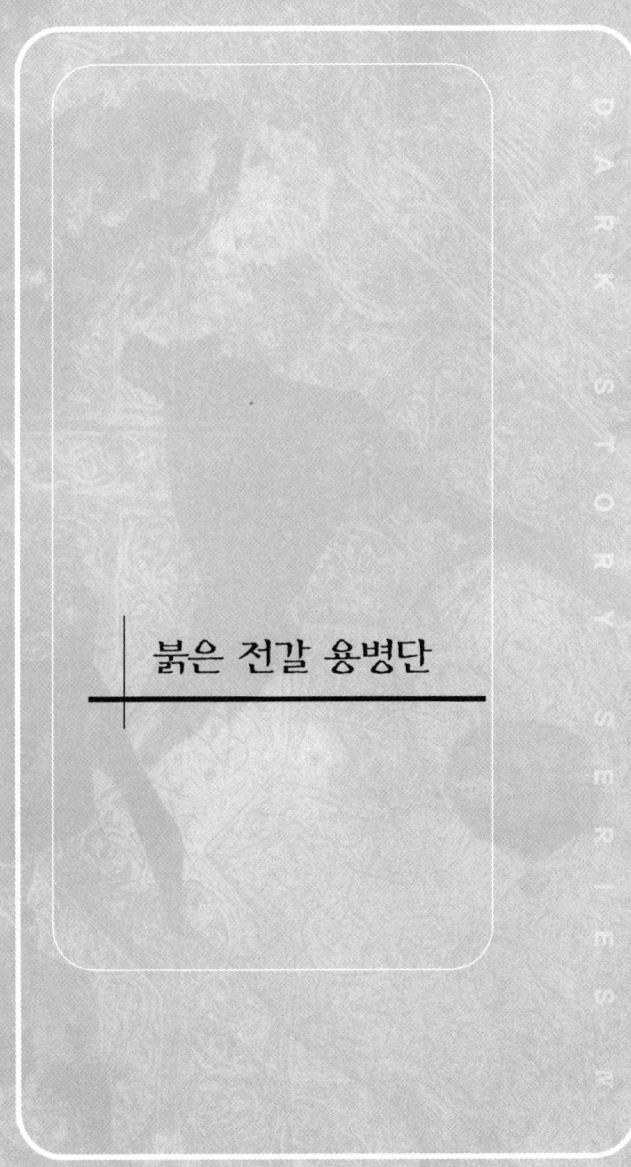

붉은 전갈 용병단

30

붉은 전갈 용병단

언제, 어떻게 잠이 들었는지는 모르겠지만, 생각을 하던 도중 잠이 들었던 모양이다.

"이봐, 일어나!"

화들짝 놀란 라이는 눈을 번쩍 떴다. 어느새 날은 훤히 밝아 있었다. 급히 고개를 돌려 옆을 보니, 곰처럼 커다란 덩치의 소년이 서있는 게 보였다. 자신과 비슷한 또래 정도인 듯 했다.

그런데 험악한 인상과는 달리 그의 말투는 부드러웠다.

"곤히 자고 있는데 깨워서 미안한데……. 너 어제 저녁밥도 안 먹었잖아. 아침까지 굶으면 안 될 거 같아서 깨웠어. 어제 왔으니까, 오늘 평가를 받아야 할 거 아냐. 그러니 식욕이 없더라도 먹어두는 게 좋아. 참, 난 로크라고 해."

허물없는 로크의 말에 라이는 미소를 짓지 않을 수 없었다.

"잘 부탁해. 나는 라이야. 라이 워너스."

로크는 이곳에 온지 거의 한 달이 다 되어가는 신병이라고 했다. 처음 용병단에 입소한 신병들은 낮에는 훈련소에 가서 훈련을 받고, 밤에는 대기대로 돌아와 잠을 잔다고 했다. 그러다가 일정 수준의 실력이 되었다고 판정을 받으면, 각자의 특기와 실력에 맞춰 자대(自隊)에 배치된다는 것이다.
 두 사람이 이런저런 얘기를 나누고 있을 때 갑자기 쩔그렁! 하는 쇠사슬 소리가 들리더니, 신경질적인 고함소리가 들려왔다.
 "야, 이 새끼들아! 조용히 안 해? 여기에 너희들만 사냐? 개잡놈의 새끼들 때문에 시끄러워서 잠을 못 자겠네!"
 라이가 황급히 그쪽으로 고개를 돌려보니, 험악하게 생긴 사내가 침대에 앉아 이쪽을 노려보고 있는 게 보였다. 그런데 특이하게도 그 사내의 발목에는 쇠사슬이 채워져 있었다.
 재빨리 로크가 라이의 귀에 대고 속삭였다.
 "그쪽으로 고개 돌리지 마. 저 사람은 노예병이야. 얽히지 않는 게 좋아. 어제도 일부러 시비를 걸어서 신병 하나를 반쯤 죽여놨다구."
 이때 사내의 으르렁거림이 또다시 들려왔다.
 "야, 이 새꺄. 뭘 봐? 딴 데로 대가리 안 돌려? 확, 눈깔을 뽑아버릴라."
 라이가 노예 생활을 경험하다 보니, 진짜 잔인하고 무서운 사람은 말이 많지 않고 조용한 사람이라는 것을 알고 있었다. 즉, 저렇게 큰 소리로 욕설을 퍼부으며 온갖 인상을 써대는 사람은 전혀 그렇지 않다는 말이다.
 하지만 괜한 시비가 붙어봐야 좋을 게 없었기에, 라이는 슬며시 시선을 로크에게로 돌렸다. 그런 라이의 모습에 사내는 실망했는지 또다시 걸쭉한 욕설을 내뱉었다.
 "에잇, 겁쟁이 새끼들! 저런 것들이 좆 달고 태어났다고, 사내

새끼 대접을 받고 있다니…….”

쩔그렁, 쩔그렁…….

사내는 바닥에 침을 찍 뱉더니, 쇠사슬을 질질 끌며 밖으로 나가버렸다. 아마도 아침을 먹으러 가는 모양이다. 그가 밖으로 나가자, 실내 공기가 훨씬 가벼워졌다. 모두들 안도의 한숨을 내쉬는 게 느껴질 정도였다.

"저 노예병은 어제 실력 테스트를 받았으니까, 아침 식사 후에는 여기를 떠날 거야.”

"그런데 실력 테스트를 받는다는 게 무슨 말이지?”

"너는 여기가 처음이라서 잘 모르는 모양이구나. 싸울 줄도 모르는 사람을 용병으로 받아들여 줄 리는 없잖아. 이곳 훈련소에서 싸우는 법을 가르친 다음, 테스트를 해서 일정수준 이상의 실력이 되어야 써준다는 말이야. 그런데 저 사람은 우리들 같은 신참이 아니라, 포로 출신 노예라구. 싸우는 데는 이미 도가 터 있다는 말이지. 인상을 보아 하니 수십 명은 죽인 것 같은데……. 훈련소에서 더 이상 가르칠 것도 없는 사람을 여기에 그냥 놔둘 리 없잖아. 곧 자대에 배치해서 부려먹게 될 거라는 거지.”

"아, 그렇구나.”

고개를 끄덕이는 라이에게 로크는 자신의 배를 슬슬 문지르며 말했다.

"배고프다. 우리 얼른 아침부터 먹으러 가자.”

아침 식사를 한 라이는 로크와 함께 방으로 돌아왔다. 방에 돌아온 로크는 곧바로 낡은 갑옷을 챙겨 입기 시작했다. 조금 있으면 훈련이 시작된다고 하면서 말이다.

"너는 여기에서 기다리고 있어. 행정과에서 곧 사람이 나올 거야. 그 사람을 따라가서 용병단 입단 절차를 밟으면, 갑옷과 무기 같은 것도 지급해 줄 거야."

"너를 만나지 못했다면 아주 난감했을 거야. 정말 고마워."

라이의 말에 로크는 쑥스러운 듯 뒷머리를 긁적이며 대꾸했다. 정말이지 험악한 인상과는 달리 순진한 사람이었다.

"히히, 내가 너에게 뭘 해준 게 있다고 고마워 하냐?"

두 사람이 두런두런 얘기를 하고 있을 때 병사 한 명이 방으로 들어오더니, 포로 출신 노예라는 사람을 데려가 버렸다. 그게 시작이었다. 또 다른 병사 하나가 복도에 서서 사람들의 이름을 큰 목소리로 호명하기 시작했다.

"이 새끼들, 동작 봐라! 빨리빨리 안 뛰어?"

그 와중에 이름을 불린 로크도 밖으로 뛰쳐나갔다. 갑옷을 입은 다른 훈련병들과 함께. 이름을 불린 것은 아니지만 라이는 문 앞까지 로크를 따라 나가 복도 밖을 바라봤다. 복도 앞쪽은 이미 수많은 신병들로 북적이고 있었다.

'설마, 올란도가 나를 데리러 오는 것은 아니겠지?'

이때, 병사 한 명이 라이 옆을 지나쳐서 방 안으로 들어갔다. 방 안에는 아무도 없었다. 그러자 병사는 당황해서 주위를 두리번거렸다.

"혹시, 누구 찾으세요?"

"라이라는 사람 못 봤냐? 어제 들어왔을 텐데."

"제가 라이인데요."

라이의 대답에 병사는 어이가 없다는 표정으로 다시 한 번 라이의 아래위를 훑어봤다. 그러다 도무지 믿기지 않는다는 말투로 물었다.

"허, 이거 참. 네가 정말 150골드짜리 라이 맞냐?"

병사의 말에 기분이 상한 라이는 떨떠름한 표정으로 대꾸했다.

"제가 150골드인지는 모르겠지만, 라이인 것은 맞습니다."

"이거야 원, 10골드만 줘도 충분할 것 같은데 대체 윗사람들은 무슨 생각을 하는 건지……."

잠시 어이가 없다는 듯 혼잣말을 중얼거리던 그 병사는 라이에게 퉁명스럽게 말했다.

"나를 따라와라."

"예."

붉은 전갈 용병단의 규모는 거의 5천에 달했다. 5천 명이라면 정규군으로 쳐도 여단 급에 해당될 정도로 거대한 규모다. 한낱 용병단이 이렇게 커다란 규모로 성장할 수 있었던 것은 지정학적인 영향이 컸다.

붉은 전갈 용병단이 자리 잡은 곳은 알카사스 제국의 서쪽 경계선으로, 광활한 사막지대였다. 그리고 이곳은 서쪽 대륙과의 무역로가 연결되어 있었다. 엄청난 양의 무역품들이 오가는 만큼 그것을 노리는 도적떼가 항시 출몰했기에 용병에 대한 수요가 넘쳤다. 그리고 사막을 주 무대로 하는 몬스터들도 득실거렸다. 그야말로 용병단이 성장하는데 있어서는 최적의 환경이었던 것이다.

그런 이유로 인해 이 일대에 둥지를 틀고 있는 용병단들 중에는 붉은 전갈 용병단 정도의 규모를 자랑하는 용병단이 한둘이 아니었다. 전갈성에는 용병단만이 거주하고 있는 것은 아니었다. 용병들의 월급은 꽤나 후한 편이다. 그런 만큼 그들의 돈을 노리는 장사치들 또한 득실거릴 수밖에 없었다.

술집이나 매춘부처럼 용병 개개인의 주머니를 털어먹으려는 것들부터 시작해서, 용병단에 각종 물품을 대주는 장사치들까지 수많은 사람들이 북적거리고 있었다. 전갈성의 거리로 엄청난 사람들이 왁작거리며 오고가는 것을 본 라이는 입을 떡 벌릴 수밖에 없었다.

"길 잃어버리지 않게, 잘 따라와."

대부분의 용병단에서는 신입 지원자에 한해 단 한 번 기초적인 보급품을 지급해 준다. 돈이 없어서 갑옷이나 무기 따위를 갖추지 못한 신병이 맨주먹으로 싸우게 할 수는 없기에 취해진 조치였다. 물론, 자신의 장비를 갖추고 있는 용병에게까지 보급품을 지급해 주지는 않는다.

병사가 라이를 데리고 간 곳은 커다란 보급창고였다. 창고 앞에는 작은 탁자가 하나 놓여 있었고, 꽤 깐깐해 보이는 사내가 앉아 있었다. 병사는 그 사내에게 뭐라고 말을 하더니, 무슨 서류인가에 서명을 했다.

그런 다음 라이에게 돌아서서 손짓했다.

"이쪽으로 와."

병사가 창고 문을 열자, 곰팡이 썩는 것 같은 쾌쾌한 냄새가 안에서 풍겨 나왔다.

"안으로 들어가서, 너한테 필요한 걸 골라서 가지고 나와라."

"이 안에 있는 건 아무거나 다 골라도 되는 겁니까?"

"물론이지. 앞으로 네가 쭉 쓸 장비들이니까 잘 골라보도록 해라."

창고 안으로 들어간 라이는 왜 병사가 따라 들어오지 않았는지 그 이유를 알 수 있었다. 공기가 너무 안 좋았던 것이다. 창고 안은 나름대로 정리가 되어있기는 했다. 정리라는 게 갑옷은 갑옷대로, 투구는 투구대로, 온갖 장비들이 종류별로 수북이 쌓아놓은 것 정도였지만 말이다. 하지만 장비들은 거의 다 낡은데다가 손질은 전혀 되어 있지 않았다.

자신이 오랫동안 써야 할 물건들인 만큼, 라이는 장비들을 고르는데 꽤나 정성을 들였다. 하지만 창고 안쪽 깊숙이까지 뒤져봐도 좋은 물건은 단 하나도 보이지 않았다. 공기도 잘 통하지 않는 곳에서 무거운 장비들을 뒤적이다 보니, 어느새 온 몸이 땀으로 흥건하게 젖어 올랐다.

'하기야, 노예한테 좋은 것을 줄 리가 없지. 젠장, 괜히 뒤진다고 힘만 썼네.'

라이는 상태가 괜찮은 게 있는지 찾는 것을 포기했다. 이리저리 뒤져보니, 모두들 상태는 거기서 거기인 상황. 그래서 대충 자신의 몸에 맞을만한 것들만 끄집어내는 것으로 만족했다.

방어구의 선택에 있어서는 어쩔 수 없이 적당히 타협할 수밖에 없었지만, 무기까지 그렇게 할 수는 없었다. 그렇기에 라이는 세심하게 무기들을 살펴봤다. 각종 도검들부터 시작해서 도끼, 창, 철퇴 등등…….

라이는 그 무기들 중에서 검 종류를 세심히 살펴봤다. 자신이 할 줄 아는 것은 검술뿐이었으니까. 하지만 선뜻 고르기가 힘들었다. 워낙에 상태가 엉망진창이었기 때문이다.

갑옷이라면 몰라도 무기까지 이 모양이라면 도저히 싸울 수가 없기에, 라이는 일단 창고 밖으로 나갔다. 그리고 기다리고 있던 병사에게 물었다.

"이곳에 있는 거 말고, 다른 무기는 없습니까?"

"용병단에서 무상으로 지급해 주는 무기는 이곳에 있는 게 다야. 좀더 고급품을 가지고 싶다면 네 돈으로 대장간에 가서 구입해라."

결국 이곳의 무기 중 하나를 골라야 한다는 말이었다. 라이는 지금 땡전 한 푼 없는 빈털터리였으니까.

"저, 한 가지 질문드릴 게 있는데요. 우리들이 싸워야 하는 대상은 누굽니까? 산적인가요? 아니면…….'

"상황에 따라 다르긴 하지만, 대부분은 몬스터들이지."

몬스터가 상대라면 길고 날렵한 장검보다는, 짧지만 두꺼운 브로드 소드(Broad Sword)와 같은 무기가 유리하다. 몬스터가 휘두르는 두꺼운 몽둥이를 얇은 장검으로 막았다가는 바로 두 토막이 나버릴 게 뻔하기 때문이다. 하지만 아무리 찾아봐도 묵직한 도검은 한 자루도 보이지 않았다.

"이것들보다 좀 더 무겁고 두꺼운 검이나 도는 없습니까?"

병사는 기다리기 지겹다는 듯한 표정으로 퉁명스럽게 대꾸했다.

"좀 전에도 말했다시피 그런 건 대장간에 가서 직접 구입해. 모두들 그런 무기를 원하는데, 이런 데서 신병들에게 무상으로 지급해 줄 수는 없는 노릇이 아니겠냐. 뭐, 저런 싸구려 검들이야 전투를 한 번만 해도 거의 폐품이 되어 버리지만, 중검(重劍)은 그렇지 않거든."

"아, 그렇군요. 알려주셔서 감사합니다."

결국 라이가 선택한 무기는 한손으로 휘두를 수 있는 도끼였다. 날은 뭉툭하기 짝이 없어 이걸 가지고 과연 장작이나 제대로 팰 수 있을까 싶긴 했지만, 날의 폭이 넓은 것이 아주 마음에 들었다.

뭉툭한 날의 공격력을 보완해 주는 것은 도끼날 반대편의 뾰족한 부분이었다. 날 부분으로 몬스터의 공격을 막고, 그 반대편의 뾰족한 걸로 찍어버린다면 충분히 사냥이 가능하리라.

예전에 아버지로부터 중장보병(重裝步兵)들 중에는 도끼를 주무기로 쓰는 사람들이 꽤 많다며, 그런 적을 상대할 때는 어떻게 해야 하는지에 대해서 교육을 받은 적이 있었다. 그때의 기억을 되살려 거꾸로 적용해 본다면, 그런대로 쓸 만할 것 같앉다. 그러다가 운이 좋아, 나중에 중검이라도 한 자루 획득하면 더욱 좋은 것이고 말이다.

보급품을 다 고르자, 병사는 라이를 훈련소로 데리고 갔다.
"따라 들어와라."
교관들의 사무실로 라이를 데리고 간 병사는, 교관들 중 한 명에게로 라이를 안내했다.
"루베르크 교관님, 이번에 실력 테스트를 받아야 할 신병을 데리고 왔습니다."
병사의 말에 라이를 힐끔 쳐다본 루베르크는 떨떠름한 표정으로 대꾸했다.
"설마, 이런 뼈다귀가 150골드짜리야?"
훈련소 교관들은 150골드씩이나 되는 돈을 주고 사오는 노예가 있다는 소문에 모두들 경악했었다. 도대체 얼마나 대단한 놈이기에, 그렇게 엄청난 거금을 주고 사온다는 말인가.
'포로로 잡힌 전쟁 영웅쯤이라도 되나?'
놈의 출신성분이야 어찌되었건, 코앞에 닥친 문제는 누가 그 놈의 실력을 평가하느냐 하는 것이었다. 만약 놈의 성격이 잔인하고 거칠다면, 평가에 임하는 교관은 목숨을 걸어야 하리라. 당연히 교관들 모두가 하기 싫다며 뒤로 내빼고 있던 참이었다.
그러던 차에 어젯밤에 올란도가 술 한 병을 들고 갑자기 찾아와, 자신보고 평가를 해달라며 정중하게 부탁을 해왔다. 물론 루베르크는 그것을 부탁이 아닌, 협박으로 받아들였지만.

라이의 삐쩍 마른 모습을 본 루베르크는 그제야 어떻게 된 일인지 감을 잡을 수 있었다.

'미친놈! 이래서 실력이 좀 떨어지더라도, 평가를 좋게 내려달라고 내게 협박을 한 거였군. 허, 이런 놈이 무슨 150골드짜리야. 아마 최소한 130골드 이상은 삥땅을 쳤겠지. 그래놓고 그게 뽀록나지 않도록 하기 위해 좋은 평가를 내려달라며 내게 협박을 해? 젠장! 나중에 들통 나면 나까지 골로 가는 거 아냐?'

순간 루베르크는 갈등했다.

지금 당장이라도 단장에게 달려가 발정난 여우새끼의 비리를 고자질하느냐, 아니면 녀석의 협박에 넘어가 주느냐. 한참을 고민하던 루베르크는 결국 한숨을 푹 내쉬며 선택을 할 수밖에 없었다. 발정난 여우에게 협조하기로.

녀석의 성격상 130골드를 혼자 처먹을 리 없는데다가, 왠지 이유는 알 수 없었지만 단장이 여우놈을 꽤나 총애하고 있었기 때문이다. 만약 고자질을 했다가 단장이 놈을 징죄하지 않고 그냥 봐주고 끝낸다면, 되려 여우놈에게 자신만 박살날 게 아니겠는가. 그놈이 얼마나 뒤끝이 더러운 놈인데…….

루베르크는 잔뜩 일그러진 얼굴로 중얼거렸다.

"젠장, 어쩔 수 없지."

루베르크는 병사에게로 시선을 돌리며 손을 흔들었다.

"너는 돌아가 봐."

하지만 병사는 그 명령에 따르지 않았다. 그는 잠시 망설이는 것 같더니, 루베르크에게 우물쭈물 말했다.

"실력 테스트가 끝난 다음, 데리고 오라는 행정관님의 명령이 있어서……."

"그럼 나중에 일과 끝난 다음에 데리러 와."

"옛, 교관님."

루베르크가 병사를 돌려보낸 것은 완전범죄를 위해서였다. 만약 라이의 진짜 실력을 병사가 봐버리면, 자신이 엉터리 평가서를 쓴 게 곧바로 들통이 날 게 아니겠는가. 그놈이 이리저리 돌아다니며 소문이라도 퍼뜨리는 날에는 자신은 끝장이었다.

병사를 돌려보낸 후, 뒤로 돌아서는 그의 시선에 라이가 들고 있는 녹슨 도끼가 보였다.

"호~, 도끼를 들고 있군. 잘 쓰냐?"

"아뇨. 처음입니다."

라이의 대답에 루베르크는 기가 막힐 수밖에 없었다.

"뭐야? 도끼도 다룰 줄 모르는 녀석이, 무기로 도끼를 택했다는 말이냐?"

"예, 저희들이 주로 상대해야 하는 것은 몬스터라면서요? 그렇다면 얄팍한 장검보다는, 도끼가 훨씬 더 좋을 거 같아서 선택했을 뿐입니다."

그 말에 루베르크의 눈이 반짝하고 빛났다.

"호오, 그런 이유로 도끼를 선택하는 놈이 있을 줄이야……. 뭐, 어쨌건 그건 네가 알아서 할 문제니까."

중얼거리던 루베르크는 사무실 벽면에 걸려있는 무기들 중에서 방패와 도끼를 꺼냈다. 물론 라이가 들고 있는 것들과는 비교 자체가 불가능한 고급품들이었다. 그는 성큼성큼 걸어 밖으로 나가며 말했다.

"따라오너라."

루베르크는 일단 훈련장으로 나갔다. 그 뒤를 졸졸 따라가는 라이. 훈련장에는 많은 신병들이 훈련을 받느라 분주히 움직이고 있었다. 아직 아침이라 서늘했지만, 얼마나 빡세게 훈련을 받는지 그들의 이마에는 땀방울이 줄줄 흘러내리고 있었다.

루베르크는 훈련장 한쪽 구석으로 간 뒤 왼손에 든 방패로 몸을 가리고, 오른손에 든 도끼로 자세를 잡으며 라이에게 말했다.

"한번 공격을 해 보거라."

"예."

쉭!

대답이 끝남과 동시에 라이의 도끼가 허공을 갈랐다. 단순하면서도 강력한 일격이었다. 검과 도끼는 엄연히 다른 무기이기는 했지만, 그렇다고 해서 도끼로 싸우지 못할 이유는 없다. 다만 아직 손에 익지 않아서 힘들기는 했지만 말이다.

하지만 방패의 경우는 꽤 오랫동안 다루는 기법들을 익혀온 상태였다. 그렇기에 공격은 조금 어설펐지만, 루베르크의 공격은 수월찮게 막아내는 라이였다.

그런데 문제는 라이의 몸이 아직 완벽하게 회복되지 못했다는 데 있었다. 얼마 싸우지도 않았는데, 벌써부터 숨이 거칠어지기 시작했다. 얇고 가벼운 검도 아니고, 묵직한 전투도끼를 들고 설치다 보니 체력 소모가 훨씬 컸던 것이다.

루베르크는 라이가 도끼 말고 다른 무기를 다루는 법을 오랜 세월 수련했다는 것을 단번에 눈치 챘다. 도끼 공격은 어설펐지만, 방패를 다루는 기술은 대단히 뛰어났기 때문이다. 하지만 그렇다고 해도 이런 놈을 구입하는데 150골드씩이나 줬다는 것을 인정할 수는 없었다. 다만 여우놈이 삥땅쳤을 거로 예상되는 액수가 조금 줄어들었을 뿐이다.

　"흠, 확실히 도끼를 다루는 게 어설프긴 하군. 도끼를 다룰 줄 모른다고 했으니, 내가 도끼술 하나를 가르쳐 주마. 루톤식 도살법(屠殺法)이라고 하는 건데, 가장 많이 사용되는 기본적인 도끼술들 중 하나지. 기본기이긴 하지만, 이것만 잘 익혀둬도 큰 도움이 될게다."

　예정에도 없던 도끼술을 가르치기로 마음을 먹은 것은, 어제 저녁 여우놈에게 좋은 술 한 병을 얻어먹었다는 죄 때문이었다. 이걸 꼬투리로 녀석에게 술 한 잔을 더 얻어먹을 수도 있지 않을까? 그리고 행정과에서 나온 병사 녀석을 내쫓아버렸으니, 녀석이 돌아올 때까지 시간을 때울 필요도 있었다.

　루톤식 도살법은 기본적인 도끼술인 만큼, 아주 간단하면서도 효과적인 공격과 방어 기법만을 다루고 있었다. 물론 초식의 숫자도 그리 많지 않았다. 루베르크는 루톤식 도살법의 자세들을 라이 앞에서 천천히 시연해서 보여줬다. 방패로 적의 공격을 막고, 그와 동시에 도끼로 적을 찍어버리는 게 동작의 핵심이었다.

　루베르크는 루톤식 도살법의 초식들을 2번에 걸쳐 천천히 시연해서 보여준 후, 라이에게 물었다.

"기억하겠냐?"

"어느 정도는……."

"한번 해봐라. 틀린 점이 있다면 내가 교정해 주겠다."

처음 배우는 도끼술이었음에도 불구하고, 라이의 동작은 그다지 어색하지 않았다. 오랜 세월 아버지로부터 검술을 익혀왔던 그였기에, 도끼술에 대한 적응 또한 빨랐던 것이다.

대충이나마 초식을 외웠다고 판단한 루베르크는 대련을 통해 그 초식들이 어떤 방식으로 실전에 응용되는지를 가르쳐주었다. 처음에는 시간이나 대충 때운다는 생각으로 가르치기 시작했지만, 라이가 무서운 속도로 배워나가자 그는 가르치는 재미에 점점 빠져들기 시작했다. 배우는 사람이 잘하면, 가르치는 사람 역시 신이 나는 법이니까.

시간이 어떻게 흘러갔는지도 모를 정도로 빨리 흘러갔다. 가르친 지 얼마 지나지도 않은 것 같았는데, 점심시간이 다가왔다. 루베르크는 라이를 대기대 식당으로 보내지 않고, 간부 식당으로 데리고 가 영양가 있는 음식들로 듬뿍 먹였다.

식사가 끝난 후 곧바로 교육이 이어졌다. 식후 바로 대련을 하기는 힘들었기에, 잠시 동안은 이론수업을 했다. 그런 다음 이어진 대련. 시간이 흐를수록 라이의 어설펐던 도끼술은 급속도로 자리를 잡아가고 있었다. 겨우 반나절을 배웠을 뿐인데, 이 정도까지 적응을 해내다니! 루베르크는 놀라움을 금치 못했다.

해가 지기 시작하자, 루베르크는 훈련을 중단했다. 그리고 사무실에 들어갔다 나오더니 봉투 하나를 라이에게 건네주며 말했다.

"행정관님을 뵈면 이걸 전하도록 해라."

"예."

"그리고 이건 네 용병패다."

루베르크가 라이에게 내민 것은 나무를 깎아 만든 작은 용병패였다. 용병패 앞쪽에는 붉은 전갈이 새겨져 있었고, 그 뒤쪽에는 6급이라고 써져 있었다. 처음 입단한 햇병아리가 곧바로 6급 용병패를 받았다는 것은 정말 놀라운 일이었지만, 라이는 용병패를 힐끗 쳐다본 후 그냥 주머니 속에 쑤셔 넣어버렸다. 6급이 의미하는 바를 모르고 있었기 때문에 아무런 감흥도 받지 못했던 것이다.

심드렁한 표정으로 6급 용병패를 주머니 안에 쑤셔 넣는 라이의 모습을 보며 루베르크는 오해했다. 자신에게 겨우 6급밖에 주지 않았다며 라이가 서운해 한다고 생각했던 것이다. 그렇기에 그는 급히 덧붙였다.

"당분간은 체력을 기르는데 최선을 다하도록 해라. 체력만 받쳐준다면 네 재능으로 4급으로의 승급도 그리 어려운 일은 아닐 게다. 알겠냐?"

"예."

이번에도 심드렁한 표정이다. 그렇기에 루베르크는 좀 더 인심을 쓰기로 했다.

"혹시 뭐라도 좀 더 배우고 싶은 생각이 들면 언제든 나를 찾아오너라. 용병의 몸값은 실력이 좌우한다. 어느 정도 배웠다고

자만하거나 게으름 피우지 말고, 기회가 되는 대로 최대한 배우고 익히도록 해라. 알겠냐?"

"예, 교관님."

해가 질 때쯤 와서 기다리고 있던 병사가 두 사람 곁으로 다가왔다.

"행정관님과의 약속시간이 다 되어서 말입니다."

"데리고 가라."

"예, 교관님. 수고하셨습니다."

병사와 함께 점차 멀어지는 라이의 뒷모습을 보며, 루베르크는 고개를 갸웃했다.

'뭐가 마음에 들지 않았던 걸까? 6급 용병패를 줬는데도 전혀 기뻐하지 않다니. 정말 이해할 수가 없는 놈이군. 어쨌건 대단한 놈이야. 정말 재능을 타고났다고 할 수밖에는……'

여기까지 생각하던 루베르크는 아차 싶었다. 지금에서야 깨달은 것이다. 라이의 몸값이 150골드였다는 것을. 그렇다. 단장이 150골드씩이나 되는 거금을 주며 그를 구입해 온 것은, 현재의 실력이 아니라 장래성을 본 것임에 틀림없었다.

하지만 그렇게 생각한다면, 어젯밤에 올란도가 보여준 행동은 어떻게 이해해야 하는 것일까? 평가를 후하게 내려달라며 좋은 술 한 병을 뇌물로 건네준 것도 모자라, 그렇게 협박까지 퍼부어댔으니 말이다.

"도대체가 이해할 수가 없는 놈이군."

교관실로 돌아가기 위해 다시금 걸음을 옮기기 시작하는 루베르크. 하지만 그의 걸음은 얼마 가지도 않아 딱 멈췄다. 여우놈이 왜 그런 짓을 한 것인지, 그 이유가 떠올랐기 때문이다. 그의 얼굴이 순식간에 분노로 시뻘겋게 달아오르기 시작했다.

"이런 개새끼! 내가 그런 인재도 몰라볼 정도로 멍충이라고 생각했다는 거잖아. 지가 아쉬울 때는 친구친구 하며 알랑거리더니, 속으로는 날 그렇게 깔보고 있었어? 어디 두고 보자! 뿌드드득!"

올란도가 왜 자신에게 술을 가져다가 바치게 되었는지 그 사연을 알지 못했던 루베르크였기에 이렇게 오해를 할 수밖에 없었다.

6급 용병이 된 라이

30

붉은 전갈 용병단

"이쪽으로 와. 길 잃지 않도록 조심해라. 저쪽이 행정실이야. 월급을 받을 때는 저 건물로 찾아가면 된다."

병사는 행정관실로 라이를 데리고 가며 주위에 있는 건물들의 이름과 뭘 하는지를 라이에게 알려줬다. 하지만 라이는 벌써 정신이 없는 상태였다. 태어나서 이렇게 복잡한 곳은 처음 와봤으니까.

한적한 시골마을에서 성장한 라이였기에, 이런 복잡한 3차원적인 미로 같은 길을 찾아가는 능력이 전혀 발달해 있지 못했던 것이다. 그랬기에 라이는 병사의 말에 아무 생각 없이 그저 고개만 끄덕일 수밖에 없었다.

"여기가 행정관님의 집무실이야."

한참을 복잡한 건물 사이를 지나다 보니 어느새 『행정관실』이라고 써져 있는 방문 앞에 서있었다.

똑똑!

그러자 문 저편에서 굵직하면서도 딱딱한 목소리가 들려왔다.

"들어와!"

병사는 문을 열고 들어가 군례를 올리며 보고했다.

"라이를 데리고 왔습니다, 행정관님."

"수고했다. 나가봐도 좋다."

행정관이라는 직함에서 풍기는 문약한 이미지와는 달리, 그는 로크보다 더욱 큰 덩치를 지닌 우락부락한 근육질의 사내였다. 덩치가 곰만한 사내가 사무실에 앉아 솥뚜껑만한 손으로 가느다란 펜대를 잡고 있는 모습을 보니, 뭔가 묘한 이질감이 느껴졌다.

"루베르크가 네게 준 것이 있을 텐데?"

라이는 얼른 품속에서 6급 용병패와 봉투를 꺼내 행정관에게 건네줬다. 봉투 안의 종이를 꺼내 내용을 읽어보던 행정관의 얼굴에 흐뭇한 미소가 떠올랐다. 신병노예의 평가가 제법 괜찮았기 때문이다.

평가는 6급 용병.

보이는 겉모습과 달리 기술이 뛰어나다고 적혀 있었다. 그 기술을 받쳐줄 수 있는 강한 체력만 가질 수 있다면 4급 용병패를 수여해도 전혀 아까울 게 없다고 하지 않는가. 그리고 평가란의 맨 밑쪽에는 전투에 대한 감각이 탁월하고, 무술에 대한 재능이 대단히 뛰어나다는 첨언까지 기록되어 있었다.

단장의 선택은 정확한 것이었다. 이런 놈을 10년 동안 부려먹을 수 있다는 것을 감안한다면, 150골드쯤이야 그리 큰돈이 아니었다.

'쩝, 옛날 같았으면 이런 귀찮은 작업 따위는 하지도 않았을 텐데…….'

옛날이 좋았다. 그때는 노예 하나 설득한다고 자신이 직접 나서는 일은 절대로 없었으니까. 행정관은 커다란 덩치를 일으켜 세워 창가로 걸어갔다.

"이쪽으로 와봐."

라이가 쭈뼛쭈뼛 옆으로 다가오자, 행정관은 넓은 연병장에 서있는 무리들 중 하나를 손가락으로 가리켰다. 허름한 갑옷을 입고 있는 그들의 다리에는 족쇄가 채워져 있었다. 오늘 아침에 라이가 봤었던 노예병의 무리였다.

"저들이 우리 용병단에 소속되어 있는 노예병들이다. 노예병들이 하는 일은 아주 단순하지. 그저 전쟁터의 가장 앞쪽에 서서 죽을 때까지 싸우거나, 몬스터를 잡기 위한 미끼가 되곤 한다."

행정관의 말에 라이의 두 눈이 휘둥그레졌다.

"예? 설마 저 상태로 싸우게 한단 말씀이십니까? 아무리 노예병이라고 하지만, 저렇게 해놓으면 자기 실력을 제대로 발휘하기도 힘들 텐데요."

"어쩔 수 없지. 전쟁터의 한복판은 아비규환이나 다름없으니까. 저렇게 족쇄를 채워놓지 않으면 중무장을 한 저놈들이 무슨 짓을 저지를지 알 수가 없는 노릇이거든. 혼란한 틈을 타서 탈영을 할 수도 있고 말이다. 예전에 흑마법사들을 구하기 쉬웠던 시절에는 저렇게까지는 하지 않았었다. 탈영을 하기만 하면 죽게 되는 저주를 걸어버리면 그만이었으니까. 하지만 요즘은 흑마법사를 구경도 하기 힘들기에, 저런 원시적인 방법을 동원하게 된 거지."

"……."

그렇게 말하며 행정관은 지금으로부터 약 15년 전을 떠올렸다. 흑마법사를 고용하기 쉬웠던 그 옛날, 그때는 노예병사들을 다루기가 아주 쉬웠었다. 노예병들에게 가장 많이 사용했던 저주는, 아이템을 하나 지정해 놓고 거기에서 일정거리 이상 멀어지면 자동적으로 몸이 폭발해 버리는 저주였다. 이 흑마법으로 인해 노예병들의 탈출은 근본적으로 불가능해졌다.

더군다나 실력이 좋은 흑마법사라면 아이템을 향해 '폭발' 같은 시동어를 정해두고, 그 한 마디로 노예를 죽일 수 있도록 만들어 주기도 했다. 덕분에 말 한 마디로, 항명하는 노예를 본보기로 처형해 버리는 게 얼마나 쉬웠던가.

그건 마치 피 빤다고 덤벼드는 모기새끼 한 마리 때려잡기보다 더 쉬웠었다. 더군다나 그렇게 처형당한 시체의 끔찍한 모습으로 인해, 다른 노예들에게 공포를 심어주기에도 좋았다.

따라서 그 당시에는 아이템을 통해 노예들의 명줄을 쥐고 있는 대대장이 왕처럼 군림했었다. 하지만 지금은 어떤가. 그 빌어먹을 아르티어스라는 도마뱀 한 마리가 난리를 피워댄 통에 흑마법사들은 거의 씨가 말라버렸고, 설혹 살아남은 흑마법사가 있다고 해도 오지 깊숙이 숨어버려 고용할 방법이 없게 되었다.

저주를 걸 수 있는 흑마법사가 없는 이상, 예전처럼 쉽게 노예를 다루는 것은 불가능해졌다. 그렇기에 쓸 만한 노예를 회유한답시고, 이런 말도 안 되는 짓거리를 하고 있는 것이다.

그때 창밖을 지켜보고 있던 라이의 안색이 점차 창백하게 질려갔다. 저런 몰골로 평생을 노예로 살란 말인가? 그건 정말이지 싫었다.

"저는 원래 노예가 아니란 말입니다! 아무 잘못도 없는데, 웬 양아치 같은 놈들에게 붙잡혀 이런 꼴……."

주절거리는 라이의 말을 끊으며 행정관은 단호하게 말했다.

"원인이야 어찌되었든, 지금 넌 우리 용병단에 팔려온 노예에 불과하다. 잘못이 있다면 어리숙하게 그런 놈들에게 잡혀 노예가 된 너에게 있는 거고."

"그, 그런 말도 안 되는……."

라이가 잠시 아무 말도 하지 못하고, 절망감에 빠져 있을 때 행정관의 말이 들려왔다.

"지금 너에게는 두 가지 선택할 수 있는 길이 있다. 첫 번째는, 창밖에 보이는 노예병들처럼 살다 죽는 거다. 두 번째는, 우리 용병단과 정식으로 계약을 맺고 10년 동안의 의무 복무를 서약하는 거다. 물론 10년 후에는 자유가 주어지는 거지. 자, 어느 것을 선택하겠느냐?"

행정관은 노련했다. 라이가 정신을 차리지 못하게끔 잔뜩 겁을 준 다음, 그러면서 슬쩍 당근을 제시한 것이다. 만약 더 이상 도망칠 곳이 없는 막다른 골목으로 밀어 넣었다면 당연히 반발했겠지만, 노예의 신분에서 벗어날 수 있다는 솔깃한 말에 라이는 크게 흔들렸다.

그리고 그 당근은 성으로 끌려오는 도중에 올란도에게 잠깐 들었던 10년간의 의무 복무였다. 라이는 주저하지 않고 계약을 하겠다며 말을 하려 했지만, 불현듯 떠오른 의구심에 잠시 망설였다.

　노예문서만으로도 자신을 개처럼 부릴 수 있는데, 왜 10년만 복무하면 노예에서 풀어주겠다는 계약을 하려 한단 말인가? 게다가 이런 거대한 용병단의 행정관이 직접 말이다.

　잠시 망설이던 라이는 행정관을 바라보며 질문을 던졌다.

　"저, 죄송하지만, 한 가지만 여쭤봐도 되겠습니까?"

　"뭐냐?"

　"왜 굳이 저와 계약을 하려 하십니까? 노예문서가 있는 이상, 그냥 부리시면 될 텐데 말입니다."

　라이의 질문을 이미 예상이라도 하고 있었던 것처럼, 곧바로 행정관에게서 대답이 튀어나왔다.

　"어느 집단이든 조직을 이루려면 사람이 필요하다. 그건 우리 용병단도 마찬가지지. 넌 무술에 재능이 있고, 우리 용병단에서는 그 재능이 필요하다. 물론 널 돈을 주고 사왔으니 노예로 쓸 수도 있겠지만, 지금까지 내가 겪어본 노예들은 그저 살기 위해 몸을 숨기기에 바빴고, 틈만 나면 도망치려 했다. 그래서 너처럼 쓸 만하다고 판단되는 노예에게만 이런 파격적인 조건을 제시하게 된 거지. 10년 동안 도망칠 생각하지 말고, 목숨을 걸고 싸워라. 10년간 그렇게 해준다면 그 대가로 너에게 자유를 주겠다. 잘 생각해 보고 후회하지 않을 결정을 하거라. 이런 기회는 두 번 다시 없을 테니까."

　그제서야 라이는 행정관의 말을 이해할 수 있었다. 만약 온갖 미사여구로 치장했다면 거짓말이라고 생각했겠지만, 목숨을 걸고 10년 동안 싸우면 풀어주겠다는 말이 오히려 신빙성 있게 들렸던 것이다.

행정관은 고민에 빠져있는 라이를 바라보며 피식 웃은 뒤, 책상 앞에 놓여있는 의자를 가리키며 말했다. 흔들리고 있으니 쐐기를 박을 때라는 걸 느낀 것이다.

"거기 앉거라."

라이가 눈치를 살피며 의자에 엉거주춤 앉자, 행정관은 서랍에서 문서 하나를 꺼내 던져주며 말했다.

"네가 노예라고 해서 소모품으로 쓰다 버릴 생각은 전혀 없다. 그 증거로, 우리는 10년 동안 너를 노예로 부리는 게 아니라, 일반 용병들과 똑같은 대우를 해줄 것이다. 보수도 좋을 뿐더러, 우수한 지휘관 밑에 배속시켜 개죽음을 당하는 일은 절대 없도록 해줄 것을 약속하마."

그 말에 라이는 주저하지 않고 고개를 끄덕였다. 현재로서는 그 길만이 최선이었으니까. 더군다나 이런 기회를 제공받는 노예가 거의 없다지 않는가.

"계약서에 서명하겠습니다."

행정관은 그제서야 씨익 미소 지으며 말했다.

"그래, 잘 생각했다."

사실, 10년의 복무기간이라는 것은 일종의 당근이었다. 도망치지 말고 전쟁터에서 뼈 빠지게 싸우라는. 그러나 정규군도 아니고, 온갖 궂은일을 수행해야 하는 용병들의 세계에서 10년 동안 살아남는다는 게 어디 쉬운 일이겠는가. 실력도 실력이지만, 운이 따라주지 못하면 전장에서 살아서 돌아올 수 없었다.

라이는 계약서에 서명하며 행정관에게 물었다.

"보수도 주신다고 하셨는데, 얼마나 줍니까?"

"6급 용병에게 지급하는 월급은 30실버다."

그러면서 행정관은 용병수첩을 하나 꺼내 거기에다가 오늘 날짜를 적고, '붉은 전갈 용병단 입단, 6급 용병패 취득, 제7독립대대 근무 시작.' 이라고 썼다. 그런 다음 그 수첩을 라이에게 건네주며 말했다.

"이건 네 용병수첩이다. 네 신분을 증명하는 물건인 만큼, 소중히 간직해야만 한다. 그리고 거기에는 네가 이곳에서 받은 모든 상벌내역들이 기록된다. 만약 네가 다른 용병단으로 옮기게 되면, 이 수첩을 기준으로 네 월급을 정하게 되겠지."

라이는 용병 월급이 예상보다는 꽤나 후하다고 생각했다. 기사인 아버지가 촌장으로부터 받는 월급이 겨우 1골드 남짓이었으니까.

내심 흐뭇하게 생각하고 있는 라이에게 행정관이 말했다.

"생각보다 월급이 적지? 하기야, 정규군 월급의 절반도 안 되는 액수니 적다고 생각할 수밖에 없겠지."

라이는 하마터면 '그렇습니까?' 하고 반문할 뻔 했다. 하지만 간신히 참았다. 만약 그렇게 되묻는다면 자신의 무식함을 폭로하는 것밖에 되지 않을 테니까. 그렇기에 라이는 짐짓 다 알고 있다는 듯 평온한 얼굴로 가만히 앉아있었다.

"하지만 그건 하나만 알고, 둘은 모르는 거다. 용병의 월급은 적다. 하지만 용병에게는 정규군에게는 없는 수당이라는 게 있지. 자, 생각해 보거라. 부대 안에서 적당히 경비만 서며 팽팽 놀고 있는 녀석과 위험한 임무를 완수하기 위해 목숨 걸고 싸운 사람이 똑같은 월급을 받는다면, 그것은 너무나도 불공평한 처사가 아니겠느냐?"

"예. 저도 그렇게 생각합니다."

"때문에 위험한 임무를 완수하게 되면 우리 용병단에서는 특별수당을 지급하고 있다. 그 수당까지 합치면 정규군보다 훨씬 더 많은 돈을 챙길 수 있게 될 테니 불만을 가지지 않아도 된다. 알겠냐?"

"예."

겉으로는 평온한 어조로 대꾸했지만, 최소한 2배 이상의 돈을 챙길 수 있을 거라는 말에 라이는 충격을 받았다. 그렇게 되면 자신이 받는 월급은 아버지가 받는 월급보다도 많아진다. 더군다나 체력단련을 열심히 해서 급수가 더 높아진다면, 훨씬 더 많은 액수의 돈을 벌 수 있다는 말이 아닌가.

'이야, 이거 잘 하면 떼돈 벌겠는데? 도망칠 때 치더라도, 돈 좀 번 다음에 도망치는 게 좋겠어.'

잽싸게 머리를 굴리던 라이는 조심스럽게 물었다.

"저, 4급이 되면 월급은 얼마를 받습니까?"

"1골드 20실버를 받게 되지. 물론 그건 최소로 잡았을 때 얘기야. 4급 정도 되면 꽤 위험한 일거리도 맡을 수 있거든. 운만 제대로 따라준다면 한 달에 5골드를 버는 행운을 누릴수도 있지."

"오, 오 골드라고요?"

5골드라면 아버지의 5개월 치 월급이었다. 그걸 한달동안에 벌어들일 수 있다니!

'우와, 뭐야 이거. 노다지가 따로 없잖아!!'

돈독이 바짝 오른 라이가 머릿속으로 분주하게 계산을 하고 있을 때, 행정관은 서랍에서 수첩 하나를 더 꺼내 뭔가를 기입하더니 건네주었다. 그 수첩 역시 용병수첩처럼 가죽표지로 장정되어 있어, 오랫동안 보관이 가능하도록 만들어 놓은 것이었다.

"그리고 이건 네 통장이다."

"통장이라뇨?"

그게 뭐냐는 듯 맹한 표정을 짓고 있는 라이를 향해 행정관은 한심하다는 듯 되물었다.

"통장이 뭔지도 모르냐?"

"예."

"그렇다면 은행이라는 말은?"

난생 처음 듣는 말이라는 듯 고개를 가로젓는 라이의 모습에 행정관은 한숨을 푹 내쉰 뒤 자세히 설명해 줬다. 이 통장을 어디에다가 쓰는 것인지를 말이다.

"그러니까 제 월급이 은행이라는 곳에 보관되고, 이걸 들고 은행에 가면 그 돈을 찾을 수 있다는 겁니까?"

"그렇지. 10년 의무복무를 끝마치기 전까지는 자네는 노예의 신분이야. 노예에게 현금을 바로 줄 수는 없는 노릇이 아닌가."

납득이 되기는 하지만, 뭔가 묘하게 수상쩍다. 예전에 커밍스 씨는 노예도 돈을 지급받는다고 했던 것 같은데……. 그쪽도 이런 식으로 통장으로 관리했던 것일까? 하지만 그 부분에 대해 자신이 잘 알지도 못하는 만큼, 행정관에게 뭐라고 반박할 수도 없었다. 그렇기에 라이는 떨떠름한 표정으로 수긍했다.

"그건 그렇죠."

"나중에 의무복무를 모두 끝마치면, 통장에 기록된 전액을 현금으로 지급해 준다. 다른 사람들에게 물어보면 알 수 있겠지만, 지금까지 본 용병단에서 돈을 지급받지 못한 용병은 단 한 명도 없었다. 그런 만큼, 그 부분에 대해서는 걱정할 필요가 없을 거다. 알겠냐?"

"예."

행정관의 말을 들으며, 이놈의 통장이라는 것이 굉장히 사악한 물건이라는 것을 라이는 금방 간파했다. 통장에 들어있는 돈을 찾고 싶다면 의무 복무기간을 채워야 했다.

통장에 있는 돈을 찾고자 하는 욕심은 그 액수가 커지면 커질수록 강해지리라. 어쩌면 돈 찾겠다는 욕심에 10년을 꼬박 채울지도 모른다. 그 전에 탈영하면 한 푼도 못 받게 될 테니까.

"우리 용병단에 정식으로 합류하게 된 것을 축하한다. 자네가 배속될 곳은 71중대야. 올란도 중대장에게 가서 전입 신고를 하도록."

그러면서 행정관은 라이의 발령장을 건네줬다. 발령장에도 분명히 써져 있었다. 71중대, 중대장의 이름은 마틴 올란도.

'설마 했는데, 올란도가 중대장이라니……'

성으로 데려오면서 여자 얘기만 줄창 해대던 호색한. 하지만 지금 생각해 보면 왠지 당했다는 기분이 드는 것도 사실이었다. 그래도 기분은 나쁘지 않았다. 집을 떠난 이후, 옆집 형처럼 친근하게 자신을 대해준 사람은 그가 처음이었으니까.

'그게 의도적인 것이었을까?'

그건 알 수가 없다. 하지만 보여지는 모습과는 달리 결코 녹록치 않은 사람이라는 것을 라이는 본능적으로 느끼고 있었다.

'뭐, 어떻게든 되겠지. 기회가 올 때까지 차분히 기다리자. 괜히 섣부른 짓 하지 말고.'

지금까지의 경험에 의하면 조용히 있으면 있을수록 자신에 대한 상대방의 경계심은 약해진다는 것이었다. 또다시 둥지를 옮긴 만큼, 제대로 적응할 때까지 조용히 숨을 죽이고 있는 게 좋으리라.

"아차, 이건 앞으로 네가 7대대 소속이라는 증표다. 정확한 명칭은 제7독립대대지. 그걸 옷깃은 물론이고, 갑옷의 오른쪽 가슴어림에 달도록 해라."

행정관은 급히 서랍을 열고 이상한 문양과 숫자가 써져있는 작은 천 조각 몇 개와 실과 바늘을 꺼내줬다.

"알겠습니다."

"그럼 앞으로 열심히 해보도록. 이제 나가봐."

"예. 그럼 가보겠습니다."

병사가 행정관에게 군례를 올리는 모습을 떠올리며 따라 해 보는 라이. 어설프기는 했지만, 제법 군기가 빳빳하게 든 용병 냄새가 물씬 풍긴다. 하지만 그건 자신의 속마음을 숨기기 위한 위장술의 시작이었다.

열심히 용병생활을 하는 척 해야 아무도 자신을 의심하지 않을 테니까. 물론 지금 당장 탈출할 생각은 없었다. 가장 우선적으로 해야 할 것은 예전의 체력을 회복하는 것이었으니까.

그런데 라이가 지금 전혀 깨닫지 못하고 있는 게 있었다. 집을 떠날 때, 그가 가장 먼저 해야 할 일로 손가락에 꼽았던 것이 무엇이었는지를 말이다. 그것은 바로 규모가 큰 용병단에 들어가 자신의 이름을 드높이는 것이었다.

하층민의 경우, 그게 출세할 수 있는 가장 빠른 길이었으니까. 그렇기에 오크 소굴에서 풀려났을 때, 자신을 구출해 줬었던 브리스코 용병대에 들어가기 위해 그렇게 애쓰지 않았던가. 붉은 전갈 용병단에 비한다면 그 규모에 있어서 새 발의 피도 안 되는 브리스코 용병대에 들어가기 위해서 말이다.

하지만 지금 라이의 머릿속에는 출세고 뭐고, 그런 건 아예 안중에도 없었다. 그에게 지금 가장 중요한 것은 노예라는 굴레를 벗어던지는 것이었다. 그놈의 자유라는 것이 뭐길래…….

행정관실을 나선 라이는 길을 물어물어 대기대로 돌아갔다. 곧바로 제7독립대대로 갈 수도 있었지만, 아침에 사귄 로크에게 아무런 말도 없이 떠나기는 싫었다. 나중에 시간을 내 그를 찾아 대기대로 갔을 때, 자대에 배치 받아 떠나버렸다고 하면 무슨 재주로 그를 찾겠는가.

 헐레벌떡 달려 대기대 방으로 돌아와 보니 로크는 없었다. 하지만 침대 위에 낡은 가방이 놓여있었고, 침대 옆에는 그의 창이 걸쳐져 있었다. 그는 아직 대기대를 떠나지 않은 게 분명했다. 그렇다면 이 시간에 그가 있을 곳은 뻔했다. 그곳은 바로 식당이다. 라이는 다시 허둥지둥 식당을 향해 달려갔다.

 식당에 도착하여 황급히 둘러보니 한쪽 구석에 자리 잡고 앉아 음식을 먹고 있는 로크의 모습이 보였다. 그를 확인한 라이는 재빨리 배식을 받기 위해 늘어서 있는 훈련병들의 뒤쪽에 가서 섰다.

 식당에서 배식을 해주는 사람들은 병사가 아니라 노예였다. 징집병도 아니고 용병들을 상대로 당번을 정해서 식당 일을 시킬 수는 없었기 때문이다. 노예 가격은 비교적 저렴한 편이다. 특히 식당에서 잡일이나 시킬 목적의 나이 어린 노예들은 두말할 필요도 없다.

 배식하는 노예들이 분주히 움직일수록 길게 늘어선 줄이 급속도로 줄어들어 갔다. 배식대 가까이까지 다가선 라이는 한쪽에 수북이 쌓여있는 나무 그릇들 중 하나를 집어 들었다.

 아주 오랫동안 썼기 때문인지 칠이 벗겨진 것도 모자라 흠집투성이였다. 그릇 사이사이에는 제대로 씻지 않아서인지 더러운 때가 끼어있었지만, 어느 누구도 그에 대해서 신경도 쓰지 않았다. 나무 그릇이라는 게 원래 그랬으니까.

 라이가 나무그릇을 들이대자 노예소년은 거기에다가 걸쭉한 스튜를 듬뿍 퍼서 넣어줬다. 얼마나 오랫동안 끓였는지, 내용물이 다 녹아버려서 뭘 넣고 끓인 것인지 알 수도 없을 정도였다. 그러자 옆쪽에 서있던 노예가 딱딱한 빵 한 덩어리를 건네줬다.

고기조각이라고는 구경도 하기 힘든 짭짤한 스튜 한 사발에 빵 한 덩어리. 이게 신병들이 먹는 한 끼 식사의 정량이었다. 스튜를 필요 이상으로 짜게 끓이는 이유는, 이들이 훈련을 받으면서 많은 땀을 흘리게 되기에 염분 보충을 위해 그렇게 만드는 것이다.

라이는 문득 낮에 교관을 따라 들어갔었던 간부식당이 떠올랐다. 똑같은 사람인데 먹는 게 이렇게까지 다르다니. 망할 녀석들!

자신의 앞자리에 라이가 털썩 앉는 것을 보고 심드렁한 표정으로 빵조각을 씹고 있던 로크의 표정이 환히 밝아진다. 안 그래도 누군가와 대화를 하고 싶었던 모양이다.

"야, 축하해주라."

"왜? 무슨 좋은 일 있었어?"

로크는 고개를 약간 치켜들고 으스대듯 말했다.

"에헴! 나 오늘 테스트 통과했어. 자, 봐봐. 이 피땀 어린 결과물을 말이야."

흥분한 로크는 주머니를 뒤져 용병패를 꺼내 보여줬다. 용병패에는 '9급'이라고 써져 있었다.

"너무 좋아 죽겠어. 교관님도 칭찬해 주더라. 한 달 만에 테스트를 통과하는 사람은 그리 많지 않은데, 정말 축하한다고 말이야. 나하고 함께 대기대에 들어온 사람들 중에서 태반 이상이 아직도 이 패를 못 받았거든. 내일부터는 월급도 2배로 뛰어올라. 무려 은화 10개라구! 흐흐흐, 그걸 가지고 뭐 하지?"

겨우 은화 10개를 가지고 저렇게 좋아하다니……. 로크는 잘 모르는 모양이었다. 용병은 월급보다도 수당이 훨씬 더 많다는 사실을 말이다. 하기야 그것도 다 행정관에게 얻어들은 것이었지만…….

로크는 스튜를 떠먹으며 자랑스럽게 말했다.

"너, 그거 알아? 자대 배치되면 식사도 훨씬 더 좋아진다는 거 말이야."

"아니, 몰랐어."

"크크, 이런 개밥을 먹는 것도 오늘부로 끝이야."

그러다 갑자기 뭘 떠올렸는지 로크는 머리를 긁적거리며 미안하다는 듯 라이에게 말했다.

"아, 미안. 너는 한동안 이걸 먹어야 할 텐데, 나 혼자서 기분 내서……."

"아냐, 괜찮아. 네가 기분이 좋다고 하니까, 나도 기분이 좋아지는 거 같아."

라이가 괜찮다며 환하게 웃어주자 로크의 얼굴이 금방 밝아졌다.

"흐흐, 아주 기분이 째진다. 그러니까 오늘 실력평가 받을 때 말이야. 내 앞에 받았던 지미라는 녀석이 실수를 했거든? 그래서……."

흥분한 로크는 빵을 먹으면서도 오늘 있었던 테스트 얘기를 주저리주저리 늘어놨다. 로크의 얘기는 식사가 끝난 후, 대기대 방에 돌아올 때까지도 계속 이어졌다. 한 달 동안 그를 고생하게 만들었던 실력평가를 통과했으니, 얼마나 기분이 좋겠는가. 그걸 잘 알기에 라이는 맞장구만을 쳐줬을 뿐, 초치는 소리는 단 한 마디도 하지 않았다.

그럭저럭 오늘 있었던 얘기를 다 한 로크는 그제서야 라이에게 미안했던 모양이다.

"미안해. 내 얘기만 해서."

"아냐. 괜찮아."

"너는 오늘 어떻게 됐어?"

로크의 질문에 라이는 별 감흥 없이 심드렁하게 대답했다.

"나도 그럭저럭 통과 했어."

첫날에 바로 실력평가를 통과했다는 말에 로크의 눈빛이 심하게 흔들렸다. 같은 초짜인줄 알았는데, 실상은 경력자였다는 말이니까. 하지만 경력자가 왜 이런 허접한 갑옷과 무기를 지급 받은 것인지, 그로서는 이해할 수가 없었다.

로크는 라이의 침상 옆에 기대 세워져 있는 낡은 도끼를 힐끗 바라봤다. 그의 눈길에는 희미한 의심이 묻어 있었다.

"축하해. 나는 324중대로 발령났어. 너는?"

"나는 71중대."

71중대라는 말에 로크의 눈에 경악이 어렸다.

훈련소의 교관들은 무기술을 가르치는 것 외에도 용병단의 편제 같은 것을 틈틈이 가르쳐 줬다. 연대 휘하에 있는 대대의 숫자는 5개. 대대 휘하에 있는 중대의 숫자는 4개다. 그리고 중대는 5개 소대로 구성된다. 로크가 배속되게 될 324중대라는 말은, 3연대 2대대 4중대라는 뜻이었다.

편제상 대대를 뜻하는 번호는 절대로 5를 넘어갈 수 없었다. 하지만 그것은 일반적인 경우고, 붉은 전갈 용병단에는 3개의 독립대대가 존재했다. 6, 7, 8대대가 바로 그것들이다. 그중 7대대는 노예들로 구성된 대대였다.

"너, 서, 설마 노예병이었냐?"

로크가 경기를 일으킬 만도 했다. 대기대에서 생활하면서 지금까지 그가 봐온 노예병들은 모두들 인간 이하의 말종들 뿐이었으니까. 오죽하면 모두들 족쇄를 채워놨을까.

"그래, 나 노예병이야."

로크의 눈에 어리는 짙은 두려움을 보며, 라이는 씁쓸한 마음을 감출 길이 없었다. 방금 전까지는 그렇게 다정했었는데, 자신의 신분을 알자마자 저런 반응을 보이다니. 누구는 노예가 되고 싶어서 됐나?

갑자기 불쾌해졌다. 이제 더 이상 로크와 얘기를 나눌 생각이 사라져 버렸다. 아니, 이곳 방에 있는 것 자체가 싫어졌다.

'자대로 가자. 여기서 이러고 있을 게 아니라.'

자대로 가려면 자신의 소지품을 모두 다 챙겨가지고 가야 한다. 그가 챙길 거라고는 침대 옆에 걸쳐놓은 낡아빠진 도끼 한 자루가 전부였다. 라이가 도끼를 집어 들자 로크가 흠칫하는 게 느껴졌다.

 그의 손이 창이 있는 쪽으로 슬쩍 가는 듯 하더니 이내 멈췄다. 이 좁은 방안에서 창을 들어봐야 도끼를 든 라이의 상대가 되지 못한다는 것을 깨닫고는 잡는 걸 포기한 모양이다.

 하지만 그걸 라이가 눈치 채지 못할 리가 없었다. 서운한 마음이 더욱 크게 느껴졌다. 나를 그따위로밖에 생각하지 않고 있었다니.

 "어쨌건 잘 지내라. 잠시이기는 했지만, 너를 만나서 즐거웠다."

 라이가 천천히 밖으로 걸어나가는 것을 보며 로크는 떨떠름한 표정으로 그냥 앉아있었다. 라이에게 뭐라고 말해야 할지 전혀 생각나지 않았기 때문이다.

노예병들의 기중대

30

붉은 전갈 용병단

대기대 건물 밖으로 나오려고 하니, 경비병이 가로막았다. 훈련병 하나가 무기를 들고 밖으로 나왔으니, 그건 당연한 대응이었다.

"서라! 어디로 가는 거냐?"

라이는 주머니 안에서 발령장을 꺼내 경비병에게 건네주며 물었다.

"71중대로 가려고 하는데요. 어디로 가면 되죠?"

71중대라는 말에 경비병들은 흠칫 했다. 하지만 라이의 얼굴을 자세히 보더니, 그가 아직 어리다는 것을 알고 안심하는 게 역력했다.

"거기에는 왜 가는 거냐?"

"거기에 써져 있잖아요. 길게 얘기하고 싶은 기분 아니거든요. 빨리 길이나 가르쳐 줘요."

71중대는 3연대의 한쪽 구석에 자리 잡고 있었다. 얼핏 보면 71중대를 3연대 전체가 포위하고 있는 것 같은 위치였다. 그 때문에 라이는 중대를 찾아가는데 애를 먹어야만 했다. 71중대의

노예병들의 가중대

위치를 물었는데, 모두들 3연대 쪽을 가르쳐줬기에 아주 헷갈렸던 것이다.

"저기가 71중대다."

"예, 감사합니다. 드디어 찾아왔네."

다른 모든 병영에서는 자신들이 맡은 구역을 경계하고 있었는데 반해, 71중대에서는 단 한 명의 경계병도 밖에 나와 있지 않았다.

똑똑!

"이 한밤중에 누구야?"

막사 문을 두드리자 곧바로 터져 나온 거친 응대에 주눅이 들긴 했지만, 그래도 들어가는 수밖에 다른 도리가 없었다. 빼꼼히 문을 열고 슬쩍 머리를 들이미는 라이. 안을 들여다보니 모두들 한 성깔 할 것 같은 험악한 인상의 사내들뿐이다.

"넌 뭐야?"

찔끔해 하는 라이가 불쌍하게 보였는지, 한 사내가 막아서며 물었다.

"야, 전령한테 겁줘서 뭐하려고 그래! 중대장 찾아왔냐?"

그도 다른 사내들 못지않게 덩치가 좋았다. 행동은 꽤 친절했지만, 얼굴을 가로지르는 커다란 흉터로 인해 인상은 더욱 무시무시했다.

"예."

"저쪽으로 가봐."

"감사합니다."

꾸벅 인사를 하고 긴장감에 쭈뼛쭈뼛 걸어가는 라이를 바라보며 모두들 키득거렸다.

"쓰벌. 저런 초짜를 전령으로 보내다니. 저러다가 길 잃으면 어쩌려고."

"귀엽잖아."

"이런 미친 새끼. 사내놈이 귀엽긴 뭐가 귀여워? 귀여운 거라면 당연히 어린 여자애지. 그런데 왜 우리 대대에는 여자 용병이 없는 거야? 젠장."

"너 같은 놈이 있는데 여자를 넣겠냐?"

그러자 모두들 왁자지껄하게 웃는다. 그리고 또다시 이어지는 대화 속에는 걸쭉한 욕설이 난무했다. 라이가 지금껏 단 한 번도 들어보지 못했던 원색적인 욕지거리들이……

똑똑!

"들어와!"

빼꼼히 문을 여니, 침대 위에 반쯤 드러누워 책을 읽고 있는 올란도가 보였다. 올란도는 라이가 이런 한밤중에 찾아온 게 뜻밖인 모양이었다. 그도 그럴 것이 모두들 발령이 난 그날 밤은 편안하게 대기대에서 자고, 그 다음날 자대로 들어가는 게 보통이었기 때문이다. 서둘러 들어간다고 해서, 월급을 한 푼이라도 더 주는 것도 아니고 말이다.

당혹스러운 표정이었던 올란도는 이내 활짝 웃으며 라이를 맞이했다.

"어이구, 우리 순둥이. 내가 그렇게 보고 싶었쪄? 이렇게 급하게 달려온 걸 보면 말이야."

일부러 혀 짧은 소리를 내며 자신을 놀리는 올란도의 짓궂음에 라이는 울컥 화가 치밀었다. 하지만 어쩔 수 없는 노릇이었다. 이미 여기까지 와버린 것을 어쩌란 말인가.

라이는 퉁명스레 대꾸했다.

"누가 보고 싶었다고 그러십니까."

"뭐, 어쨌거나 건강해 보여서 다행이네. 어제 축 늘어져 버렸을 때는 파묻어야 되는 게 아닌가 걱정했었는데 말이야. 너도 모래를 파봤으니 알 거 아니냐. 시체를 묻을 만큼 구덩이를 깊게 파는 게 얼마나 힘든지."

"말도 안 되는 농담 그만 하시구요. 자요, 이거나 받으세요."

라이가 건넨 것은 발령장이었다. 발령장을 보던 올란도의 눈동자가 약간 커진다.

"어라, 6급 용병? 녀석 제법 인심 후하게 썼는데? 젠장, 술 한 잔 더 사줘야 하는 거 아냐?"

"그게 무슨 말씀이십니까?"

"넌 알 것 없다."

단호하게 말을 끊으며 대충 넘겨버리는 올란도였지만, 눈치 빠른 라이는 그 반응만으로도 자신이 어떻게 6급 용병패를 받게 된 것인지 금방 이해했다. 그러자 로크로 인해 더러웠던 기분이 더욱 더러워지는 것을 느껴야 했다. 자존심이 상한 것이다.

올란도는 성큼성큼 문 쪽으로 걸어가서는 문을 벌컥 열고 머리를 밖으로 내밀며 외쳤다.

"각 소대 소대장들 집합!"

올란도의 명령에 사내 2명이 그의 방으로 들어왔다. 그들 중 한 명은 이미 면식이 있는 사내였다. 방금 전에 이곳 중대장실의 위치를 가르쳐 줬던 바로 그 친절했던 사내였다.

"무슨 일이십니까? 중대장님."

"또 출동 명령이라도 떨어졌습니까?"

"그게 아니라 신입이 들어왔기에 너희들에게 소개나 시켜줄까 하고 불렀다. 너희 둘 다 결원이 있지? 누가 데리고 갈래?"

신입이라는 말에 소대장들의 표정이 떨떠름하게 변했다. 겉모습으로만 봤을 때, 라이를 쓸 만한 용병이라고 판단할 사람은 아무도 없을 테니까. 그래서인지 약간 마른 체형에 사나워 보이는 인상의 사내가 짜증스럽게 말했다.

"이놈이 신참이라고요? 젠장! 어쩌다 하나 들어오나 싶었더니, 저런 비쩍 마른 꼬맹이가 들어오다니. 햇빛에 바짝 말린 멸치도 이놈보다는 통통하겠네요."

"너는 포기야? 그렇다면 너는?"

그러자 뭔가 탐색하는 듯한 눈길로 라이를 노려보는 사내. 안 그래도 무서운 얼굴에다가 흉터까지 있다 보니 더욱 인상파로 보였다. 긴장한 라이가 마른침을 꿀꺽 삼키는 순간, 그 소대장이 한숨을 푹 내쉬며 대답했다.

"제가 데리고 가죠. 어차피 충원이 언제 될지 알 수도 없는데……."

그 말에 올란도는 휘파람을 불며 감탄스럽다는 듯 말했다. 하지만 아무리 들어도 놀리는 것 같은 말투다.

"오오, 과연 현명한 라이언. 언제 올지도 모를 대어를 기다리느니, 눈앞의 피라미라도 키워서 잡아먹겠다?"

'누굴 보고 피라미라는 겁니까?' 하고 꽉 쏘아주고 싶었지만, 한 덩치 하는 위압적인 인상의 소대장들 앞에서 감히 숨소리도 내지 못하고 눈치만 살피고 있는 라이.

"그럼 저는 가보겠습니다."

소대장 중 한 명은 올란도의 허락이 떨어지지 않았는데도 불구하고 그냥 방 밖으로 나가버렸다. 사내의 그런 행동에 올란도가 아무런 반응도 보이지 않는 것을 보면, 여기서는 원래 그렇게 하는 모양이었다.

하지만 이런 군기 빠진 행동을 지금껏 촌장네 기사들에게서는 단 한 번도 본적이 없었던 라이였기에 내심 당황스러울 수밖에 없었다.

올란도는 빙글빙글 웃으며 두 사람을 서로에게 소개했다.

"이쪽은 라이, 그리고 이쪽은 내가 총애하는 3소대장 라이언이야. 그리고 방금 전에 나간 녀석은 2소대장 론도. 그 외에 3명의 소대장이 더 있지만 모두들 임무를 맡아 밖에 나가 있으니 한동안은 만날 수 없을 거다."

"더 이상 하실 말이 없으시면 저도 가보겠습니다."

3소대장 라이언은 라이에게로 시선을 돌리며 말했다.

"짐 챙겨서 나를 따라와라."

돌아서는 라이언에게 올란도는 문득 떠올랐다는 듯 급히 말했다.

"참, 라이언."

"예, 뭔가 지시하실 게 있으십니까?"

올란도는 손가락으로 라이를 가리키며 진지한 어조로 말했다.

"저 녀석 상태를 좀 봐. 지금 당장 써먹을 수는 없겠지?"

"그렇겠죠."

"그러니까 누구 한 명 붙여서 단련 좀 시켜."

올란도는 라이가 받은 실력 평가가 제대로 된 것이라는 것을 몰랐다. 그렇기에 자신의 협박과 뇌물에 의해 획득한 엉터리라고 확신하고 있었다. 그런 라이를 지금 당장 일터(?)에 투입했다가는 곧바로 시체가 되어 돌아올 것은 불을 보듯 뻔한 사실. 때문에 어떻게든 조금이라도 더 훈련을 시켜 생존율을 높이려는 것이다.

하지만 그런 올란도의 속마음을 알 리 없는 라이언은 인상을 찡그리지 않을 수 없었다. 그렇게 되면 소대원을 한명 증원 받는 게 아니라, 오히려 가뜩이나 모자라는 인원에서 한 명이 더 없어진다는 뜻이었으니까.

라이언은 불만어린 어조로 대꾸했다.

"그렇게까지 해야 합니까?"

"길어봐야 한두 달이야. 기왕에 들어온 놈인데 제대로 써먹어야 할 거 아냐?"

"그건 그렇죠."

아무리 규율이 엉망인 용병단이라고 해도 계급이 깡패다. 라이언은 올란도의 말에 불만이 많았지만, 애써 참으며 방밖으로 나갈 수밖에 없었다.

중대장실에서 라이를 데리고 돌아온 라이언 소대장은 약간은 짜증 섞인 목소리로 누군가를 호명했다.
"하리스!"
그러자 침상에 누워있던 사내 하나가 몸을 부시시 일으키더니 고개를 돌렸다. 그리 체구가 큰 사내는 아니었다. 특징이 있다면 덥수룩한 수염을 기르고 있다는 점과 귀쪽으로 커다란 흉터가 나있다는 것이다. 아마도 창 같은 무기가 그쪽을 훑고 지나간 모양인 듯, 그의 오른쪽 귀까지 통째로 뜯겨 나가고 없었다.
"무슨 일입니까?"
"이번에 우리 소대에 새로 들어온 녀석이다. 두어 달 시간 여유를 줄 테니, 네가 책임지고 한 사람 몫을 할 수 있도록 만들어라."
하리스는 떨떠름한 표정으로 반문했다.
"그 말씀은…, 임무가 생겨 소대가 출동하게 된다 해도 저보고 여기 남아서 저 녀석을 가르치라는 겁니까?"
"당연하지. 어쩌면 내 등 뒤를 맡겨야 할지도 모르는 동료인데, 제대로 훈련을 시켜서 써먹어야 할 거 아니겠냐."
"흐흐, 그거 농담이시죠? 소대장님 성격을 내가 빤히 아는데, 저놈한테 등 뒤를 맡겨요? 그 말을 내게 믿으라구요?"

하리스의 말에 라이온 소대장의 얼굴이 왈칵 일그러졌다.
"말이 그렇다는 거야, 임마! 잔소리 말고 해."
"싫어요. 다른 사람 시켜요. 한 푼이 아쉬운 판에……."
용병 월급은 매우 빈약하다. 그렇게 하는 이유는 한건씩 임무를 수행할 때마다 따로 수당을 책정해서 주기 때문이다. 그렇게 하지 않는다면, 누가 목숨을 걸고 임무를 수행하러 달려 나가겠는가.
"아, 정말 두세 달만 좀 하라니까. 네가 임무를 받지 못해 손해를 보는 건 맞으니, 내가 신병을 교육시키는 것에 대한 수당을 위쪽에 청구해 주도록 하지. 어때?"
"흐음, 얼마나 줄 건데요?"
"그건 나중에 이놈을 어느 정도 수준까지 끌어올려 놨는지에 따라 다르지."
라이언은 라이에게로 고개를 돌리며 물었다.
"너 테스트에서 몇 급 받았냐?"
"6급 받았습니다."
"뭐, 6급이라고?"
6급이라는 라이의 말에 라이언의 얼굴이 환하게 밝아진다. 마치 봉 잡았다는 듯한 표정이다. 그도 그럴 것이, 저 바짝 말린 멸치 같은 체구로 봤을 때 잘 받아봐야 8급쯤으로 생각하고 있었던 것이다. 그런데 6급이라니! 그 정도라면 체력만 좀 보완시켜 놔도 한 사람 몫은 충분히 해내고도 남는다는 말이 아닌가.
"완전 재수! 내가 뽑기 운이 있었군. 흐흐, 론도 녀석이 배 꽤나 아파하겠는데."

기분이 좋은 듯 라이언은 환하게 웃으며 라이에게 다시 물었다.

"너 딴 데서 용병 생활 해봤었냐?"

"이번이 처음입니다."

"그럼 실전 경험은?"

"없습니다."

실전 경험이 없다는 대답에 라이언의 환하던 얼굴이 살짝 일그러졌다.

"죽어라 훈련만 받았다는 말이군."

"예."

초짜라는 게 그리 나쁜 것만은 아니다. 다른 용병대에서 나쁜 버릇을 배워오지 않았다는 장점도 있으니까. 라이는 지금 몸도 마음도 백지인 상태. 이쪽에서 가르쳐 주는 것만을 진리로 받아들일 수밖에 없는 놈인 것이다. 라이온은 그렇게 생각하며 애써 마음을 위안했다.

"목검으로 말뚝을 두들겨 패는 것과 진검으로 사람을 죽이는 것은 완전히 다르지. 네가 6급 용병패를 받았다고는 하지만, 지금 이 상태로 실전에 나간다면 첫 임무도 제대로 완수하지 못하고 시체가 될 게 뻔해."

라이언은 하리스에게로 다시 고개를 돌리며 말했다.

"두어 달 뒤에 라이가 5급을 통과할 수 있는 실력으로 만들어 놓으면 내 수당으로 3골드를 받도록 해주지."

목숨을 거는 것도 아닌데, 3골드씩이나 준다니. 그 정도라면 꽤나 보수가 후하다고 볼 수 있었다. 하지만 그 제안을 받은 하리스는 실쭉 눈을 가늘게 뜨며 의심스럽다는 듯 되물었다.

"정말요? 하지만 나중에 그런 일 없었다고 시침 뚝 떼시면 나만 바보 되는 거 아닙니까. 제가 소대장님을 못 믿는 건 아니지만, 그만한 재량권을 쥐고 있는 것도 아니고……."

하리스의 의심스런 시선에 라이언은 울컥해서 소리쳤다.

"이 망할 새끼! 날 못 믿겠다고? 좋아. 지금 당장 중대장한테로 같이 가자. 중대장 말이라면 믿겠냐?"

"그렇게까지 하실 필요는 없는데…, 헤헤. 뭐, 저야 그래 주시면 좋죠."

하리스는 슬쩍 라이에게로 시선을 돌리며 말했다.

"저쪽 자리를 써. 내 옆자리니까 여러모로 편리할 거야. 너는 우리가 다녀오는 동안 짐 정리나 하고 있어."

"예."

"자, 그럼 중대장실로 가시죠."

그런 뒤 기분 좋은 얼굴로 중대장실을 향해 성큼성큼 걸어가는 하리스. 그런 하리스를 어이가 없다는 듯 바라보던 라이언은 이빨을 으드득 갈 수밖에 없었다.

"이 개새끼. 나중에 두고 보자."

"에이, 사내가 왜 그리 꽁해요. 그리고 제가 지금 틀린 소리 하는 게 아니잖아요. 계약은 언제나 확실하고 명확하게! 이게 좋은 겁니다, 흐흐흐."

노예병들의 가중대

그 둘이 중대장실로 떠난 후, 라이는 하리스가 권한 침상에 살며시 앉았다. 건초를 잔뜩 넣은 매트는 향긋하면서도 푹신했다. 대기대와 달리 이곳에 있는 매트는 건초를 자주 갈아주는 모양이라고 라이는 생각했다.

'이제부터 여기에서 살아야 되는 건가?'

집 떠난 이후 참으로 험난한 인생을 살아왔다. 여기도 평안한 곳은 결코 아닌 것 같았지만, 일단 매트 하나만큼은 마음에 들었다. 꼭 고향의 자기 침대 같았으니까.

매트를 가만히 매만지던 라이는 누군가의 시선을 느끼고 흠칫 고개를 들었다. 옆쪽 침대에 누워있던 사내가 자신을 빤히 바라보고 있었다. 라이는 눈이 환해질 만큼 대단한 미남자를 이런 노예부대 안에서 보게 될 줄은 생각도 못했다. 멍하니 라이가 자신을 바라보고 있자, 상대는 되려 불쾌하다는 듯 툭 내뱉었다.

"뭘 봐?"

'먼저 보고 있었던 놈은 자기면서…….'

울컥했지만 라이는 슬쩍 시선을 다른 쪽으로 돌렸다. 저쪽은 고참이었고, 자신은 신입이니 괜히 다퉈봐야 좋을 게 없다는 생각이 들었던 것이다.

"여기에서 자도 괜찮겠습니까?"

"마음대로 해. 임자 있는 침상만 아니라면, 자리를 선택하는 것은 자유니까 말이야."

생긴 것과 달리 말투는 아주 퉁명스럽고 싸가지가 없었다.

'젠장, 내가 참아야지.'

라이는 무기류를 자신의 사물함에 쑤셔 넣은 다음, 갑옷을 벗었다.

'이대로 잘까?'

무척 피곤했지만 아직 이곳의 분위기를 잘 모르는 상황이니만큼 안심하고 잠을 청할 수도 없었다. 더군다나 방금 전에 소대장과 하리스라는 인간이 주고받던 얘기를 떠올려보면, 아무래도 나중에 다시 돌아와서 자신을 찾을 것만 같았다.

이때, 그의 시야에 낡아빠진 갑옷이 들어왔다.

'그래, 노니 뭐해. 기름이나 먹이자.'

가죽제품을 오래 쓰는 데는 기름을 듬뿍 먹여두는 게 최고였으니까.

라이언의 얘기를 들으며, 올란도는 내심 난감하기 짝이 없었다. 라이가 받은 6급 용병패는 자신이 교관에게 협박과 뇌물을 퍼부어서 받게 만든 완전 엉터리 자격증이었으니까. 그런 놈을 두세 달 교육시켜 5급으로 만든다? 하리스가 초특급 능력을 지닌 교관이라고 해도 그건 불가능한 일이었다.

올란도는 희망에 들떠 환히 웃고 있는 하리스에게 살짝 미안한 마음이 들었지만, 그렇다고 대놓고 사실을 알려줄 수는 없었다. 그건 자신의 비리와 관련된 일이었으니까.

"좋아. 만약 그렇게 할 수 있다면 내가 위에 건의해서 수당 3골드를 받을 수 있도록 해주지. 그럼 됐나?"

하리스는 희희낙락해서 고개를 연신 끄덕였다.
"물론입니다, 중대장님. 그럼 약속하신 겁니다?"
"그래, 내 약속하지."

하리스가 중대장실에서 돌아왔을 때, 라이는 침상에 앉아 갑옷에 기름을 먹이고 있었다.
"뭐하고 있냐?"
"갑옷에 기름 먹이는 중인데요."
하리스는 라이의 갑옷을 뺏어들고 대충 살펴보더니, 다시금 라이에게 던져준 뒤 말했다.
"시간 낭비하지 마라. 그런 쓰레기에다 기름을 먹여봐야 어디에다가 쓰겠냐. 이미 수명이 다한 갑옷이야."
"그래도 갑옷이라고는 이거 밖에 없는데 어쩝니까. 이렇게라도 해서 써야지."
"네 두세 달 월급을 모아서 중고품을 구입하도록 해. 아무리 싸구려라고 해도 저것보다는 백배 나을 테니까."
그 말에 라이는 답답하다는 듯 투덜거렸다.
"그럴 수 있다면 오죽이나 좋겠어요. 행정관님한테 얘기 들었는데, 월급은 직접 주는 게 아니라, 통장에 입금된다고 하더라구요."
"그러니까 그 통장에 입금된 돈으로 사라는 거잖아."
"아, 정말. 행정관님께서 말씀하시길, 돈은 나중에 제대할 때가 돼야 찾을 수 있다고……"

이런 식의 동문서답이 계속되자, 하리스는 황당하다는 듯한 표정으로 라이에게 물었다.

"너 은행에 한 번도 가본 적 없지?"

"예. 아직까지 한 번도."

진지한 표정으로 고개를 끄덕이는 라이. 하리스는 한심하다는 듯 라이의 뒤통수를 내리치며 말했다.

탁!

"에라이! 그게 자랑이냐?"

"제가 언제 자랑했다고 그래요. 지금껏 묻는 말에 성실히 대답했잖아요."

"에이, 빌어먹을! 이런 촌놈한테 그따위로 설명을 해주다니. 잘 들어. 그 말은, 통장의 돈을 현금으로 빼서, 현찰로 들고 다닐 수 없다는 말이야. 대신, 이곳 성내에 있는 모든 상점에서는 물건을 살 때 통장만 들이밀면 알아서 그 안에 들어있는 돈을 빼간다고."

그 말에 라이는 황급히 주머니 안에 손을 넣어 통장을 꺼내보았다. 하지만 아무리 살펴봐도 단순한 종이뭉치인데, 그 속에 돈이 들어갈 수도 있고, 또 그 돈을 빼내는 재주가 있다니. 정말 놀랄 노자였다.

"와, 신기하네. 어떻게 이 안에 들어있는 돈을 빼갈 수 있지?"

옆에서 듣고 있던 하리스는 도저히 참지 못하고 라이의 뒤통수를 다시 한번 쥐어박았다.

딱!

그리고는 속이 터진다는 듯 가슴을 쿵쿵 치며 말했다.
"이런 무식한 새끼! 말이 그렇다는 말이야. 그 속에 돈이 어떻게 들어가 있겠냐? 돈은 은행이라는 곳에 있지. 대신 여기에는 은행에 보관되어 있는 네 돈의 액수가 기록된다는 말이야. 상점에서 네가 물건을 구입한 다음에 통장을 내밀면 물건 값만큼을 통장에 기록된 금액에서 제외한 다음, 그만큼의 금액을 은행에서 찾아가는 거야. 이제 이해가 가냐?"
하리스의 자세한 설명을 듣고 나서야 라이는 월급을 어떻게 빼서 쓰는지 그 방법을 알 수 있었다.
"나중에 네 월급이 좀 모이게 되면 갑옷부터 사러 같이 가자. 그놈의 통장을 어떻게 쓰는 건지 내가 직접 가르쳐 주지. 가만히 보니 너 혼자 갔다가는 바가지를 왕창 뒤집어쓸 게 뻔하니 말이야."
"그렇게 해주시면 저야 고맙죠."

두 사람이 통장을 사이에 두고 이런 대화를 나누고 있을 때, 갑자기 중대장실이 있는 방향에서 올란도의 목소리가 들려왔다.
"소대장들 집합!"
"이런 젠장, 또 무슨 일이야?"
라이가 고개를 들어 보니, 불만 가득한 어조로 투덜거리며 중대장실로 걸어가는 라이언 소대장의 모습이 보였다.
"무슨 일이지?"
"설마 또 출동하라는 것은 아니겠지?"

"이런 젠장, 임무를 마치고 돌아온 게 며칠 전인데, 또야?"

"윗사람들이 우리를 그냥 놀려 둘 리가 있겠냐? 놀고 있는 놈들에게 돈 줘야지, 밥 줘야지……. 배가 아플 수밖에 없겠지."

짜증스런 어조로 얘기를 나누고 있는 소대원들의 말대로라면 출동에서 돌아온 지 얼마 지나지도 않았는데, 또다시 출동 명령이 떨어질 거라는 것이다. 그런데, 정말 그들의 예상대로 출동을 나가는 것일까? 그 해답은 곧이어 밝혀졌다.

라이언 소대장이 거칠게 문을 열며 큰 소리로 외쳤다.

"모두들 출동 준비해라. 새로운 임무가 떨어졌다."

"예? 무슨 임무인데 그러십니까?"

그러자 딴 쪽에서는 불만 가득한 목소리가 들려왔다.

"젠장. 돌아온 지 며칠이나 됐다고 벌써 출동이야."

"야야, 바트. 그 주둥이 닥치지 못해!"

연신 투덜거리는 바트라는 사내에게 인상을 왈칵 일그러트리며 매섭게 쏘아붙인 라이언 소대장은 주위를 둘러보며 외쳤다.

"이번에는 상단 호위 임무다. 예정기한은 약 1개월! 성공 수당은 월급의 100%다. 20분 내로 출발할 예정이니, 알아서 짐들 챙기도록! 알겠나?"

"옛!"

아침이 되어 해가 뜨면 더욱 이동하기 힘든 게 사막이다. 그렇기에 이 한밤중에 바로 출발하는 모양이다. 지금 출발하면 최소한 덥지는 않으니까.

그리고 성공 수당을 퍼센트 단위로 발표하는 이유는, 각 용병

노예병들의 기중대 143

들마다 월급의 액수가 틀렸기 때문이다. 즉, 성공수당이 100%라면, 월급 1골드 받는 자는 1골드를, 2골드 받는 자는 2골드를 추가로 받게 된다는 말이었다. 물론, 임무 수행에 실패했을 때는 땡전 한 푼 받지 못하고 말이다.

출동 준비를 하느라 분주하게 짐을 싸고 있는 동료들을 부러운 듯 바라보는 하리스. 여기에 남게 된다는 것은 곧 이번 수당을 날리게 된다는 것과 똑같은 의미였다.

"젠장, 한 푼이라도 더 벌어야 하는 이 중대한 시점에 이런 꼬맹이한테 발목이 잡히다니······."

투덜거리던 하리스는 라이에게로 고개를 돌리며 신경질적인 어조로 외쳤다.

"뭘봐, 새꺄! 쓸데없는 데 신경 쓰지 말고 빨리 자. 내일 아침부터 차라리 죽는 게 낫다고 생각될 만큼 박박 굴려줄 테니까."

"예."

동료들과 같이 출동할 수 없다는 답답함에 괜히 라이에게 신경질을 내는 하리스였다.

크라레스의 속셈?

30

붉은 전갈 용병단

"루겔 다란스?"

"예. 그녀석도 포함시켰으면 합니다."

교관의 말에, 상급자는 떨떠름한 표정으로 대꾸했다.

"그 녀석은 그동안 배운 검술조차 제대로 구사하지도 못하는데……?"

"상부에서 내려온 지시는, 검술을 얼마나 완벽하게 익혔느냐가 아니라 검술에 대한 이해도입니다. 루겔 다란스는 검술을 숙달시킬 시간이 부족해서 제대로 구사하지 못하는 것일 뿐, 검술에 대한 이해도는 여기에 있는 아이들 중에서 가장 뛰어나다고 생각합니다."

"허, 참. 정말 이해를 못하겠군. 자네 말대로 그만한 재능을 가지고 있었다면 왜 아카데미에 입학하지 못한 거지?"

"아버지의 사업 때문에 코린트에서 2년 동안 지낸 게 치명적인 약점으로 작용했을 겁니다. 아마, 그 때문에 기사학부 입학 시험에 탈락했을 거라 생각됩니다."

코린트에 감으로 인해서 잃어버리게 된 세월을 검법만 새롭게 익힌다고 해서 보상받을 수 있는 것은 절대로 아니다. 코린트에서 검법을 배우지 않았다면 몰라도, 배웠다면 미묘한 문제점이 발생하게 된다.

 상대편 기사와 조금만 검을 섞어 봐도 상대가 어느 나라에서 어떤 검술을 배웠는지를 파악하는 게 가능한 이유는, 그만큼 나라마다 각기 뚜렷한 특징을 지니고 있기 때문이다.

 검을 쥐는 사소한 동작 하나에도 미세한 차이를 보이는 것은 말할 것도 없고, 스텝을 밟는 간격이나 공격하는 타이밍 등등……. 수도 없이 많은 사소한 차이점들을 드러내고 있기 때문이다.

 그렇다보니 다른 나라에서 검술을 배워오게 되면, 거기에서 무심결에 몸에 배여 온 자세를 교정하는 것만으로도 족히 몇 년이 필요하게 되는 경우도 있다. 코린트 쪽에서는 권장되는 자세가, 크라레스쪽에서는 고쳐야 되는 나쁜 자세인 경우까지 있었다.

 사실, 이것도 다 실전검술로 따진다면 그냥 넘어가 줄 수도 있는 문제겠지만, 학교 수업이라는, 실전과는 거리가 먼 우물 속에서 행해지는 것이다 보니 한번 그곳의 선생들에게 눈 밖에 나게 되면 두고두고 고생을 하게 되는 것은 뻔한 사실이다.

 "흠, 자네가 그렇게까지 추천하는 것을 보면 재능이 있긴 있는 모양이군. 그런데 신분 조회는 의뢰했나? 코린트에 가있었다고 하니 조금 미심쩍어서 말일세."

 그러자 교관은 곧바로 대답했다.

 "이미 정보부에 다란스의 신분 의뢰를 했습니다. 그리고 문제가 없다는 답장을 얼마 전에 받았고 말입니다."

부하의 꼼꼼한 일처리가 마음에 든 듯 흐뭇한 표정을 짓던 상급자는 천천히 고개를 끄덕였다.

"하기야…, 겨우 아카데미에 특례 입학시키는 것 정도 가지고, 다른 나라의 정보부가 관심을 가질리는 없겠지. 알겠네. 자네의 말대로 그녀석의 이름도 승급자 명단에 포함시키도록 하지."

하지만 이들은 모르고 있었다. 위쪽에서 원하는 것은 '재능'이었을 뿐, 이 아이들을 어떻게 써먹겠다는 것에 대해서는 하달된 바가 없었다. 그들도 여기에서 뽑힌 애들이 아카데미 기사학부에 특례입학 된다는 정도밖에는 알지 못하고 있었던 것이다.

문제는 그곳 아카데미에 가서 조금만 더 '재능'이라는 것을 드러내게 되면, 그 다음 과정부터는 그들을 가르치게 되는 교관들이 크라레스의 정규 기사들이 된다는 것까지는 모르고 있었다.

만약 그 정보가 조금이라도 새나갔다면 크라레스의 상층부에서는 난리가 났으리라. 기사들을 투입해서 테스트를 한다는 말은 곧 '오러(氣)'의 수련을 의미했기 때문이다. 왜냐하면 정규 기사들만이 오러를 자유자재로 다룰 수 있으니까.

그날 교관들은 겨우 이 정도 미끼를 가지고 타국의 정보부가 관심을 가지지는 않을 거라고 나름 결론을 지었지만, 거기에 관심을 가진 나라도 있었다. 그것은 바로 대제국 코린트였다.

예전에 한번 크라레스에게 뒤통수를 제대로 까여본 경험이 있는 코린트였기에, 이번 일도 무슨 일인가 싶어 박쥐들을 몇 마리 밀어 넣었던 것이다. 놀랍게도 루겔 다란스 역시 그중에 하나였다.

"루겔 다란스라구요?"

"오늘부터 네 이름이다. 신상정보를 확실하게 외우도록! 실수하면 안 돼. 알겠나?"

두로인은 기가 막힐 수밖에 없었다. 자신은 며칠 전까지만 해도 아카데미 기사학부에서 중위권 성적을 거두고 있던 성실한 학생일 뿐이었다. 그가 자신 있게 할 줄 아는 거라고는 지금껏 배워온 칼질뿐이다. 물론 그것도 제대로 다 배우시 못한 엉터리일 뿐이었지만…….

그런 그를 데려다가 정보원으로 써먹겠다니. 이게 말이나 되는가?

"저…, 구체적으로 제가 해야 하는 일이 뭡니까?"

"그리 어려운 일은 아니다. 보고서를 보니, 어렸을 때 크라레스에서 몇 년간 거주했다지?"

"그건…….''

잠시 머뭇거렸지만, 도저히 발뺌을 할 수 없다는 것을 깨닫자 곧 인정했다.

"예, 그랬습니다."

하지만 그는 곧이어 두 눈을 치켜뜨며 따졌다. 이대로 당할 수만은 없다는 오기가 치밀어 올랐기 때문이다.

"그래서 그게 어쨌다는 거죠? 그렇게 자세히 조사해 보셨다면, 제가 왜 그 지방에서 거주할 수밖에 없었는지 아실 거 아닙니까. 순전히 그건 아버지의……."

사내는 차가운 표정으로 두로인의 말을 끊었다.

"자네 아버지와는 상관없다네, 젊은이."

"그, 그럼……?"

"자네가 크라레스 쪽에서 자랐다는 것. 그게 가장 중요한 거야. 어때? 지금은 잘 숨기고 있지만, 크라레스 쪽 억양은 아직도 기억하고 있겠지? 하긴, 무려 5년씩이나 살았으니 말이야."

"그…, 그야……."

"자네한테 건네 준 그 문서를 읽어 봐. 물론 크라레스쪽 억양으로 말이야."

어쩔 수 없었다. 사내는 이미 모든 것을 알고 있었으니까. 그렇기에 두로인은 루겔 다란스라는 놈의 신상정보를 쭉 읽어 내려갔다. 크라레스쪽 사투리로…….

두로인이 다 읽고 나자 사내는 박수를 치며 말했다. 하지만 그의 얼굴에서는 단 한 점의 미소도 찾아볼 수 없었다. 그는 무감정한 어조로 말했다. 너무 억양 없이 말하다 보니 자신을 조롱하고 있는 게 아닌가 하는 느낌마저 들 정도였다.

"호오, 제법이군. 그 정도면 아주 훌륭해. 기대 이상이야. 지금부터 그 문서를 확실하게 암기하도록 해. 나중에 테스트 해보고, 틀리면 약간의 고통을 당하게 될 테니까, 주의하는 게 좋을 거야. 알겠나?"

그는 일어서면서 다시 한 번 더 강조했다.

"나는 분명히 경고했다."

두로인은 도저히 참지 못하고 물었다.

"도대체 저에게 왜 이러시는 겁니까? 저는 레카스 아카데미의 기사학부에 다니는 평범한 학생일 뿐이란 말입니다. 아카데미에 다닌 이후로, 집에도 거의 돌아가 본 적이 없습니다. 제 아버지의 잘못, 아니 저희 친척의 잘못 때문이라면……."

"쉬~, 우리 시간낭비 하지 말자구. 분명하게 말하지. 네가 이리로 잡혀 온 것은, 크라레스쪽 말에 익숙하다는 점, 그것 하나였어. 15세 전후의 소년 중에서 검술에 능하면서도 크라레스쪽 억양에 익숙한 놈. 그게 위쪽에서 찾아내라고 한 조건의 전부였거든. 알겠냐?"

"예? 예."

"그럼 이제부터 그걸 달달 외워. 안 그러면 뜨거운 맛을 보게 될 테니."

두로인은 자신에게 주어진 문서의 내용을 달달 외우는 수밖에 도리가 없었다. 몇 대 맞고 보니, 이건 개긴다고 해서 넘어갈 수 있는 문제가 아니었으니까.

정보부에서 두로인이 받은 교육이라는 것은 정말이지 형편없는 것이었다. 사실, 시간여유가 너무 촉박한 이유도 있었고 말이다. 하지만 정보부로서는 선택의 여지가 없었다.

크라레스 말에 능통하면서도, 검술에 능해야 했고, 또 15세여야 한다는 조건이 붙어 있었다. 그렇다보니 정보부에서도 두로인 같은 초보자를 잡아다가 이런 무리수를 두게 된 것이었다.

"자, 영문도 모르고 우리가 시키는 대로 잘 따라와 준 것을 고맙게 생각한다네, 젊은이."

사내는 두로인을 잠시 바라본 다음 말을 이었다.

"자네가 왜 이런 일을 당해야 하는지 무척 궁금하겠지? 물론 자세한 것까지 밝힐 수는 없지만, 몇 가지만은 알려주지. 자네가 이제부터 해야 하는 일은 황제 폐하와 국가를 위한 일이라는 거야. 크라레스에서는 지금 모종의 일을 꾸미고 있어. 그런데 왜 그런 짓을 벌이고 있는지에 대해서, 이쪽에서는 도저히 짐작조차 못하고 있단 말이야. 그래서 자네와 같은 젊은이를 뽑아 들이게 된 거지."

"하지만 저는……."

사내는 두로인이 말조차 하는 것을 허용하지 않겠다는 듯 입가에 손가락을 가져다 대며 말했다.

"쉬~, 물론 자네가 전문적인 첩자 교육을 받지 않았다는 것은 나도 알고, 자네도 알고, 여기에서 일하는 모든 사람들이 다 아는 사실이야. 우리는 자네가 무슨 일을 해주길 원하는 게 아니야."

"그, 그렇다면……?"

"자네는 그저 여기에서 교육받은 대로 루겔 다란스라는 사람으로 살기만 하면 되는 거야. 크라레스에서 말이지. 자네는 최대한 자신의 정체가 발각되지 않도록 주의만 하면 돼. 그러자면 자네가 코린트에서 배운 검술! 특히 아카데미 정규과정에서 배운 것을 사용하면 안된다는 건 잘 알겠지?"

사내의 말에 두로인은 무척 불쾌하다는 표정으로 대꾸했다.

"제가 어린애도 아니고, 그런 뻔한 주의는 해주실 필요 없습니다."

"핫핫, 아직 내 말을 이해하지 못하고 있군. 스텝을 밟는 타이밍이라든지, 손목을 꺾는 각도 등등……. 우리 코린트 검술의 특징들이 묻어나올 수 있는 곳은 너무나도 많다는 게 사실이야. 그러니 자네가 어린 시절 초등교육을 그곳에서 받았다는 게 그 때문에 중요한 거야. 제발 그때의 기억을 잊지 않았으면 좋겠군."

그 말에 두로인은 얼떨떨한 표정으로 대답했다.

"아…, 예."

아버지의 일 때문에 크라레스에서 살았던 5년. 그곳에서 그는 어쩔 수 없이 크라레스의 초등교육을 받을 수밖에 없었다. 거기에서 가르쳐 주는 기초검술을 배웠고, 몸에 익혔다. 그로인해 그의 인생은 엉망으로 꼬여버렸다.

나중에 아버지와 함께 코린트로 돌아와 보니, 검술이 완전히 바뀌어 있었던 것이다. 아카데미에서의 검술 성적이 중간 정도밖에 가지 못한 것도 다 그 탓이었다. 그런데, 그것 때문에 자신이 이 어처구니없는 사건에 휘말리게 되다니…….

낙담해 하는 두로인을 향해 사내는 예의 그 차가운 말투로 말했다.

"이것은 자네에게 커다란 기회가 될 수 있다네. 별 볼일 없는

3류 기사의 아들. 주위에 자네의 뒤를 봐줄만한 지위를 가진 사람도, 재력을 지닌 사람도 없지. 그렇다고 아카데미 성적이 특출난 것도 아니고 말이야. 이래서는 자네도 자네 아버지처럼 3류 인생을 살다 갈 뿐이야. 하지만 이번에 자네는 엄청난 기회를 잡은 거야. 크라레스는 본국만큼이나 기사들의 실력이 뛰어난 강국이라는 것쯤은 알고 있겠지? 거기에서 제대로 된 교육을 받게 되는 거라고."

"뭘 가르치는 것인지, 뭐 그런 정보를 빼내라는 겁니까?"

예상외로 사내는 고개를 가로저었다.

"그런 정보는 필요 없네. 도대체 어느 정도 수준까지 교육시키려는 것인지, 그리고 최종적으로 선발된 인원이 과연 몇 명이나 될지……. 우리가 알고 싶은 건 바로 그거라네. 그러니 자네는 딴 생각 하지 말고, 그냥 열심히 하기만 하면 돼. 최종적인 것은 자네가 탈락하고 난 다음에 묻기로 하지."

코린트의 정보부에서는 두로인이 최종 과정까지 따라갈 수 있을 거라고는 처음부터 기대도 하지 않았다. 왜냐하면 두로인에게만 목을 매달고 있는 게 아니었으니까.

두로인에게 말해주지는 않았지만, 크라레스에 첩자로 투입하는 아이들의 숫자는 한둘 정도가 아니었다. 물론 그들을 선발하는 기준은 크라레스쪽 말을 얼마나 능숙하게 구사하느냐였다.

때문에 검술 실력이 뛰어난 아이를 보낼 생각은 처음부터 하지도 않았다. 크라레스와 코린트의 검술은 완전히 달랐다. 그런 만큼 코린트의 검술에 이미 익숙한 아이일수록 발각될 가능성

크라레스의 속셈? 155

만 높아질 것은 뻔한 사실이었으니까.

　두로인을 돌려보낸 다음, 사내는 혼잣말처럼 중얼거렸다.

　"첩자로 심어놓은 애들이 하나 둘씩 탈락할 때, 그때쯤 되서야 모든 것을 파악할 수 있겠지. 그런데 이런 얼토당토않은 짓을 꾸미는 크라레스의 저의가 도대체 뭐지? 이런 식의 벼락치기 교육으로 제대로 된 기사를 양성시킬 수는 없다는 것쯤은 그쪽도 뻔히 알 텐데 말이야. 생각할수록 미스터리로군."

　크라레스의 움직임에 민감하게 대응하는 코린트의 정보부. 코린트는 크라레스와 국경을 맞대고 있는 처지였기에 이런 식으로 신경을 쓸 수밖에 없었다.

　하지만 코린트와 달리 대부분의 국가들은 크라레스의 움직임을 그저 바라만 볼 뿐이었다. 그리고 그런 것은 알카사스나 크루마라고 해서 별로 다를 것도 없었다.

　이곳은 크루마의 정보부.

　"이건 또 뭔가? 15세 정도의 아이들을 대량으로 끌어모아 검술교육을 시키고 있다고?"

　"예."

　정보관은 보고서를 탁자에 탁 내려놓으며 으르렁거렸다.

　"겨우 이따위 보고서를 나한테까지 올린 이유가 뭔가?"

　매서운 질책에 크라레스 담당관은 식은땀을 흘리며 변명했다.

　"노예까지 몽땅 다 그 소집대상에 포함시켰다고 하지 않습니까? 더군다나 재능이 있다고 판단되면, 곧바로 아카데미 기사학부로 편입까지 시켜준다고…….”

"헛소리! 겨우 그 정도 교육만으로 제대로 된 실력자를 만들 수 있다고 생각하나? 그 정도 수준의 교육은 우리나라의 웬만한 학교에서는 다 가르치고 있어. 아니, 오히려 그보다 훨씬 더 수준 높게 가르치고 있지.”

"하, 하지만…….”

"자네는 노예까지 끌어 모았다는 점에 무게를 둔 모양인데, 내 생각에는 전혀 의미가 없는 행동이야. 여기, 이곳을 읽어보란 말이야.”

정보관은 보고서 한쪽을 손가락으로 가리키며 소리쳤다.

"먼저 교육이 시작되고 있는 곳의 실태를 말이야. 어중이떠중이 다 끌어 모아 놓다보니, 가르치고 있다는 게 겨우 기본검술 정도가 아닌가. 이렇게 해서 제대로 된 기사를 만든다고? 흥! 웃기는 소리지. 명문가에서의 검술교육은 늦어도 7세 이전에 시작되는 게 상식이야. 그렇게 해도 그래듀에이트급 기사로 성장하는 자는 극소수지. 그런데 15세? 흥!”

괜히 쓸데없는 보고서를 올렸다가 욕만 바가지로 얻어먹게 된 부하는 몸 둘 바를 몰라 했다.

"쓸데없는 데 신경 쓰지 말고, 너는 그놈들이 왜 이런 쇼를 벌이고 있는 것인지 그 이유나 찾아봐.”

"이유를…, 말씀이십니까?”

떨떠름한 반응에 정보관은 더욱 불같이 역정을 터뜨렸다.

"이런 답답한 놈을 봤나! 전 국가적으로 이런 쇼를 벌이는 것은, 뭔가 숨기기 위한 연막작전일 가능성이 크잖아. 안 그래?"
 "아, 그, 그렇군요. 지금 당장 가서 조사해 보라고 이르겠습니다."
 황급히 부하가 나가고 난 후, 정보관은 혀를 끌끌 차며 중얼거렸다.
 "쓸모없는 놈. 크라레스쪽 담당관을 다른 놈으로 바꾸던지 해야지 원……. 저렇게 대가리가 안돌아가서야."
 이때, 밖에서 문을 두드리는 소리와 함께 나직한 목소리가 들려왔다.
 "루젠님께서 급히 뵙기를 청하십니다."
 루젠이라는 말에 정보관은 인상을 찡그렸다. 루젠은 엘프들에 대한 정보를 전담하는 담당관이었다.
 "들어오라고 해."
 곧이어 루젠이라 불린 사내가 들어왔다.
 "무슨 일인가?"
 "엘프들의 움직임이 심상치 않습니다."
 "심상치 않다? 뭐가 말인가?"
 "상당수의 엘프들이 국외로 빠져나가고 있는 게 확실합니다."
 어떻게 보면 엉뚱하기 짝이 없는 말이었다. 엘프들이 이 세상의 마지막 안식처로 선택한 곳이 바로 크루마 제국이다. 알카사스와 같은 강대국마저도 엘프 노예를 합법적으로 인정하고 있는 이상, 크루마쯤 되는 강대국이 아닌 한 자신들을 보호해 줄 수 없다는 것을 깨달았기 때문이다. 그런데, 그들이 왜 크루마를 떠난다는 말인가?

"확실한 정보인가?"

"예, 정보관님. 떠난 것 외에, 그들의 인구수의 급격한 감소를 설명할 다른 요인이 없었으니까요. 치명적인 전염병이 퍼져 엘프들이 떼몰살을 당했다는 보고는 정보관님께서도 들어보신 적이 없으시지 않습니까?"

"흐음…, 대체 인구가 얼마나 줄어들었기에?"

"최소한 3만……. 어쩌면 그보다 더 많을 수도 있습니다."

3만이라면 엄청난 숫자였다. 크루마 전역에 거주하는 엘프들의 숫자를 몽땅 다 모은다고 해도 100만이 채 되지 않을 정도였으니까.

"그들이 어디로 갔는지 조사해 봤나?"

"국외로 빠져나간 것 같다는 정도만 파악해 냈을 뿐입니다."

루겐의 활동영역은 크루마 국내로 한정되어 있었다. 사실, 크루마 국내의 엘프만 조사하는데도 인력이 모자라는 게 사실이었다. 외모가 뛰어난 엘프들을 노리는 사냥꾼들이 득실거리는 상황인 만큼, 엘프들은 숲 속 깊은 곳에 자신들만의 마을을 건설하고 살고 있었다. 외지인들의 출입을 절대 용납하지 않는 그런 폐쇄적인 마을을 말이다. 그런 상황에서 이 정도까지라도 조사해 낸 것만 봐도 루겐의 능력이 얼마나 뛰어난지를 알 수 있을 것이다.

"알겠네. 나머지는 내가 알아보기로 하지. 그럼 나가보게."

정보관은 이 사실을 상부에 보고할 것인지 말 것인지를 두고 한동안 고민했다.
 엘프들에 대한 인구 조사는 지금껏 단 한 번도 행해진 적이 없었다. 티란 엘 그린레이크가 엘프족을 대표하여 크루마 황실과 협상을 할 때, 세금과 병역을 면제받는 것으로 합의를 봤기 때문이다.
 그 대신 엘프족은 크루마 제국의 마법이 발전할 수 있도록 전폭적인 협조를 아끼지 않았다. 그 덕분에 크루마는 초강대국 코린트에 버금가는 마법능력을 단기간에 구축해 낼 수 있었다.
 그런데 엘프들의 숫자가 줄었다고 하지만, 그것을 증명할 방법이 없다. 아니, 오히려 엘프들의 반발만 살 수 있었다. 자신들이 엘프들을 항시 감시하고 있었다는 걸 뻔히 드러내는 것이나 다름없는 짓일 테니까.
 "아냐. 아직은 그냥 지켜보는 게 좋을 거 같아. 확실한 증거가 있는 것도 아니고……."
 말은 그렇게 했지만 정보관은 머리가 지끈지끈 아파오는지 얼굴을 왈칵 찌푸렸다.

엘프들의 오랜 꿈

30

붉은 전갈 용병단

정착할 곳을 찾지 못하고 오랜 세월 떠돌아다닌 엘프들에게 있어서, 자신들만의 왕국 건설은 거의 꿈이나 다름없었다. 하지만 왕국을 개국하기 전에 처리되어야 할 선결 조건이 한 가지 있었다. 그것은 바로 외세로부터 자신들의 왕국을 지킬 수 있는 강력한 군사력이었다.

물론 인간에 비해 엘프는 훨씬 더 우수한 육체적 조건을 지니고 있는 게 사실이었다. 날씬하면서도 탄탄한 근육, 뛰어난 시력과 집중력. 더군다나 정령과의 친화력마저도 아주 높아, 정령술사의 비율이 인간에 비해 월등하게 높았다.

엘프들이 지닌 그런 우수한 특성에 가장 궁합이 잘 맞는 무기는 바로 활이었다. 그리고 활은 마법과도 잘 어울렸다. 아니, 잘 어울리는 정도가 아니라 그 위력을 수십, 수백 배 증폭시켜 주는 효과까지 안겨주었다.

울창한 삼림지역에 자리 잡고 있는 엘프들의 왕국을 치기 위해 출동한 1만 명에 달하는 중무장 보병대를 전멸시키는데, 겨우 100여 명 정도의 엘프들만 보내도 충분할 정도로 말이다.

엘프들의 전성시대 때는 중앙대륙 전체를 엘프들이 지배했었을 정도였다. 그때는 한낱 노예 신세를 벗어나지 못했던 하등한 호비트가, 지금은 대륙 전체를 지배하는 상위 종족으로 탈바꿈할 줄이야 그 누가 예상이라도 할 수 있었겠는가.

이런 결과가 나온 것은 아이러니하게도 활과 마법과 숲이라는, 이 세 박자의 효율이 너무 좋았던 탓이었다. 인간들이 타이탄이라는 무시무시한 병기를 개발하고 또 발전시키고 있을 때, 그들은 그저 과거의 전통대로 활과 마법만을 갈고 닦았다. 숲속에서의 그들은 거의 무적이었으니까.

하지만 타이탄을 앞세운 호비트족 병사들이 숲 속으로 쳐들어 왔을 때, 엘프들은 깊은 절망감을 맛보지 않을 수 없었다. 자신들이 가진 무기로는 타이탄이라 불리는 거대한 강철괴물에게 그 어떠한 상처도 입힐 수 없었기 때문이다.

크로나사 평원 인근의 광활한 원시림에 자리잡고 있던 엘프들의 위대했던 왕국들이 하나 둘 멸망하기 시작했고, 곧이어 엘프들은 저 북쪽 변방의 척박한 지역으로 쫓겨나게 되었다.

다급해진 엘프들의 모든 왕국들이 연대하여 타이탄에 대한 방어책을 세우려고 노력했지만, 결국에는 실패했다. 그들이 최종적으로 얻은 결론은 타이탄을 상대할 수 있는 것은 타이탄 외에 다른 대안이 전혀 없다는 것뿐이었다.

이에 엘프들의 왕들 중 한 명이 드워프와 합작하여 타이탄을 만들었다는 전설이 전해져 내려오긴 하지만, 그 타이탄이 어떻게 되었는지는 아무도 모른다. 그의 왕국 역시 몇 십 년 후, 타이탄을 앞세우고 쳐들어온 호비트들에 의해 멸망당해 버렸기 때문이다.

　때문에 과거 선조들이 세웠던 왕국들의 전철을 밟지 않으려면 우수한 기사와 강력한 타이탄의 보유는 필수사항이었다. 타이탄이야 마법으로 만드는 것이니 생산에 큰 문제가 없었지만, 가장 큰 문제는 그걸 조종할 기사였다.

　바로 엘프 기사 말이다.

　그래서 엘프족의 장로회의는 언제나 이 문제로 시끄러울 수밖에 없었다.

　"우리들의 선조들께서 세우셨던 영광스러웠던 왕국들이 하나 둘 몰락한 이유가 뭐겠나? 그 저주받아 마땅한 마물, 타이탄 때문이었지 않나. 우리가 아무리 활과 마법에 능하다고 해도, 타이탄과 맞서 싸울 수는 없음이야."

　그랜딜의 회한에 찬 말투에 한 장로가 침통한 표정으로 고개를 끄덕였다.

　"우리 모두 타이탄 제작 과정에 참여해 본 경험까지 가지고 있으니, 의장님의 말씀에 전적으로 동감하는 바입니다. 하지만 동족들 중에서 검술을 제대로 익힌 엘프가 단 하나도 없다는 게 문제지요. 어떻게든 타이탄을 만든다고 해도, 누가 그걸 조종할 겁니까?"

　그러자 한 장로가 손을 들고 일어나 자신의 의견을 말했다.

　"호비트 기사놈들을 고용하면 되지 않겠습니까?"

　그랜딜은 답답하다는 듯 살짝 미간을 찌푸리며 대꾸했다.

　"만약 그놈들이 타이탄을 들고 도망친다면, 현실적으로 막을 방법이 있나?"

 타이탄을 막는 방법은 타이탄 뿐. 만약 기사가 마음을 모질게 먹고 튄다면, 이를 막을 수 있는 방법이 사실상 전혀 없었다.

 "제 말은, 타이탄을 인계하기 전에 안전장치로 미리 마법으로 세뇌한 뒤에 쓰면 되지 않습니까?"

 정식으로 고용하겠다고 속여 용병기사들을 모집한 다음, 그들을 몽땅 다 세뇌해서 써먹자는 것이다.

 "호~, 좋은 방법이긴 하지만, 용병으로 떠도는 그래듀에이트가 몇이나 되겠나? 더군다나 세뇌에 성공할 확률도 그리 높지 않고 말일세. 최소한 2/3는 미쳐버리던지, 아니면 폐인이 되어 버릴 텐데……."

 "그렇게 해서라도 1/3이라도 건지는 게 어딥니까?"

 턱을 만지며 고심하던 그랜딜은 잠시 후 한숨을 내쉬며 고개를 주억거렸다.

 "어쩔 수 없지. 한번 모집을 해보게. 제대로 된 것들이 걸려들지는 모르겠지만, 지금은 그 수밖에 없으니까 말일세."

 "예, 의장님."

 자신의 의견이 받아들여졌다는 것에 흡족한 미소를 지으며 장로가 자리에 앉자 그랜딜은 다시금 한숨을 내쉬며 말했다.

 "한낱 호비트 따위도 그래듀에이트가 잘만 되는데, 신들께 선택받은 종족인 우리 엘프가 그깟 검술 하나 제대로 익히지 못하고 있다니……. 쯧쯧, 참으로 통탄할 일이로구먼."

 "속설대로 우리들 엘프는 제대로 된 검술을 익힐 능력이 없는 것일지도……."

 장로 중 한 명이 마치 체념한 듯한 표정으로 중얼거리는 걸 들은 그랜딜 의장은 불 같이 소리치며 화를 냈다.

 "헛소리! 한낱 호비트 따위도 검술의 궁극을 익히는데, 호비트보다 월등한 신체조건과 오랜 수명을 지닌 우리 엘프에게 그게 불가능하다는 게 말이 되는가?"

 "하지만 지금까지의 결과가 그 답을 보여주고 있지 않습니까? 여러 아카데미에서 실력이 뛰어나다고 소문이 자자한 검술 교관들만을 초빙해서, 재능 있는 아이들만을 가려 뽑아 가르치도록 했습니다. 그것도 무려 5년씩이나요! 그런데도 불구하고 아직도 제대로 된 결과가 없다는 것은……."

 이것은 그랜딜을 주축으로 하여 추진하고 있는 대규모 엘프 기사 양성 계획을 말하는 것이었다. 처음 시작할 때까지만 해도 모두들 성공할 것을 의심하지 않았지만, 지금까지 나온 결과가 그다지 신통치 않자 실망한 것이다.

 "어허, 아직 겨우 5년밖에 안 지났네. 호비트들이 검술을 익히는데 있어서, 얼마나 오랜 시간을 투자하는지 자네들도 잘 알지 않나. 아주 어린 6~7세부터 교육을 시작하여, 30년은 지나야 그래듀에이트의 자격을 얻게 되지. 그것도 극소수가 말일세."

 "교관들의 말이 더 이상 해봐야 시간낭비랍니다."

 그때 잠자코 얘기를 듣고 있던 한 장로가 불쑥 말을 던졌다.

 "얼마 전에 짐머맨이라는 교관이 좀 엉뚱한 얘기를 하더군요. 이 상태로는 아무리 교육을 시켜봐야 헛거라면서 말입니다."

엘프들의 오랜 꿈 167

그랜딜은 그 장로의 말에 호기심을 드러내며 급히 물었다.

"도대체 그 교관이 무슨 얘기를 했길래 그러나?"

"제발 검술 교육 외에 다른 걸 가르치지 말아달라는 것이었습니다. 오히려 방해만 된다면서요."

"그건 대체 무슨 말인가?"

"아이들이 태어나면 자연스럽게 말(言語)을 배우듯, 우리 엘프들은 마법을 자연스럽게 배우게 되지 않습니까. 그런데 문제는 그렇게 어깨너머로 배운 마법이 검술 교육에 방해가 된다고 하더군요. 힘겹게 검술을 익히기 보다는, 마법을 이용한 편법에 빠져든다고 말입니다."

그 장로의 말에 멍하니 생각하던 그랜딜이 자신의 무릎을 탁 치며 감탄했다는 목소리로 말했다.

"꽤 일리가 있는 의견이로군."

그랜딜이 호응을 해주자 그 장로는 자신감을 얻은 듯 계속 말을 이어갔다.

"검술을 익힘에 있어서 좀 더 깊은 경지로 들어갈 수 있게 만들어 주는 원동력은 '자신의 부족함'을 느끼는 것이라고 했습니다. 그 부족함을 메우기 위해 열심히 검술을 갈고닦다 보면, 어느 샌가 보다 깊은 경지로 들어가게 된다는 것이지요."

"호, 그것 참 말이 되는구먼. 어떤 면에서는 마법하고도 일맥상통하는 부분이 있네 그려."

"예, 그렇습니다. 그런데, 마법을 익힌 상태에서는 그게 잘 안 된다는 거죠. 우리 엘프들은 검술을 익히면서 부족한 부분이 있으면, 그걸 마법으로 그냥 대치해 버리게 된답니다. 즉, 마검사가 된다는 말인데요. 일대일 대결에서는 뛰어난 능력을 발휘하겠지만, 절대로 타이탄을 조종할 수 있을 정도의 경지로까지 검술을 익힐 수 없다는 게 문제라고 하더군요."

장로의 말이 충분히 타당성이 있다고 느낀 그랜딜은 고개를 주억거리며 곧바로 지시를 내렸다.

"그렇다면 이제부터라도 그 교관의 의견대로 해주도록 하게. 앞으로 검술교육 대상자들에게는 절대로 마법을 알려주면 안 된다고 말이야. 물론 궁술 교육도 금지시키도록 하게. 오로지 검술만을 교육시키도록 해. 그렇게까지 해도 안 된다면, 우리 종족은 타이탄을 조종할 수 없는 것이겠지."

이때, 한 장로가 자리에서 벌떡 일어나며 말했다.

"그건 아닐 겁니다. 의장님께서는 모르시겠지만, 저는 마도전쟁때 위대한 엘프 기사를 만났던 적이 있습니다."

그 장로는 당시 미네르바가 이끄는 기사단을 따라갔다가 우연히 목격하게 되었던 장면에 대해 자세히 설명했다. 엘프들의 전설, 즉 골든 나이트를 조종하는 엘프를 만났던 일을 말이다.

엘프가 타이탄을 조종한다는 말도 처음 듣는데, 그가 조종하는 타이탄이 하필이면 전설적인 골든 나이트라니. 그랜딜로서는 도저히 믿을 수가 없는 말이었다. 그랜딜은 의심스런 눈빛으로 바라보며 물었다.

"그게 정말 사실인가?"

"물론입니다."

워낙 당당하게 대답하는 장로였기에 그랜딜은 일말의 희망을 가지고 급히 되물었다.

"혹시 그와 얘기는 나눠봤나?"

"얘기는 하지 못했습니다. 당시 켄타로아 공작이 개별 행동을 엄격히 금지했기 때문이었죠. 그 엘프가 다크 폰 치레아 대공과 꽤나 가까운 사이 같아 보였는데, 아마도 그 때문인 듯 싶었습니다."

"치레아 대공과?"

다크 폰 치레아 대공이라면 코린트 제국과의 전쟁에서 혜성처럼 등장한 크라레스 제국의 영웅이 아닌가. 지금의 크라레스 제국이 코린트 제국과 쌍벽을 이룰 수 있도록 만든 1등 공신이다.

그리고 그의 주인이 되는 드래곤의 양자이기도 했다. 그런 전설적인 영웅과 함께 했다는 말을 들으니, 오히려 그의 이야기가 더욱 신빙성이 있게 느껴졌다. 원래 영웅은 영웅들과 어울린다고 하지 않은가.

그랜딜이 잠시 생각에 잠겨 있을 때 자신의 말을 믿지 못한다고 느꼈는지 그 장로가 재빨리 첨언했다.

"제 말은 틀림없는 사실입니다. 혹시라도 믿지 못하시겠다면, 그 당시 저와 함께 그곳으로 파병되었던 마법사들을 만나 확인해 보십시오. 제 말이 거짓인지, 아닌지."

이렇게까지 말하니 그랜딜로서도 믿지 않을 수가 없었다. 그제서야 그는 고개를 주억거리며 말했다.

"그렇다면 우리들 엘프도 타이탄을 조종할 수 있다는 말이로군. 검술에 숨겨진 깊은 세계는 호비트들만 깨달을 수 있는 게 아니었어. 좋아. 희망이 생겼다. 즉시 검술에 재능이 있는 애들을 뽑아보도록 하게. 이번에는 마법에 대해서 하나도 모르는 애들로 말이야. 그리고 그 조언을 해준 교관을 수석교관으로 삼아 아이들을 가르쳐 보도록 하게!"

"그렇게 하겠습니다, 의장님."

이때, 다른 엘프 장로가 조심스럽게 입을 열었다.

"며칠 전에 이상한 얘기를 들었습니다."

"무슨 얘긴데 그러나?"

"정보부 쪽에서 흘러나온 얘긴데, 크라레스 제국에서 15세 전후의 아이들을 대규모로 끌어 모아 검술을 가르치고 있다고 합니다. 더군다나 그 대상이 노예든 계집아이든 상관하지 않고 말입니다."

"크라레스에서?"

"예."

그랜딜은 고개를 갸웃할 수밖에 없었다. 크라레스의 의중을 짐작하기 힘들었기 때문이다. 전쟁 준비일까? 하지만 코린트 같은 강국을 상대로 인해전술(人海戰術)이 먹혀들 리가 없다.

그렇다고 그딴 짓을 한다고 해서, 그래듀에이트를 대량으로 양산할 수도 없다. 그렇다면 대체 뭘까? 더군다나 왜 15세 전후로 연령을 한정시킨 것일까? 한참을 이리저리 고민해 봤지만 도무지 그 이유를 알기 힘들었던 그랜딜은 한숨을 내쉬며 말을 꺼낸 장로에게 지시했다.

"자네가 그 일을 맡아 자세히 알아보게. 그쪽에서 전쟁 준비를 하는 것 같진 않지만, 그래도 만에 하나라는 게 있으니까 조사는 해보는 게 좋겠지."

"옛, 알겠습니다."

이때, 또 다른 엘프 장로가 주저주저 하는 듯 하더니 입을 열었다.

"실은, 얼마 전에 정보부쪽에 심어놓은 애한테서 들어온 정보인데 말입니다. 엘프들에 대한 감시를 좀 더 강화하라는 지시가 상부에서 내려왔다고 하더군요."

감시를 강화하라고 했다는 말에 그랜딜을 둘러싸고 앉아있던 엘프 장로들이 동요했다.

"그게 믿을 수 있는 정보인가?"

"비록 호비트이기는 하지만, 제 제자들 중 하나가 직접 마법을 가르치며 돌봐줬었던 애랍니다. 사제(師弟)의 인연으로 얽매여 있는 관계인만큼, 거짓은 아닐 거라고 생각됩니다."

"그런데 너무 추상적인 게 흠이로군. 감시를 강화하라는 것뿐이라니······."

"좀 더 깊이 알아보라고 할까요?"

잠시 궁리하는 그랜딜. 하지만 그는 곧이어 고개를 가로저으며 말했다.

"그럴 필요까지는 없지 않겠나? 역으로 파악당할 우려도 있으니까 말일세. 이제 우리들의 왕국에 대한 것도 서서히 기틀이 잡혀가는 만큼, 우리들에게 도움이 될 만한 호비트들에 대해 알아보도록 하게. 참, 이번에 자네가 정보부를 하나 조직하는 것도 좋겠군. 지금까지는 너무 주먹구구식으로 정보를 취득해 온 것도 사실이니 말이야."

"저는 그런 일을 하기에는……."

"내 생각에는 자네가 적격인 듯 하군. 크루마 상층부에 안면이 있는 사람도 많이 있고 말일세."

"정 그러시다면……. 최선을 다해보도록 하겠습니다, 의장님."

"그래, 부탁함세."

그랜딜은 또 다른 엘프 장로에게로 시선을 돌리며 물었다.

"참, 우리 종족의 말토리오 산맥으로의 이주는 어찌되어 가고 있는가?"

"아주 순조롭게 진행되고 있습니다, 의장님. 현재까지 약 4만 2천 명 정도가 말토리오 산맥으로의 이동을 완료했습니다."

생각 외로 많은 숫자의 엘프들이 벌써 이동을 끝마쳤다는 말에 그랜딜은 흡족한 미소를 지으며 고개를 끄덕였다. 엘프 사냥꾼들의 습격을 막아내기 힘든 소규모 일족들이나 정착을 못하고 홀로 떠돌아다니는 엘프들을 대상으로, 말토리오 산맥으로의 이주를 은밀히 권유하고 있는 중이었다. 그런데 그 숫자가 벌써 4만 2천명에 달한다니.

"이주를 희망하는 엘프들에게 최대한 지원을 아끼지 말도록. 그럼 오늘 회의는 이만 마치도록 하지. 드워프 촌장들과 약속이 있어서 말일세."

"의장님, 마을을 좀 더 건설해 달라고 해주십시오. 현재 건설

된 마을로는 더 이상 엘프들을 수용하기가 힘듭니다."
"그건 내가 알아서 할 테니 자네들은 염려할 거 없네. 그럼 모두들 수고하게."

* * *

말토리오 산맥에 거주하고 있는 드워프 마을들에는 영구적인 공간이동 마법진이 구축되어 있었다. 그랜딜이 엘프들을 이끌고 건설해 놓은 것이다. 영구적인 공간이동 마법진의 경우 처음에 구축하기가 어려워서 그렇지, 일단 구축만 해놓으면 이것만큼 편리한 게 없었다. 이로서, 드워프 마을들은 각기 생산한 방대한 물품들을 효과적으로 공유할 수 있게 된 셈이다.

한 달에 한 번씩 모든 드워프 마을의 촌장들이 한 자리에 모이게 된 것도, 다 이 공간이동 마법진의 덕분이었다. 물론, 그게 드워프 마을에 득이 되지만은 않았지만 말이다.

"엘프들이 거주할 마을 3개를 더 건설해 주십시오. 규모는 예전과 동일하게 말입니다."

"지금까지 건설한 마을의 숫자만 해도 벌써 20개가 넘는데, 또 3개를 건설해 달라는 말이오?"

불만 가득한 항의가 날아왔지만, 그랜딜은 무덤덤한 어조로 대꾸했다.

"하기 싫다면 나한테 뭐라 하지 말고, 주인님께 직접 따지는 게 좋겠군요. 지금 당장 주인님께 말씀드릴까요?"

그러자 격렬하게 항의하던 촌장의 안색이 핼쑥하게 질렸다. 그는 자신이 언제 항의했냐는 듯 다급하게 변명했다.

"그, 그런 뜻은 아니었소."

순식간에 꼬리를 마는 드워프 촌장을 살짝 째려본 그랜딜은 다시 좌중을 둘러보며 물었다.

"또 누구 이의가 있으신 분 안계십니까?"

"……."

상대는 드래곤이다. 이미 착취당하는 데 이골이 난 드워프들인지라, 이의가 있을 턱이 없었다. 이의를 제기해 봐야 돌아오는 것은 처참한 죽음뿐이라는 것을 그들은 잘 알고 있었으니까.

"그럼 마을 건설에 따른 인원 동원에 대해서는 촌장님들끼리 협의하여 결정하시도록 하십시오."

"그 외에 더 지시하신 사항은 없소?"

"예, 없으십니다."

그 말에 드워프 촌장들은 가슴을 쓸어내리며 안도의 한숨을 내쉬었다.

"휴우~, 그나마 다행이군. 또, 보석 같은 걸 더 내놓으라고 하면 큰일이라고 생각했었는데……."

"그러게 말입니다. 귀금속 종류야 이쪽에서 아무리 노력한다고 쑴풍쑴풍 쏟아지는 게 아니니까요."

그렇다. 그랜딜은 이런 식으로 드워프들을 쥐어짜고 있는 중이었다. 모든 것은 '주인님께서 원하신다.'는 한 마디로 끝이었다. 예전에는 1년에 1개씩 가져다 바치던 예술품의 숫자가 1달에 1개로 늘어나 있었고, 그 외에 다른 귀중품들도 따로 바치고 있는 중이었다.

하지만 드워프들은 꿈에도 생각하지 못하고 있었다. 자신들이 바친 엄청난 양의 재물들이 드래곤에게로 가지 않고, 엘프들의 새로운 왕국을 건국하는 데 쓰여지고 있다는 사실을.

실버 드래곤의 심술

30

붉은 전갈 용병단

출동한지 2개월 하고도 8일째가 되었을 때, 올란도가 거느린 중대원들이 전갈성으로 복귀했다. 처음 출동할 때만 해도 약 1개월 정도 걸릴 거라 예상했었지만, 도중에 새로운 임무가 하달되는 바람에 이렇게 늦어지게 된 것이다.

2개월간 야외 생활을 한 다음이라, 모두들 후줄그레한 모습들이다. 짐을 줄이느라 옷가지도 거의 가져가지 않은 탓에, 그들의 몸에서는 노린내가 진동을 하고 있었다. 중대원들은 도착하자마자 지금껏 입었던 냄새나는 옷들을 모아 작은 보따리를 만들었다. 곧이어 세탁소에서 일하는 노예들이 와서 그 보따리들을 가지고 갔다.

도착하자마자 침대로 파고 들어가 늘어지게 잠에 빠진 사람은 겨우 한 명. '새침데기' 모라이어스라고 불리는 미남자 한명뿐이었다. 그 외에 나머지는 부랴부랴 옷장에서 새 옷을 꺼내 멋지게 차려입으며 외출 준비를 서둘렀다.

"이야, 뺀질이! 이제 너하고 하는 훈련도 끝이다. 룰루, 내 3골드~~."

콧노래를 흥얼거리는 하리스를 향해 라이는 고개를 갸웃하며 물었다.

"모두 어디로 가려고 저러는 거죠?"

"뻔하잖아. 술 마시러 가는 거지. 임무 수행 중일 때는 술이라고는 거의 마시지 못하니까 말이야……."

그러면서 하리스는 한쪽 손의 엄지와 검지로 작은 원을 만든 다음, 다른 손의 검지손가락으로 그 원 안을 슉슉 쑤시면서 음흉스런 어조로 말을 이었다.

"흐흐, 그리고 오랜만에 이 짓도 해야 할 테고."

예전에는 저 행동이 뭘 뜻하는지 알지 못했지만, 올란도를 만난 후 그게 뭘 뜻하는지 알게 된 라이다. 순간 얼굴이 새빨갛게 달아오르는 라이. 그 표정을 보며 하리스는 의미심장한 미소를 지은 뒤 이죽거렸다.

"허엇? 뺀질이! 겨우 이 정도 가지고 얼굴이 새빨개지다니, 너 혹시 숫총각이냐?"

"누, 누가 숫총각이라고 그래요?"

그러자 하리스는 무척 안타깝다는 듯 혀까지 차며 계속 이죽거렸다.

"쯧쯧, 척 보면 내가 다 안다. 설마 그 나이가 될 때까지 여자와 섹스 한번 못해본 못난이가 존재할 줄이야. 더군다나 그런 놈이 내 밑으로 기어들어오게 될 줄은 내 상상도 못했다."

라이는 창피함에 시뻘게진 얼굴로 황급히 화제를 돌리려 애를 썼다.

"뭐, 어쩌다 보면 그럴 수도 있죠. 그건 그렇고, 용병이라고 하지만 여기도 엄연히 군기(軍紀)가 살아있는 군대잖아요? 그런데 저렇게 마음대로 술 마시러 다녀도 괜찮은 거예요? 더군다나 여자와 잠까지 자고……."

"어허, 이놈 은근슬쩍 말 돌리는 거 보게. 아주 능구렁이가 따로 없구먼. 누가 뺀질이 아니랄까 봐서……. 딴 놈들 신경 쓰지 말고, 네 녀석 얘기나 해보자. 너 여자한테 관심이 없는 거냐?"

"……."

"설마 고자였던 거야?"

"누, 누가 고자라는 겁니까?"

발칵 성을 내는 라이의 양쪽 볼을 붙잡아 쭈욱 잡아 늘이며 하리스가 빙글빙글 웃으며 말했다.

"에구, 귀여워라. 이런 숫총각이 내 직속 쫄따구로 들어올 줄이야. 좋아, 기분이다. 이번에 수당으로 3골드 받으면 네 총각딱지를 떼게 해주마. 흐흐, 짜식. 넌 이런 마음씨 좋은 선배를 모시게 된 걸 행운이라고 생각해야 돼."

"그, 그런 거 필요 없어요!"

얼굴이 새빨개져서 당황해 하는 라이가 귀여운지 계속 짓궂은 장난을 치던 하리스가 갑자기 자리에서 벌떡 일어섰다. 씻으러 나갔던 라이언 소대장이 얼굴을 닦으며 막사로 들어오는 것을 봤기 때문이다. 그는 곧장 라이언에게 다가가 말을 걸었다.

"지금 외출하실 겁니까?"

"응. 그런데 왜?"

"외출하기에 앞서 저 녀석 실력 테스트부터 해줘야 하는 거 아닙니까?"
 그러자 무슨 소리냐는 듯 어리둥절한 표정으로 되묻는 라이언.
 "뭔 테스트?"
 "어허, 이거 왜 이러십니까? 저 녀석이 5급 실력을 갖추고 있는지 테스트부터 해보셔야죠. 그래야 제 수당 3골드를……."
 그제서야 라이언은 회심의 미소를 지으며 2개월 동안 벼르고 있었던 말을 후련하게 토해냈다. 뒤끝이 강한 중대장 밑에서 구르다 보니, 그 또한 한 뒤끝 하는 성격이 되어 있었던 것이다.
 "이봐, 상대를 잘못 골랐어. 아무 권한도 없는 나한테 테스트 받아봐야 뭐하겠나? 그런 거라면 중대장님에게로 가야지. 안 그래?"
 라이언의 대꾸에 하리스는 몸이 후끈 달아 소리쳤다.
 "정말 유치하게 이러시깁니까!"
 라이언은 열 받은 하리스의 모습에 비릿하게 웃으며 이죽거렸다. 마치 십년 묵은 체증이 쑤욱 내려가 개운하다는 표정으로.
 "나를 못 믿겠다며? 그러니 믿음이 가는 중대장님에게 가서 테스트를 받아야지. 뭐, 중대장님이 오늘 시간을 낼 수 있을지는 잘 모르겠지만 말이야. 킥킥."
 그제서야 하리스는 라이언이 예전 일로 앙심을 품고 일부러 테스트를 안 해주는 것이라는 것을 눈치 챘다.
 '그때 그 일을 아직까지 꽁하니 마음에 품고 있었단 말이지? 이런 썩을 새끼!'
 "이, 이보십쇼, 소대장님. 그러지 마시고……."

"아, 난 몰라, 몰라."

라이언은 들은 척도 하지 않고, 잽싸게 밖으로 나가버렸다.

"이런 망할! 덩치는 곰처럼 커다란 놈이, 어째 속은 저렇게 밴댕이처럼 좁으냐. 젠장, 어쩔 수 없지. 이봐, 중대장님 어디 계시지?"

"아마 중대장실에 계실 걸."

그 말을 듣자마자 하리스는 쏜살같이 중대장실로 달려갔다.

똑똑!
"누구야?"
"하리스입니다."
"들어와."

하리스가 중대장실로 들어가 보니, 올란도 역시 다른 대원들처럼 냄새나는 옷을 벗어던지고, 새 옷으로 갈아입고 있는 중이었다.

"무슨 일이야?"

"신참을 5급 실력으로 올려놓으면, 3골드 주기로 하셨지 않습니까?"

"내가 그랬던가?"

순간 맹한 표정으로 되묻는 올란도의 반응에 하리스는 울컥했다. 안 그래도 이죽거리던 라이언의 행동에 신경질이 나서 미치겠는데, 중대장까지 이러다니. 하리스는 짜증 가득한 표정으로 콱 쏘아붙였다.

"아니, 정말 이러실 겁니까? 중대장님 돈으로 주는 것도 아니면서……."

그러자 올란도는 씨익 미소 지으며 너스레를 떨었다.

"흐흐, 장난 좀 친 거야. 내가 그걸 잊을 리가 있나. 그래, 꼬맹이 실력을 제법 올려놓은 모양이지?"

"물론이죠. 지금 당장 테스트 해보셔도 좋습니다."

하리스가 너무 자신만만하게 대답했기에 도리어 올란도가 깜짝 놀랐다. 설마 그 비리비리한 놈이 겨우 두 달 만에 5급 실력이 됐단 말인가? 아니면 하리스 이 새끼가 3골드에 눈이 멀어 자신에게 지금 뻥을 치고 있는 거든지.

몹시 궁금하긴 했지만, 아쉽게도 지금 그에게는 그걸 확인할 시간적 여유가 없었다.

"지금 당장 테스트를 하긴 힘들겠군. 단장님께 보고를 드리러 가야 하니까. 젠장! 딴 놈들은 술 마시러 간다고 난리인데, 이놈의 장교 노릇도 못해먹을 짓이라니까."

그러면서 창문을 통해 술집으로 달려가는 부하들의 모습을 부러운 표정으로 바라보는 올란도. 그 역시 그 대열에 당장이라도 합류하고 싶었지만, 해야 할 일을 외면할 수는 없었다.

"내 단장님께 보고하고 돌아올 테니까, 그 녀석 완전무장하고 대기하고 있으라고 해. 갔다 와서 바로 테스트 해볼 테니까."

곧 3골드라는 거액이 통장에 입금될 거라는 생각에 하리스는 희희낙락하며 대답했다.

"알겠습니다. 준비시켜 놓겠습니다."

"만약 테스트 해보고, 5급이 안 되기만 해 봐. 내 금쪽같은 시간을 뺏은 댓가를 치러야 할 거야."

올란도의 협박에도 하리스는 능청스런 표정으로 자신만만하게 대꾸했다.

"아, 걱정 마시라니까요. 이 양반이 속고만 살았나."

보고를 하러 들어온 올란도를 단장은 반갑게 맞이했다.
"도착했다는 보고는 들었네."
"옛, 저희 중대에 하달된 3가지 임무를 완벽히 완수했습니다. 하지만 그 과정에서 3명이 전사하고……."

올란도는 단장에게 그동안의 경과를 자세히 보고했다.

출동한 후, 마을에 들릴 때마다 용병길드에 반드시 들렀다. 현 상황을 상부에 보고할 겸, 상부에서 자신들에게 새로운 명령을 하달했는지 확인하기 위해서였다.

그동안 빼먹지 않고 보고를 올렸기에 71중대의 현 상황에 대해 단장이 잘 알고 있다는 건 올란도 역시 알고 있었다. 하지만 규칙을 무시하고 보고를 생략해 버릴 수는 없는 노릇이었다.

보고를 다 올린 올란도는 단장에게 강하게 요청했다.
"다음에 나갈 때는 제발 제대로 된 신관을 배정해 주십시오."
"왜 그러나?"
"2명 이상이 배정될 때는 실력이 형편없는 신관이 한 명쯤 섞여 있어도 상관없겠죠. 하지만 한 명만 보내주면서, 실력까지 형편없으면 도대체 어떻게 하란 말씀입니까? 제가 이런 말씀까지 드리고 싶지는 않았지만, 이번에 부하를 3명씩이나 잃게 된 것도 다 그놈의 빌어먹을 신관 때문이라는 말입니다."

그러자 단장은 난처하다는 듯 책상 위를 손가락으로 툭툭 치며 대꾸했다.

"나도 백방으로 수소문하고는 있네만, 이런 변방에까지 오겠다는 신관은 찾기가 힘들어서 말일세."

대륙 각처에는 수많은 신전들이 있었고, 그곳에서 매년 배출되는 신관의 수는 가히 엄청났다. 수련을 거쳐야 하는 장소가 혹독한 곳일수록 경험치는 그에 비례해서 증가한다는 것은 누구나 다 아는 사실이다. 그렇게 따진다면 이곳 열사의 사막만큼 경험치 쌓기에 좋은 곳은 없으리라.

하지만 생각과 달리, 이곳 사막지대로 자원해서 들어오는 신관은 극히 드물었다. 왜냐하면 이곳은 너무나도 위험했으니까. 이곳에 서식하는 몬스터라든지, 산적 떼가 다른 곳에 비해 엄청나게 강한 것은 아니었다.

문제는 공간이동 마법의 사용이 불가능하다는 것이다. 아니, 공간이동 마법의 사용은 가능하지만, 드래곤이 장난질을 쳐놓은 덕분에 어디로 날아갈지 그걸 알 수 없다는 게 가장 큰 문제였다.

임무 수행 중 최악의 상황이 발생했을 때 공간이동 마법을 쓸 수가 없기에, 타지에서는 거의 죽을 가능성이 없는 신관이나 마법사의 사망률이 비약적으로 증가하는 곳이 바로 이곳 사막지대였던 것이다.

동쪽 대륙과 서쪽 대륙 간에 오고가는 화물의 양은 헤아리기가 힘들 정도로 많다. 그렇기에 과거에는 양쪽 대륙을 연결하는 영구적인 이동마법진이 설치되어, 막대한 양의 무역 물자들을 운송했었다고 전해진다.

하지만 어느 날, 실버 드래곤 한 마리가 사단을 일으켜 모든 것을 엉망으로 만들어 버렸다. 놈은 공간이동 마법을 쓸 수 없게 만들면, 운송비용이 비교적 저렴한 해상을 통해 화물을 운반할 수밖에 없을 거라는 점에 착안했다.

실버 드래곤이 시도 때도 없이 공간이동 마법의 진행을 방해하는 역장을 쳐대자, 인간들은 어쩔 수 없이 무역화물의 운송을 해로(海路)로 바꿀 수밖에 없었다. 역장이 쳐진 상황에서 공간이동을 한다는 것은 자살행위나 다름없는데다가, 화물조차도 건질 방법이 없었으니까.

대량의 화물이 해로를 통해 이동할 때, 실버 드래곤은 또다시 살짝 장난을 쳤다. 몇몇 지점의 바다를 거칠게 만들자, 그걸 피하다보니 어쩔 수 없이 사람들은 놈의 둥지가 있는 섬의 앞바다를 통과할 수밖에 없는 상황으로 몰려버렸다.

이때, 놈이 짠하고 나타나서 선주들을 협박했다.

"내 집 앞을 통과하면서 건방지게 통행세 한 푼 안 낼 거냐?"

당연히 선주들은 놈에게 통행세를 바칠 수밖에 없었다.

그런데 문제는 녀석의 장난질이 제대로 먹혀 들어가는 것을 보고, 주변에 사는 실버 드래곤까지 너도 나도 다 놈의 행동을 따라하기 시작했다는 점이다. 통행세를 뜯어가는 놈들이 많아

지자 당연히 운송료는 폭등할 수밖에 없었다.

그러다가 결국에는 사막을 통과하는 대상(隊商)들에게 물건을 맡기는 편이 저렴하다는 생각이 들 정도로까지 운송료가 올랐다. 그러자 무역상들은 곧 무역로를 사막을 관통하는 육로로 바꿔버렸다. 믿을 수 없는 드래곤을 상대하느니, 이쪽이 훨씬 마음이 편한 게 사실이었으니까.

결국 손가락만 빨게 되어버린 실버 드래곤들은 아직도 한 번씩 역장을 쏴대는 것으로 분풀이를 하고 있는 중이었다. 이런 이유로 아직도 사막지대에서는 공간이동을 한다는 것이 바로 목숨을 내건 행동이나 마찬가지였다.

모험도 좋고 쏠쏠한 경험치도 좋지만, 그래도 목숨까지 걸고 할 필요는 없지 않은가. 공간이동이라는 최후의 한수가 먹혀 들어가는 곳에서 모험을 해도 목숨을 잃는 모험가들이 한둘이 아닌데 말이다. 그렇기에 마법사나 신관들이 이곳 사막지대로 들어오는 것을 꺼리고 있었던 것이다.

"알겠네. 신관을 한 명만 파견하게 될 경우, 조금 더 실력이 우수한 사람으로 배치해 주라고 지시를 내려 두겠네."

"꼭 부탁드립니다, 단장님."

"그런데 이거 참……. 이제 임무를 마치고 막 복귀한 자네에게 또다시 출동 명령을 내리기가 좀 미안하기는 한데……."

또다시 출동을 하라는 뉘앙스가 물씬 풍기는 단장의 말에 올란도의 안색이 살짝 일그러졌다. 하지만 감히 단장에게 뭐라 따지지는 못했다. 다만 그는 소심한 수준에서 항의했을 뿐이다.

"그런 임무가 있다면 미리 길드를 통해 통보해 주셨으면 좋았을 거 아닙니까? 모두들 휴식을 취한다고…….."

궁시렁, 궁시렁……. 뒤로 갈수록 목소리가 줄어들어, 뒷부분은 뭐라고 하는지 알아들을 수가 없었다. 하지만 단장은 올란도가 뭐라고 불만을 말한 것인지 구태여 캐묻지는 않았다.

"오늘 당장 출발하라는 것은 아닐세. 푹 쉬고, 내일 저녁때 출발하게."

내일 저녁 출발이니, 최소한 오늘 하루만큼은 술을 실컷 퍼마실 수 있다는 얘기였다. 올란도의 안색이 조금 누그러진다.

"수당은 얼마나 줍니까?"

"월급의 50%일세."

50%밖에 안 된다는 말에 올란도의 안색이 원상태로 일그러졌다.

"겨우 50%요? 그걸 가지고 부하들에게 뭐라고 설명을…….."

"오크 토벌이니 며칠 걸리지도 않을 거야. 수고하는 시간에 비한다면 후한 액수라고 봐야겠지. 내 말이 틀렸나?"

"아, 오크 토벌이 임무였습니까? 처음부터 그렇게 말씀하셨다면 제가 단장님을 수고스럽게 하지도 않았죠. 50%라면 오크 토벌 치고는 꽤나 보수가 후하군요."

여기까지 말한 올란도는 단장의 안색을 살피며 슬그머니 물었다.

"저, 지시하실 사항은 그것뿐이십니까?"

지금까지 함께해 온 세월이 있다 보니, 올란도의 속마음을 단장이 모를 리 없었다. 단장은 씁쓸한 미소를 지으며 말했다.
"서두르는 걸 보니, 술 생각이 간절한 모양이군."
그러자 올란도는 당치도 않다는 듯 정색을 하며 대답했다.
"무슨 말씀을! 그건 절대로 아닙니다. 그저 부하들에게 출동 소식을 한시라도 빨리 전해주기 위해서 그런 거죠."
"그래? 그럼 가보게."
그 말이 떨어지기 무섭게 올란도는 잽싸게 군례를 올리며 소리쳤다.
"이만 가보겠습니다, 단장님."
"그래, 수고하게."

완전무장한 채 연병장의 그늘에 주저앉아 있는 라이. 처음에는 막사 앞쪽에 서있었지만, 나중에는 햇볕을 피해 그늘 밑으로 자리를 옮겼다. 그리고 급기야는 땅바닥에 털썩 주저앉아 올란도를 기다리고 있는 중이다.
"오시는 게 좀 늦네요."
작금의 상황이 라이만큼이나 짜증나는 하리스다. 하지만 대놓고 뭐라 쏘아댈 수도 없는 노릇이었다. '중대장님이 돌아오는 대로 네 실력 테스트를 하겠다고 했으니까, 완전무장하고 밖으로 나와.' 하고 명령한 것은 다른 사람도 아닌 바로 자기 자신이었으니까. 그렇기에 그는 투덜거리는 라이를 살살 달래는 수밖에 도리가 없었다.
"조금만 더 기다려 봐. 단장님과의 회의가 좀 길어지는 모양이지."

 두 사람은 해가 질 때까지 끈질기게 기다렸지만, 결국 올란도는 그날 만날 수가 없었다. 다음날에야 안 사실이지만, 단 1분 1초도 아까웠던 올란도는 중대로 돌아오지 않고, 곧바로 술집으로 직행해 버렸던 것이다.

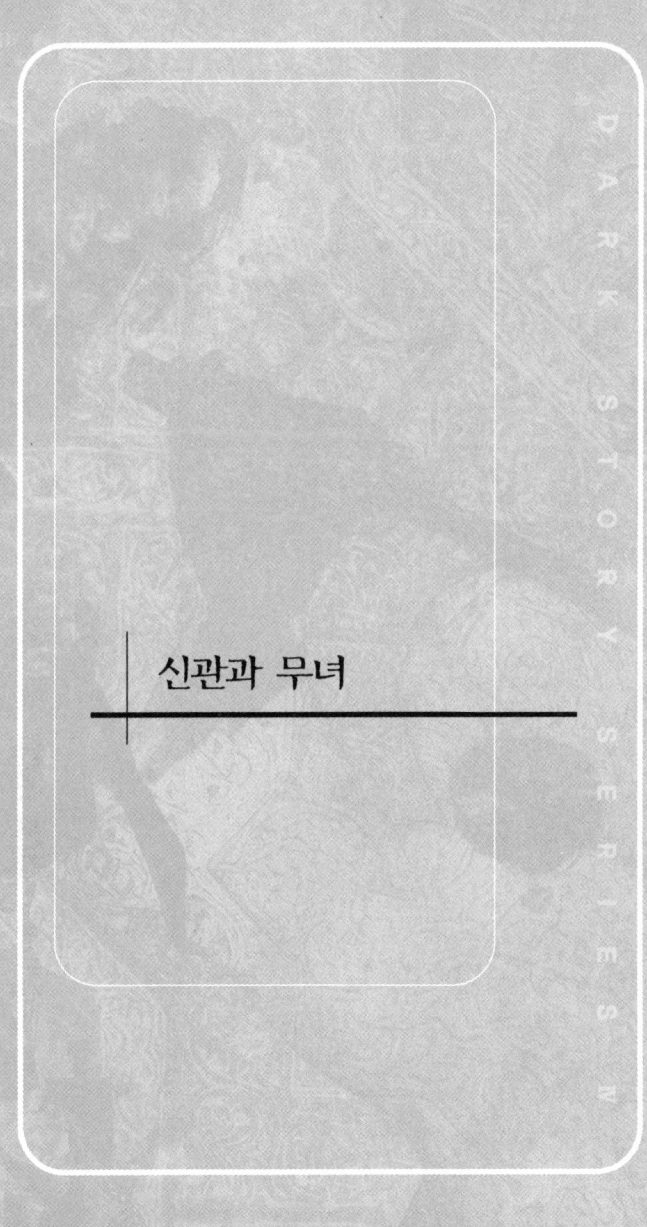

신관과 무녀

30

붉은 전갈 용병단

다음날 저녁, 중대원들과 함께 연병장에 도열해 있는 라이. 그는 이곳에 처음 도착했을 때와는 달리 제법 쓸 만한 갑옷을 걸치고 있었다. 용병 생활을 시작한 지 2개월이 넘다 보니, 그동안 통장에 쌓인 월급으로 비록 중고품이기는 했지만 갑옷부터 한 벌 장만했던 것이다.

"2소대, 총원 8명, 현재 인원 8명, 출동 준비 완료했습니다."

"3소대, 총원 7명, 현재 인원 7명, 출동 준비 완료했습니다."

소대장들은 아직도 술이 덜 깼는지, 약간 혀가 꼬부라진 목소리로 올란도에게 보고했다. 소대원들 중 술을 즐기지 않는 3명과, 지금껏 이곳에 죽치고 있었던 덕분에 술독에 빠질 필요가 없었던 하리스와 라이. 이렇게 5명을 제외한 나머지 소대원들은 입을 열기만 해도 지독한 술 냄새가 뿜어져 나오고 있었다.

도대체 얼마나 퍼마셔댔는지, 제대로 걸음을 옮길 수 있는 사람이 거의 없는 상태였다. 하지만, 그렇다고 해서 출동을 하는 데 지장이 있는 것은 아니었다. 도보로 행군하는 게 아니라 말을 타고 이동하는 것이었으니까.

보고를 받으며 주위를 두리번거리던 올란도가 투덜거렸다.

밤새도록 술을 퍼마신 그의 눈 역시 시뻘겋게 충혈되어 있었다.
"젠장, 신관 새끼는 아직도 안 왔냐?"
"아직 도착 안했습니다."
"설마, 안 보내주는 것은 아니겠죠?"
소대장들이 술에 취한 상태에서도 신관에 대해서만큼은 이렇게 예민하게 반응하는 것은 다 이유가 있었다. 용병은 목숨을 걸고 일을 해야 하는, 무척이나 위험한 직업이다.
아무리 손쉬운 일거리라고 해도 재수가 없다보면 어처구니없게 죽는 일이 가끔 발생한다. 때문에 그럴 때 자신들을 살려줄 수 있는 신관은 용병들에게 있어서 절대적으로 필요한 존재였던 것이다.
불안에 찬 소대장들의 말에 올란도는 신경질적으로 대꾸했다.
"조금만 더 기다려 보자. 신관을 보내준다는 통보를 받았으니까."
"하여튼 신관이라는 것들은 시간관념이 없어. 지금까지 제시간에 맞춰 도착하는 놈을 못 봤다니깐."
소대장들이 투덜거리고 있을 때, 하리스가 올란도에게 슬쩍 다가오며 물었다.
"제 수당 3골드는 언제 주실 겁니까?"
그렇지 않아도 짜증스러운 상황인데 올란도는 마침 잘 걸렸다는 듯 하리스를 향해 으르렁거렸다. 자신이 하리스와 출동 전에 단단히 약조했다는 사실 정도는, 언제든 쉽게 잊을 정도로 그야말로 얼굴 가죽이 두꺼운 인간이 올란도였다.

"이런 젠장! 출동하는 이 상황에서도 3골드 타령이냐? 어차피 통장에 입금시켜 준다고 해도, 지금 당장 쓸 수도 없는 상황이잖아."

하지만 닳고 닳은 하리스는 느물느물 웃으며 이죽거렸다.

"에이, 이러다 나중에 중대장님이 모른다며 입을 싹 씻으시면 저만 손해잖습니까. 3골드가 뉘집 개 이름도 아니고……."

"안 떼먹는다니까 그러네! 너 설마 날 쫄따구 돈까지 착복하는 그런 악랄한 장교라고 생각하는 거야? 그런 거야?"

"아, 아닙니다. 그런데 왜 갑자기 그런 식으로 말이 나오는 건데요?"

하리스가 당황해 하며 손사래를 치자 올란도가 더욱 강하게 압박을 가했다.

"너 혹시 내가 술에 취한 것을 보고, 어물쩍 넘어가자는 거 아냐? 저놈이 5급 실력이 됐을 만큼 훈련을 시켰다면서 말이야."

돈을 받기는커녕 오히려 자신이 거짓말쟁이로 전락할 상황이 되자, 하리스는 욕설부터 내뱉으며 신경질적으로 소리쳤다.

"이런 빌어먹을! 그러니까 제가 테스트 해보라고 말씀드렸었잖아요! 어제 기다리래서 기다렸더니 술집에 처박혀 있다가 이제야 돌아온 주제에, 정말이지 양심이라고는 하나도 없다니까. 정 의심스러우시면 지금 당장 테스트해 보시죠. 신관 새끼가 도착하려면 아직 한참은 더 기다려야 할 것 같으니까."

"호오, 그렇게 자신 있어? 좋아! 만약 네놈 말과 달리 실력이 형편없다면 넌 오늘 내 손에 죽을 줄 알아라."

마침 화풀이 할 곳을 제대로 찾아냈다는 듯, 살기 어린 미소를 짓는 올란도.

이때, 옆쪽에 서있던 라이언이 슬쩍 끼어들며 말했다.

"중대장님, 신관이 옵니다."

올란도가 얼른 고개를 돌려보니, 연병장 저 끝에서 기세 좋게 말을 몰아 들어오고 있는 준수한 청년이 보였다. 신께서는 아름다운 것을 사랑하신다는 믿음 하에 신관들이 제일 먼저 배우는 것은 자신의 아름다움을 증가시킬 수 있는 신성마법들이었다. 그 때문에 신관들 치고, 미남미녀가 아닌 사람을 찾아보기 힘들 정도였다.

청년은 신관이기는 했지만, 제대로 된 신관복을 입고 있지는 않았다. 그저 가벼운 가죽갑옷으로 단단하게 무장을 하고 있을 뿐이다. 왜냐하면 신관복을 입고 있어봐야 적들에게 '나를 먼저 죽여주십쇼' 하고 광고하는 것밖에 되지 않기 때문이다.

"지금 당장이라도 테스트를……."

흥분한 하리스가 달려들었지만, 올란도는 그의 말은 들은 척도 하지 않고 곧바로 신관에게로 달려갔다.

"어서 오십시오. 오랜만에 뵙는군요, 신관님."

단장에게 사정을 한 보람이 있었다. 용병단 내에 와 있는 신관들 중에서도 제법 쓸 만한 인물이 배정된 것을 보면 말이다. 임무 때마다 위쪽에서 임의로 배정되는 만큼, 신관들 중에는 예전에 임무를 함께 뛴 인물들도 많았다.

"제가 너무 늦은 건 아닌지 모르겠군요."

"아닙니다. 저희도 이제 막 출동 준비를 끝마친 참이었습니다."

고개를 돌린 올란도는 중대원들에게 기세 좋게 명령했다.

"전원, 승마!"

라이를 비롯한 중대원들은 모두 다 자신의 말에 올라탔다.

의뢰를 수행하기 위해서는 목적지까지 빠른 속도로 이동해야 하는 게 관건인 만큼, 말은 필수였다. 말이 없는 대원들에게 용병단에서는 말을 지원해 줬다. 물론 공짜는 아니었다. 비록 액수가 저렴하긴 했지만 임대료를 지불해야 했고, 말이 죽는 경우에는 배상까지 해야만 했다.

"가시죠, 신관님."

방금 전까지 욕설을 퍼붓고 있었던 주제에 신관 앞에서는 깍듯이 예우하는 용병들. 유사시에 신관에게 치료를 받아야 하는 처지인 만큼, 그건 어쩔 수 없는 결과였다. 아무래도 친한 사람에게 좀 더 신경을 써주는 것은 인지상정이었으니까.

라이는 자신의 경험으로 미뤄 봤을 때, 사막을 통과하려면 적어도 1주일은 걸릴 거라고 생각했었다. 하지만 새벽녘이 되었을 때, 밝아오는 여명과 함께 저 멀리 지평선에 모습을 드러내기 시작하는 시커먼 성벽을 보고 깜짝 놀라지 않을 수 없었다. 서부지역 최대의 관문이라는 링카 성임에 틀림없었기 때문이다.

"링카 성이 이렇게 가까웠어요?"

"너 말 타고 오면서 졸았냐? 가깝기는 뭐가 가까워. 밤새도록 달려왔는데 말이야. 에구구, 허리야."

짜증스럽다는 하리스의 반응에 라이는 자신이 올란도에게 철저하게 농락당했었다는 사실을 그제서야 깨달았다.

'떠그랄 놈! 하룻밤이면 도착할 수 있는 거리를, 일주일동안 사막을 박박 기게 만들었다 이거지? 어디 두고 보자. 꼭 복수하고 말테다.'

뒤끝 강한 올란도를 만나서인지, 라이도 서서히 그런 성품으로 변해가고 있었다. 아니면 원래 그런 성격이었는지도 모르지만.

성문 앞은 수많은 인파들로 붐비고 있었다. 짐을 잔뜩 실은 낙타의 숫자가 너무 많아서 헤아리기도 힘들 정도였다. 가까이 다가가자 낙타 특유의 노릿한 냄새가 코를 찔렀다.

"흐흐, 정말 끝내주는 모습이지? 저게 다 우리 돈줄이야. 저 대상(隊商)들 덕분에 우리 용병단이 먹고 산다고 봐도 과언이 아니니까. 아마 우리 용병단 수입의 절반은 저들을 호위해 주는 것으로 벌어들이고 있을 걸?"

하리스의 말에 라이는 고개를 끄덕이면서도 곧 질문을 던졌다.

"그럼 우리가 출동한 것이, 이들 대상에 대한 호위 임무 때문인가요?"

"그건 아니지. 설마 이런 시시한 일거리를 우리에게 맡기겠어? 우리는 이런 일보다 좀 더 거칠고 위험한 임무를 주로 수행

하지. 그리고 힘든 일일수록 벌이도 좋아. 수당을 많이 주거든."

하리스와 이런저런 얘기를 나누다 보니, 어느새 영구마법진이 구축되어 있는 건물 앞에 도착하게 되었다. 알카사스 내에는 영구적인 공간이동 마법진들이 두루 구축되어 있었기에, 용병들은 될 수 있다면 마법진을 이용하여 이동했다.

가격이 다소 비싸기는 했지만 숙박비와 식비를 절약할 수 있는 데다가, 공간이동을 통해 절약한 시간을 활용하여 의뢰를 한 건이라도 더 처리하면, 마법진 사용료 정도는 충분히 뽑아낼 수 있었기 때문이다.

이미 이런 일에 익숙한 듯 마법진을 이용한 용병단의 이동은 신속하게 이루어졌다. 목적지 근처에 위치한 도시로 공간이동한 후에야, 중대원들은 적당한 식당을 찾기 시작했다.

막대한 물자가 통과하는 링카 성과 달리, 변방의 도시는 한적하기 짝이 없었다. 그런 만큼 물가 역시 링카 성보다는 이쪽이 훨씬 더 저렴했다.

"식당에 들러서 밥이나 먹고 가죠."

"그럴까?"

주위를 이리저리 둘러보던 올란도가 중대원들을 이끌고 간 식당은, 이 근방에서는 가장 음식 맛이 괜찮은 곳이었다. 밤새도록 말을 타고 사막을 달려온 만큼, 중대원들 모두 피곤에 지친 얼굴들이었다. 더군다나 빠르게 사막을 통과하기 위해 제대로 된 식사는 아예 생각도 못했고, 대충 건량(乾糧)을 씹어 허기를 채운 상태였기에 더욱 그랬다.

그들이 주문한 식사가 나오기를 기다리고 있을 때였다. 식당 문이 열리더니, 손님 몇 명이 식당 안으로 들어왔다. 손님들은 남자 넷에 여자 둘이었는데, 한눈에 봐도 값비싸 보이는 갑옷으로 단단하게 무장하고 있었다.

그런데 단단한 근육질 체격의 남자들도 꽤 잘 생긴 얼굴이었지만, 여자들의 미모는 이런 변방에서 보기 힘들 정도로 아주 뛰어났다.

변방의 식당에서 이런 호화로운 차림새의 모험가 그룹과 마주치게 된 이유는, 이 식당이 이 근방에서는 가장 음식 맛이 뛰어난 곳이기 때문일 것이다. 올란도와 중대원들은 워낙에 이곳저곳을 쑤시고 다녀야 하는 처지였기에, 어디에 가면 어떤 식당이 가장 음식 맛이 좋은지 훤하게 꿰뚫고 있었던 것이다.

눈이 부실 만큼 예쁜 여자가 갑옷을 입고 있는 모습은 처음 보았기에, 라이는 호기심에 자신도 모르게 정신없이 바라봤다. 그러자 옆에 앉아 있던 하리스가 라이의 어깨를 툭 치며 물었다.

"빼질이. 뭘 그렇게 침을 질질 흘리며 보고 있냐?"

"제가 언제 침을 흘렸다고 그래요?"

하리스는 힐끗 라이가 쳐다보고 있던 여자를 살펴본 뒤, 음흉스런 미소를 지으며 말했다.

"네가 아무리 군침 흘려봐야 헛거다. 저 여자는 무녀(巫女)거든."

"무녀요? 무녀가 뭔데요?"

"이런 무식한 놈. 어떻게 무녀를 모르다니……. 쉽게 말해 여자 신관을 무녀라 부른단 말이야."

신관이라면 현재 중대원들과 함께 있는 청년도 있고, 또 그 전에도 몇 명 만나본 적이 있지 않던가.

"그런데, 그게 어때서요?"

"이런 무식한 놈! 신을 섬기는 신관은 결혼할 수 없다는 것도 모른다는 말이냐? 그래서 네가 아무리 군침을 흘려봐야 헛거라는 말이야."

"그, 그렇습니까?"

저렇게 예쁜 여자가 결혼을 할 수 없다니, 약간은 실망스러운 기분이 드는 라이였다.

"그리고 그 옆에 앉아있는 다른 여자는 아마 마법사일거야. 문양이 화려하게 수놓아진 고급갑옷이기는 하지만, 두께가 얄팍한 것이 한눈에 척 봐도 방어력이 대단할 것 같아 보이지는 않지?"

"그건…, 그러네요."

"무기를 봐도 회초리로 쓸 만한 저런 얄팍한 검으로 어떻게 몬스터들을 때려잡을 수 있겠냐? 그렇다고 활을 쓰는 것 같아 보이지도 않고……. 더군다나 사람이라고 생각하기에는 미모가 너무 뛰어나잖아. 이런 경우 자연미인이 아니라, 인공미인일 가능성을 의심해 봐야 하는 거야."

자연미인이니, 인공미인이니 하는 말은 처음 들어봤기에 라이는 고개를 갸우뚱하며 물었다.

"근데 자연미인은 뭐고, 인공미인은 또 뭡니까?"
"에휴, 그것도 모르냐? 정말 순진한 건지, 멍청한 건지……. 잘 들어. 태어날 때부터 아름다운 미모를 타고난 애들을 자연미인이라고 불러. 여기까지는 이해가 가지?"
"예."
"인공미인이라는 것은 마법을 통해 얼굴을 원래보다 좀 더 아름답게 개조해 버린 걸 말하는 거야. 인간 같지도 않은 그런 엄청난 미인들을 만나게 되면, 인공미인이라고 생각하면 대충 맞을 거다."
라이는 여자가 마법사라는 사실보다, 어쩌면 인공미인일 가능성이 크다는 말에 더욱 놀랐다. 아무리 마법이 대단하다고 해도, 어떻게 그런 일까지 가능하단 말인가.
"헉! 마법으로 정말 그런 것도 할 수 있어요?"
깜짝 놀라는 라이의 반응이 재미있는지 하리스는 더욱 신이 나서 입을 놀렸다.
"크크, 못할 건 또 뭐가 있겠냐. 내가 예전에 들은 건데, 아카데미 마법학부를 졸업하는 애들 중에서 3사이클 이상의 마법을 쓸 수 있는 사람은 단 한 명도 없다고 하더라. 그만큼 3사이클에 오르기 힘들다는 말이지. 너도 아카데미 졸업생 나이가 몇 살인지는 알지? 그러니까 마법사로서 한 사람 몫을 하려면 졸업 후, 선배 마법사 밑에 들어가서 더욱 공부를 해야만 한다는 거야. 그런데 저 여자는 이제 겨우 20대 초반도 되지 않아 보이잖아. 당연히 뭔가 술수를 부렸다는 말이지."

"오, 그렇군요. 저는 전혀 몰랐습니다."

"그러니까 의무복무 기간을 채우고 무사히 제대하려면 고참 말을 잘 들으라는 거야. 세상에는 네가 상상도 못할 그런 해괴한 일들이 아주 많거든. 알고 있으면 피가 되고 살이 되는 지식들이지."

"명심하겠습니다."

두 사람이 두런두런 얘기를 나누고 있을 때, 갑자기 올란도가 자리에서 벌떡 일어서더니 그쪽으로 걸어가는 게 보였다.

"안녕하십니까. 한눈에 척 봐도 상당한 관록을 지닌 모험자분들이신 것 같군요."

은근슬쩍 수작을 거는 올란도. 그들은 올란도를 힐끗 쳐다보더니, 곧바로 자기들끼리 수군거렸다. 즉, 상대하기 싫다는 뜻이었다. 하지만 올란도는 전혀 개의치 않고, 얼굴에 환한 미소를 지으며 다시 부드러운 목소리로 말을 걸었다.

"이 근처에는 모험가분들이 처리할 만큼 대단한 일이 없는데…, 혹시 그룬드 마을 쪽으로 가십니까?"

무시했는데도 불구하고 계속 말을 걸자, 결국에는 참지 못하고 사내 중 하나가 신경질적으로 소리쳤다.

"당장 꺼져. 여기 이 자리가 네놈 따위가 끼어들 자리라고 생각한 거냐? 어디 용병 나부랭이가 감히……."

이때, 둘 사이를 가로막고 끼어든 사람이 있었다. 모험가들 중에서 가장 뛰어난 미모를 지니고 있기에, 무녀일 가능성이 높다고 추측되던 바로 그 여성이었다.

"룬드그렌 경, 말씀이 너무 심하시네요."

그녀는 올란도에게로 시선을 돌리며 고운 목소리로 말했다.

"그륜드로 가시는 모양이죠? 거기에 무슨 일이라도 터졌나요?"

"오크들을 토벌해 달라는 의뢰가 들어와서 말입니다."

그 말에 룬드그렌이라는 사내의 얼굴에 비웃음이 어렸다. 그는 가소롭기 짝이 없다는 듯 중얼거렸다.

"겨우 오크 따위를 가지고……."

하지만 올란도의 별명이 달리 발정난 여우이겠는가. 그는 비웃는 사내 쪽은 신경조차 쓰지 않았다. 그의 눈동자는 오로지 무녀에게로 집중되어 있었다. 이렇게 노골적으로 빤히 바라보는 남자도 흔치 않았기에, 무녀는 거북한 듯 어색한 미소를 지으며 말했다.

"20여 명도 되지 않는 병력으로 오크 떼를 상대하시려면 많이 힘드시겠네요."

"걱정해 주셔서 감사합니다. 무녀님께서는 성말 마음이 고우시군요. 그런데 어느 종단에서 나오셨는지?"

"여명의 여신 오로라님을 섬기고 있습니다."

사내들의 따가운 눈총을 받으면서도 올란도는 끝까지 무녀에게 수작을 건넸다. 하지만 그도 결국에는 물러서지 않을 수 없었다. 주문한 음식이 나왔기 때문이다.

얘기하는 동안 무녀는 싫다는 내색은 하지 않았지만, 올란도의 음식이 나오는 것을 보자마자 급히 말을 꺼냈다.

"저 말씀 중에 죄송하지만, 식사가 나온 거 같은데요."
"아, 그렇습니까?"
그제서야 자신의 자리 쪽으로 고개를 돌려보는 올란도.
"그렇군요. 오늘 대화…, 정말 즐거웠습니다. 그런데 폐가 되지 않는다면 축도(祝禱)를 좀 받을 수 있을까요?"
그러자 무녀는 난처하다는 듯 대답했다.
"축도를 해드리는 것은 문제가 되지 않습니다만, 오로라님을 섬기지 않으신다면 별 효력을 보시기 힘들 텐데요."
"제가 예전에 오로라님을 섬기는 무녀님께 치료를 받은 적이 있었습니다. 그 덕분에 간신히 목숨을 건졌는데, 어찌 제가 가만히 있을 수 있겠습니까. 그래서 바로 그날 오로라님을 제 주신(主神)으로 영접했었죠."
그 말에 무녀는 이번에는 진심어린 미소를 활짝 지었다.
"오오, 그러셨나요? 그렇다면 당연히 축도를 해드려야죠. 자, 무릎을 꿇어 주세요."
올란도가 한쪽 무릎을 꿇고 자신의 앞에 자리 잡자, 무녀는 가늘면서도 예쁜 손을 그의 머리 위에 살며시 올린 후 꾀꼬리처럼 예쁜 음성으로 축도를 읊어줬다. 무녀는 진심으로 신께 축복을 청하고 있었지만, 올란도는 살짝 실눈을 뜨고 그녀의 젖가슴을 훔쳐보느라 정신이 없었다. 무녀의 탐스러운 가슴어림이 자신의 바로 코앞에 위치해 있었으니까. 문제는 그런 올란도의 뻔뻔스런 행태를 다른 모험가들이 눈치 채고는 째려보고 있는 중이었다는 것이다.

"축도해 주셔서 감사드립니다. 그럼 저는 이만……."

"안녕히 가세요. 오로라님의 축복이 언제나 함께 하기를……."

콧노래를 흥얼거리며 느긋한 걸음걸이로 자신의 자리로 돌아가는 올란도. 그가 그리 멀리 떨어지지도 않았음에도, 사내들 중 한 명이 약간 커다란 목소리로 무녀에게 말했다.

"저런 쓰레기 같은 용병 따위에게까지, 그렇게 친절하게 대해 주실 필요는 없습니다, 무녀님."

올란도보고 들으라고 하는 소리였다. 하지만 무녀는 그런 거에 개의치 않는다는 듯 상큼한 목소리로 대답했다.

"아뇨. 즐거운 시간이었어요. 덕분에 그륜드쪽 얘기도 들을 수 있었고요."

하지만 그들은 꿈에도 생각하지 못했다. 올란도가 일개 용병대 중대장 노릇이나 하고 있을 인물이 아니라는 것을.

올란도가 자리 잡은 식탁에는 2명의 소대장들과 신관이 함께 앉아 있었다. 장교급인 그들이 사병들과 함께 앉아 식사를 할 수는 없었기 때문이다.

"자, 모두들 들지. 사제님께서도 어서 드십시오."

그러자 라이언이 부럽다는 표정으로 급히 말을 건넸다.

"정말 존경스럽습니다, 중대장님."

론도는 한술 더 떠 한숨을 푹 내쉬며 중얼거렸다.

"저런 미인과 다정하게 얘기를 하다니……. 난 말을 건넬 생각만 해도 가슴이 터질 것만 같은데…….”

"쯧쯧, 미인이라고 뭐 별다른 거 있는 줄 아나? 그냥 눈만 즐거운 대상이야. 더군다나 무녀는 얘기 상대 외에 따로 써먹을 데도 없잖아?"

별거 아니라는 올란도의 대꾸에 론도가 신경질적으로 이죽거렸다.

"쳇, 저런 미인을 그렇게밖에 생각하지 않으시는 분은 중대장님뿐일 겁니다. 중대장님이 여자를 나누는 기준은 딱 2가지잖습니까. 거시기를 할 수 있느냐, 없느냐."

"헛, 나를 그렇게 저급한 사람으로 생각하고 있었다니. 그건 아냐. 아니면 내가 왜 무녀님께로 가서 얘기를 나눴겠나. 그런 원초적인 것도 좋긴 하지만, 눈과 귀의 즐거움도 무시할 수 없는 법이거든. 특히 저 무녀는 얼굴도 예뻤지만, 목소리는 더욱 끝내줬지. 너는 못 들었겠지만, 그 가느다란 떨림이 정말 애간장을 살살 녹이더만."

"쌰, 나도…….”

치밀어 오르는 부러움을 참지 못하고 자리에서 벌떡 일어섰지만, 론도는 잠시 망설이다가 곧 힘없이 털썩 주저앉았다. 무녀가 속해있는 모험가 파티는 한눈에 봐도 꽤나 실력 있는 무리들로 보였다. 올란도처럼 넉살좋은 인물이라면 몰라도, 자신으로서는 보는 것만으로도 위축이 되었던 것이다.

"쓸데없는 짓거리 하지 말고, 빨리 밥이나 먹어."

가볍게 타박하는 라이언을 한번 째려본 론도는 짜증스럽다는 표정으로 음식을 입안에 와구와구 퍼 넣기 시작했다. 올란도는 그들과 함께 여유롭게 식사를 하고 있었지만, 그의 머리와 귀는 바쁘게 움직이고 있는 중이었다. 모험가 파티원들이 주고받는 얘기를 엿듣기 위해…….

최강의 드래곤 제스미네어

30

붉은 전갈 용병단

팔시온은 아르티어스에게 지시받은 대로 아이들을 끌어 모으고, 또 그 아이들을 효과적으로 교육시킬 방안을 강구하느라 정신없이 움직이고 있었다. 하지만 정작 그 일을 시킨 아르티어스는 할 일이 없어 무료함에 온몸을 비비 꼬고 있었다. 그렇다고 자신이 직접 나서서 아이들에게 검술 교육을 시킬 수도 없는 노릇이고 말이다.

"써글. 그러고 보니 뭔가 결과가 나오기 전까지는, 여기에 있어봐야 아무런 소용이 없잖아. 여기서 이렇게 빈둥거리느니, 차라리 둥지로 돌아가서 부족한 잠이나 보충을……."

하지만 곧 생각이 바뀌었다.

"아니지. 그보다 먼저 브로마네스 녀석이나 꼬시는 게 좋겠어. 그놈을 끌어들이는 게 여러모로 편리한 게 사실이니까. 또 심심하지도 않고."

마음을 정한 아르티어스는 주저하지 않고 곧장 브로마네스의 레어가 있는 위치로 공간이동을 했다.

"이보게, 친구. 얘기나 좀 나누세."

부드러운 어조로 청했음에도 불구하고 되돌아 온 것은 퉁명스런 대꾸였다. 심사가 단단히 꼬였는지 브로마네스는 레어 밖으로 얼굴조차 내밀지 않았다.
"너하고 할 얘기 없어, 이 오크 새꺄!"
"친구, 자네 정말 이럴 건가?"
"치인~구? 난 싸가지 없는 골드 드래곤 친구는 있지만, 너 같은 오크 새끼를 친구로 둔 적은 없어!"
영문을 알 수 없는 오크 타령에, 짜증이 난 아르티어스가 신경질적으로 외쳤다.
"이 새끼가! 누가 오크라는 거야?"
그러자 브로마네스는 레어 밖으로 걸어 나오며 이죽거렸다.
"누군 누구야, 바로 너지. 얼마 전에 네 녀석 입으로 분명히 말했잖아. 두 번 다시 여기를 찾아오면 네가 오크라며?"
아르티어스는 어색하게 미소 지으며 얼른 얼버무렸다.
"에이, 그런 사소한 거는 잊어버리지. 우리 둘이서 그동안 함께 지내온 세월이 대체 얼만가? 우린 돈독한 친구 사이가 아닌가 말이야."
"드래곤이 아무리 사소한 거라도 잊는 거 봤냐? 지도 드래곤인 주제에 별 말도 안 되는 소리를 하고 있어. 그리고 돈독하기는 개뿔이. 네놈과 내가 뭐가 친하다는 건데?"
이렇게 둘이 투닥거리고 있을 때, 갑자기 브로마네스의 레어 앞쪽으로 엄청난 존재감이 이동해 오는 게 느껴졌다.
"호오, 너 꽤 바쁘게 사는 모양이다? 친구도 다 찾아오고."

"누구지? 너 말고 찾아올 놈이 없는데? 더군다나 이런 존재감이라는 것은······."

처음에는 드래곤 2마리가 공간이동해 오는 줄 알았다. 하지만 아르티어스는 곧이어 자신의 감각이 틀렸다는 것을 깨달았다. 번쩍하는 빛과 함께 그 모습을 드러낸 건 4마리였기 때문이다. 둘의 존재감이 워낙에 엄청나서 나머지 둘의 존재감을 삼켜버렸기에 그런 착각을 하게 되었던 것이다.

드래곤 4마리가 한꺼번에 움직이는 경우는 거의 없는데, 넷씩이나 함께 몰려온 것을 보면 자신과 달리 브로마네스는 꽤나 동료 드래곤들 사이에 인망이 있는 모양이라고 아르티어스는 생각했다.

하지만 곧이어 그는 자신의 생각이 틀렸다는 것을 깨달아야만 했다. 브로마네스 녀석이 갑자기 허겁지겁 레어 안으로 도망치는 것이 아닌가.

공간 이동해 온 넷의 생김새는 모두 달랐다. 엘프 둘에 처음 보는 모습을 한 수인종(獸人種) 둘. 수인종들의 손가락과 발가락 사이에 물갈퀴가 달린 것을 보면, 아마 물속에 서식하는 종류인 모양이다.

이때, 아르티어스는 엘프들 중 한 놈의 얼굴이 낯이 꽤 익다는 것을 깨달았다. 그렇다. 두어 달 전에 묵사발을 내놨던 바로 그 애송이 실버 드래곤이었던 것이다. 그 애송이도 아르티어스를 금방 알아봤다. 놈은 아르티어스를 손가락질하며 입에 거품을 물었다.

"바, 바로 저놈입니다!"

그 말에 놈의 옆에 서 있던 엘프가 으르렁거리며 앞으로 나섰다.

"너, 이 악독한 놈! 잘 만났다."

왠지 분노로 얼굴이 벌겋게 달아오른 엘프가 앞으로 튀어나오려는 순간, 수인족 중 하나가 손을 쓱 들어 그의 앞을 가로막으며 질책했다.

"어르신께서 계시는데 이 무슨 경거망동인가?"

그 말에 엘프는 흠칫하더니, 곧 어쩔 수 없다는 듯 조용히 뒤로 물러섰다.

이때 뒤쪽에 조용히 서있던 괴이한 모양의 수인종 한 마리가 앞으로 나서며 입을 열었다.

"네가 아르티어스냐?"

수인종은 온화한 미소를 지으며 묻고 있었지만, 아르티어스는 순간 숨이 턱 막히는 것을 느꼈다. 지금까지 자신에게 이토록 엄청난 압박감을 느끼게 한 드래곤은 없었다.

그의 아버지는 마법에는 능했지만, 육체적인 능력은 그리 대단한 편이 아니었다. 그렇기에 그가 내뿜는 존재감 또한 그저 그런 정도였던 것이다. 하지만 지금 아르티어스의 앞에 서있는 이 드래곤에게서 뿜어져 나오는 기운은, 그가 지닌 무지막지한 육체적 능력을 대변하고 있는 것이다. 그가 뿜어내는 기세가 워낙에 엄청났기 때문에 천하의 브로마네스가 찍소리도 못하고 재빨리 레어 안으로 도망쳐 버린 것이다.

아르티어스는 저도 모르게 뒤로 주춤 물러서며 대답했다.

"예. 그, 그렇습니다만……."

"허허, 네 모습을 보니 예전의 아르티엔을 보는 것만 같구나."

그 말에 깜짝 놀란 아르티어스가 다급하게 물었다.

"서, 선친(先親)을 아십니까?"

"우연히 네가 여기에 있다는 얘기를 듣게 되었다. 그래서 체면 불구하고, 아이들을 따라오게 된 것이지."

"……?"

"넌 내가 누군지 아마 모를 거다. 육지로는 별로 나다니지 않았으니까. 나는 제스미네어라고 한다."

제스미네어.

실버 일족 최고 연장자의 이름이며, 아르티엔만 없었다면 이 세상에서 가장 강한 드래곤으로서 칭송받았을 존재였다. 하지만 문제는 아르티어스가 전혀 모르는 이름이었다는 사실이다.

이름을 말해줘도 자신을 모르는 듯 하자, 제스미네어는 다시 부드러운 목소리로 얘기를 해줬다.

"혹시 아르티엔에게서 내 이름을 듣지 못했느냐? 나는 예전에 그와 세 번에 걸쳐 대결을 펼쳤었다."

"예? 선친과 말씀이십니까?"

"이런, 아르티엔으로부터 아무런 얘기도 듣지 못한 모양이구나!"

순간 제스미네어의 온화하던 얼굴에 무시무시한 노기가 스쳐 지나가는 것을 본 아르티어스는 본능적인 공포를 느꼈다. 그리고 곧바로 깨달았다. 돌아가신 아버지도 대적이 불가능했지만, 눈앞의 이 노망난 드래곤 또한 대적이 불가능 하다는 것을.

만약 이 노망난 드래곤이 저놈들의 편을 들어준다면, 오늘이 바로 자신의 제삿날이 될 가능성이 크다고 봐야 했다.

하지만 노회하기 짝이 없는 아르티어스는 정신줄을 놓지 않았다. 예로부터 호비트 세계에 전해져 내려오는 말이 있지 않던가. 드래곤에게 잡혀가도, 정신만 차리면 살 수 있다고 말이다.

"이런 말씀드리기는 뭣 합니다만, 제가 워낙 말썽만 부리던 처지라 분가한 이후 선친을 찾아뵙지 못했었습니다. 아니, 찾아뵙지 않는 정도가 아니라 행여나 만날세라 도망 다니기에 바빴지요. 그 때문에 어르신과의 세 번에 걸친 대결에 대한 얘기를 듣지 못한 것 같습니다."

그 말에 노기에 차올랐던 제스미네어의 얼굴 표정이 다소 부드럽게 변했다. 아르티엔이 자신을 무시해서 그 얘기를 하지 않은 게 아니라는 것을 알게 되었으니까. 눈치를 살피던 아르티어스는 그 기회를 놓치지 않고 얼른 말을 이었다.

"그러고 보니 제가 분가하기 전에 선친께 들었던 주의사항이 떠오르군요. 워낙에 말썽을 부리며 돌아다니자, 선친께서 제게 당부를 하나 하신 게 있었습니다. 웬만하면 실버 일족은 건드리지 말라구요."

"뭐, 실버 일족은 건드리지 말라고?"

"예. 그 당부 뿐이셨습니다."

그러자 딱딱하게 굳어있던 제스미네어의 표정에 미약하지만 미소가 어리기 시작했다. 처음에는 희미한 미소 뿐이었지만, 곱씹어 생각할수록 기분이 좋은지 그의 얼굴은 조금씩 더 밝아졌다.

"네 말을 듣고 보니, 천하의 아르티엔도 감히 우리 일족을 무시하지만은 못했다는 것을 알겠다. 크흠! 그건 그렇고, 내가 자네를 만나고자 여기까지 온 것은, 얼마 전에 브라키어를 만났었기 때문이야."

브라키어의 얘기가 나오자 아르티어스는 비로써 감을 잡을 수 있었다. 대마왕과 싸웠을 때의 상황이 궁금해서 그가 자신을 찾아왔다는 것을.

"아, 그러셨습니까?"

"내가 그때 함께 있었다면, 얼마나 좋았겠나."

하지만 애석하다는 말과는 달리 그의 표정에는 전혀 아쉬움이 묻어있지 않다는 것을 아르티어스는 눈치 챘다. 방금 전에 그는 아버지와 3번에 걸쳐 대결을 했었다고 했다. 즉, 아버지의 라이벌이라고 봐야 했다. 그것도 아버지에게 치여 맨날 2등밖에 하지 못한 라이벌 말이다.

그런 그가 왜 그 자리에 있기를 원하겠는가. 도와주기 위해서? 그건 절대로 아닐 것이다. 씹어 먹어도 시원찮을 라이벌을 왜 도와주겠는가.

그가 그곳에 있고 싶었던 이유는 딱 하나 뿐일 것이다. 그것은 바로 라이벌의 최후를 직접 확인하는 것, 바로 그것일 게 확실했다. 아니, 그렇지 않을 수도 있었지만, 심성이 삐딱하게 꼬인 아르티어스는 그렇게 확신했다. 만약 자신이 그런 처지였다면, 수단과 방법을 가리지 않고 상대를 없애버리려 들었을 게 뻔했으니까.

하지만 그런 내심을 그대로 드러낼 아르티어스가 아니다. 오랜 세월 인간세상을 들쑤시고 다니며 수없이 많은 경험을 쌓은 그가 아닌가. 그는 뻔히 눈치 챘으면서도 헤실거리며 아부를 늘어놨다. 평소 아부 따위 하지 않는 아르티어스이기는 했지만 그것은 안하는 것이었을 뿐, 하지 못하는 것이 결코 아니었으니까.

"제가 오늘 제스미네어님을 뵈니, 선친께서 왜 실버 일족을 그렇게 높게 평가하셨었는지 이제야 알 것 같습니다. 만약 그날, 제스미네어님만 그 자리에 계셨다면 선친께서 돌아가시는 일은 벌어지지도 않았을 텐데……. 참으로 안타깝습니다."

입에 발린 말이라는 것을 잘 알지만, 칭찬을 좋아하지 않을 놈이 누가 있겠는가. 그건 드래곤도 마찬가지였다. 게다가 보통의 드래곤과는 달리, 산전수전 다 겪은 노회한 아르티어스가 가려운 곳을 살살 긁어주자 제스미네어의 입이 헤벌쭉 벌어졌다.

"호오, 이거 나를 너무 높게 쳐주는구먼."

"그럴 리가요. 현존하는 최강의 드래곤이신 제스미네어님이시라면 이 정도 평가는 당연한 것이 아니겠습니까?"

이제는 완전히 기분이 좋아진 제스미네어는 아르티어스의

예상대로 아르티엔이 죽었을 당시의 상황에 대해서 몇 가지를 물어봤다. 아르티어스는 그 질문에 대해 성심성의껏 대답했다. 물론 상대방이 기분 좋도록 아부라는 양념을 듬뿍 섞어서 말이다.

아르티어스가 적성에도 맞지 않는 아부를 이 노망난 드래곤에게 쏟아 붓고 있는 이유는, 바로 제스미네어의 옆에 서있는 드래곤 때문이었다. 비록 공손히 서있기는 했지만, 지그시 자신을 노려보는 그 눈빛 속에는 사나운 그 무엇인가가 숨겨져 있었다. 제스미네어와 달리 결코 좋은 뜻을 가지고 이곳에 온 놈이 아닌 것이다.

그것을 느낀 순간, 아르티어스는 제스미네어에 대한 아부를 보다 강화했다. 지금 자신을 살려줄 수 있는 드래곤은 제스미네어 뿐이었으니까. 그리고 그게 먹혀 들었는지 제스미네어는 아르티어스를 꽤나 마음에 들어 했다.

"자네 참 말을 잘하는구먼."

"과찬이십니다. 지금까지 말썽꾼 소리밖에 들은 게 없는데 말이죠. 하지만 그 덕분에 견문이라면 저를 따라올 드래곤이 아마 없을 겁니다. 만약 시간이 괜찮으시다면 제가 호비트를 등쳐먹던 얘기를 좀 들려드릴까요? 아마 배꼽을 잡으실 지도 모르는데……."

"허허, 아쉽지만 그건 다음에 듣기로 하지."

제스미네어는 더 이상의 볼 일은 끝났다는 듯 옆에 서있는 수인종에게 말했다.

"쟈크레아, 내 볼 일은 다 끝났네. 궁금했던 부분에 대해 그곳에 직접 있었던 당사자의 증언을 들으니 막혔던 가슴이 확 뚫리는 듯 기분이 아주 상쾌하구먼. 자, 그럼 돌아가세나."

과연, 아르티어스의 짐작대로 제스미네어를 수행하고 온 드래곤은 실버 일족의 수장 쟈크레아였다. 아르티어스는 속으로 안도의 한숨을 내쉬었다. 저 망할 놈들이 자신에게 복수하겠다며 쟈크레아만 데리고 이리로 쫓아왔다면, 정말이지 곤란했을 거라고 말이다.

드래곤 최강의 일족이라는 칭호가 아깝지 않게, 쟈크레아에게서 뿜어져 나오는 기세는 너무나도 엄청났다. 더군다나 쟈크레아가 자신을 바라보는 살벌하기 그지없는 눈빛으로 봤을 때, 그에게는 이런 아부가 먹혀들 리 없을 것 같았다. 한눈에 봐도 자신을 싫어한다는 게 빤히 느껴졌으니까.

"처음 뵙겠습니다, 쟈크레아님. 제스미네어님의 뒤를 이을 후계자가 바로 쟈크레아님이라고 들었었는데, 오늘 뵈니 정말이지 명불허전(名不虛傳)이로군요."

하지만 쟈크레아는 아르티어스의 말에 아무런 대꾸도 하지 않았다. 그는 무표정하게 제스미네어에게 말했다.

"송구스럽습니다만, 이렇게 대충 넘어가실 일이 아닙니다. 이리로 오시기 전에 저 아이가 자리 잡았던 곳을 이미 보셨지 않습니까? 그곳은 틀림없이 쟈코니아 산맥이었습니다. 그런데도 저놈이 그곳까지 자신의 영토라고 우긴 것은 말도 안 되는 소리지요. 따라서 이번 기회에 이 버르장머리 없는 놈의 버릇을 제대로 가르쳐 놔야 한다고 저는 생각합니다. 골드 일족 따위가 감히 실버 일족을 어떻게 보고…….”

 쟈크레아의 말처럼 말토리오 산맥은 거대한 쟈코니아 산맥의 지류였다. 말토리오는 크라레스 제국의 남쪽을 관통한 다음 쟈코니아와 합류하여 바다로 들어간다. 크로나사 평원 쪽에 사는 사람들은 아르곤과의 경계선 역할을 하는 산맥을 보고 쟈코니아라고 불렀지만, 저 남쪽의 치레아쪽 사람들은 조금 달랐다.

 말토리오 산맥은 물론이고, 그 말토리오가 합류한 이후의 쟈코니아 산맥까지 몽땅 다 그냥 말토리오라고 불렀던 것이다. 산맥을 넘어 아르곤 쪽으로 가면 똑같은 곳을 쟈코니아 산맥이라고 부르는 것과 달리…….

 애송이 실버 드래곤이 자리 잡은 위치가 딱 바로 그곳이었다. 말토리오가 끝난 뒤에 이어지는 쟈코니아 산맥의 남쪽 끝단 부분 말이다. 애매하기 짝이 없는 그 위치에 자리 잡았던 실버 드래곤을 아르티어스가 작살낸 게 사실 이번이 처음은 아니었다.

 하지만 예전에는 아르티엔이 그의 뒤에 있었기에 실버 일족으로서는 애써 분을 참으며 넘어갔었다. 그런데 그 아르티엔이 대마왕과 싸우다 죽어버렸으니, 이번에는 잘됐다 하면서 찾아온 것이다. 예전의 원한까지 통째로 다 갚아버릴 속셈으로 말이다.

 “어허, 실버 일족의 체통을 생각하게. 하고 많은 땅덩이를 놔두고, 겨우 그 조그마한 자리를 차지하지 못해서 이 난리를 치겠다는 말인가? 저 아이는 아르티엔이 남긴 유일한 혈육이야. 홀로 대마왕과 맞서 싸워, 세상을 구원한 아르티엔이 남긴!"

제스미네어는 조그마한 땅덩어리라고 말했지만, 사실은 그렇지 않았다. 드래곤 서너 마리가 둥지를 틀고도 남을 정도의 넓이였으니까.

"그, 그래도……."

"이쯤 해두도록 하게. 저 아이를 괴롭히면, 다른 일족들이 우리 일족을 어떻게 보겠는가. 더군다나 저 아이, 듣던 것과는 달리 윗사람에게 공손하고 예의바르지 않은가. 그러니 젊은 애들끼리 생긴 일은, 젊은 애들끼리 해결하도록 그냥 놔두게."

역시 아부의 힘은 위대했다. 하지만 아무리 봐도 쟈크레아가 그냥 이대로 순순히 물러갈 기세가 아니었다. 이때, 초조해 하는 아르티어스의 머릿속에 뭔가가 번개와 같이 스쳐 지나갔다.

그는 즉시 자신의 생각을 실행에 옮겼다. 아르티어스가 아무런 경고도 없이 갑작스럽게 주문을 발동시키자, 쟈크레아의 눈썹이 꿈틀 했다. 하지만 그렇다고 어떤 대응을 한 것도 아니었다. 아르티어스 따위가 기습을 가해온다 해도 자신을 어떻게 할 수 없을 거라는 자신감 때문이다.

아르티어스가 주문을 외운 순간, 밝은 빛을 뿜어내며 거대한 조각상 하나가 제스미네어의 앞으로 공간 이동해 왔다. 새하얀 상아와 보석으로 만들어진 거대한 드래곤 조각상. 그것은 바로 브로마네스가 애지중지하며 하루 종일 쳐다보며 미소 짓던 바로 그 조각상이었다.

"이건 뭔가?"

"제가 선친의 모습이 그리워질 때마다 보기 위해 드워프들에게 만들라고 지시한 조각상입니다. 그런데 어르신을 뵈니, 어르신께서는 제 선친을 참으로 깊게 생각하고 계시다는 것을 알겠더군요. 그래서 이걸 어르신께 선물하고 싶습니다. 제발 받아주십시오."

제스미네어는 그 조각상에서 눈을 떼지 못했다. 너무 좋아서 자신도 모르게 헤벌쭉 벌어진 입. 그것 하나만 봐도 아르티어스는 자신의 계책이 제대로 먹혀들어갔다는 것을 확신했다.

하지만 이들의 모습을 숨어서 지켜보고 있던 브로마네스는 분하고 원통해서 기절할 지경이었다. 하마터면 치밀어 오르는 분을 참지 못하고 레어 밖으로 달려 나가 '그거 내꺼야! 이 망할 드래곤들아!' 하고 외칠 뻔 했을 정도였으니까.

하지만 브로마네스는 초인적인 의지로 분노를 겨우 참아냈다. 그래봐야 저 조각상을 되찾을 가능성이 없다는 것을 그는 잘 알고 있었기 때문이다.

브로마네스는 피눈물을 흘리며 아르티어스를 저주했다.

'이 망할 새끼. 두고 보자. 너 오늘 죽었어!'

하지만 이 조각상이 브로마네스의 보물이라는 사실을 알 리 없는 제스미네어. 그는 아르티어스의 선물에 감동하지 않을 수 없었다.

"하, 하지만 이런 보물을……."

"이 조각상을 보시면서 부디 제 선친을 추억해 주십시오. 한때 이 세계에서 쌍벽을 이루셨던 사이이시니, 서로가 라이벌이기는 했지만 그만큼 서로를 존경하고 또 아끼셨던 것 또한 사실이 아니겠습니까."

최강의 드래곤이라고 일컬어졌던 아르티엔과 쌍벽을 이뤘다고 말해주니, 제스미네어로서는 더욱 기분이 좋았다.

"허어, 그렇게까지 나를 생각해 주다니, 참으로 고맙구먼."

조각상을 자세히 본다면 그 생김새는 영락없는 레드 드래곤이었지만, 제스미네어는 그 사실을 애써 무시해 버렸다. 눈앞에 있는 예술품에 대한 탐욕이 그의 이성을 흐리게 만들고 있었기 때문이다.

레드면 어떻고, 골드면 또 어떤가. 저 엄청난 예술품을 자신의 레어 안에 장식해 둘 것만 생각해도 가슴이 두근거리는데 말이다.

"정말 고맙네."

아르티어스가 이 예술품을 자신에게 무슨 이유로 뇌물로 바친 것인지 눈치 채지 못할 제스미네어가 아니다.

'허~, 그 애비와 달리 꽤나 교활한 녀석이로군. 이거 받고 이번 일을 잘 무마해 달라는 뜻이렷다?'

제스미네어는 쟈크레아에게로 시선을 돌리며 말했다.

"이만 돌아가세. 이걸 내 레어의 어디에 두면 좋을지, 자네에게 조언도 좀 받고 싶고 말이야. 또, 이 앞에서 처음 마시는 차는 자네와 함께 하고 싶구먼."

"하, 하지만……."

뭐라 말하려 하던 쟈크레아는 어쩔 수 없었는지 고개를 푹 숙이며 대답했다.

"알겠습니다, 어르신."

틈을 보고 있던 아르티어스는 얼른 고개를 숙이며 쐐기를 박았다.

"안녕히 가십시오, 어르신. 그럼 다음에 뵙기를."

"그래, 잘 있게. 나는 가보겠네."

아르티어스의 바램대로 제스미네어는 쟈크레아를 끌고, 자신의 레어로 돌아가 버렸다. 그들의 모습이 사라지는 순간, 아르티어스는 이제 둘밖에 남지 않은 실버 드래곤 부자(父子)를 향해 고개를 획 돌리더니 눈알을 부라리며 으르렁거렸다.

정말이지 인상이 순식간에 이렇게까지 바뀔 수 있다는 게 불가사의하게 느껴지는 순간이었다.

"나한테 뭔 볼 일 있냐?"

"아, 아니 그게……."

애송이 드래곤의 아비인 실버 드래곤은 일순 당황하여 제대로 말을 잇지 못했다. 아르티어스가 뿜어내는 위압감에 몸이 움츠러들었기 때문이다.

물론 따지고 싶은 말은 무척이나 많았다.

'아니, 우리 애가 자식을 못 낳게 되면 책임 질 거야? 마법을 쓸 데가 있고, 쓰지 말아야 할 데가 있지. 이 악독한 놈아!'

하지만 아르티어스의 살기등등한 매서운 눈초리를 보자, 감히 그런 말을 꺼낼 엄두가 나지 않았다. 그렇다고 옆에 아들놈도 있는데, 그냥 이대로 물러설 수도 없었다. 그렇기에 그는 억지로 힘을 짜내 항변하듯 말했다.

"아, 아무리 그래도 거시기를 그렇게…, 공격하시면 안 되죠."

마치 기어들어가는 듯한 그의 목소리는 알아듣기 힘들 정도였다. 아마도 이것이 약한 자의 설움이리라. 이 때문에 일족의 로드(Lord)에게 도움을 청했었던 것인데……. 설마하니 자신들만 남겨놓고 모두 돌아가 버릴 줄이야.

"그, 그러다가 고자라도 되면……."

아르티어스는 별 걸 가지고 다 따진다는 듯 자신의 엉덩이를 툭툭 치며 이죽거렸다.

"아, 괜찮아. 저놈이 도저히 애를 못 만들면 나한테 와. 내가 알 하나 낳아 줄께."

"그, 그런 말도 안 되는……."

이때, 레어 안에서 분기탱천한 브로마네스가 씩씩거리며 달려 나왔다. 그는 밖으로 나오자마자 곧장 아르티어스의 뒤통수를 후려갈기며 으르렁거렸다.

빡!

"야, 이 나쁜 새끼야! 그게 어떤 물건인데, 그걸 너 마음대로 줘버린다는 말이야? 그게 너꺼냐?"

"아, 젠장. 겨우 조각상 하나 가지고 뭘 그래? 친구 좋다는 게 뭐냐."

아르티어스는 별것 아니라는 듯 변명했지만, 그런 모습이 오히려 브로마네스의 화를 더욱 치밀게 만들었다. 브로마네스는 분노를 참지 못해 거품을 물며 외쳤다.

"친구? 치인구? 이런 오크보다도 못한 새끼! 지금 당장 갈아 마셔도 시원찮을 놈이, 감히 치인구?"

"허, 그것 참. 그 조각상이 그렇게 아깝냐? 좋아, 내 배상할게. 재료는 내가 줄 테니까, 그거 만든 드워프놈들한테 다시 하나 더 만들라고 하면 되잖아. 똑같은 조각상을 다시 만드는 것인 만큼, 예전 작품보다 훨씬 더 좋은 게 나올 거야. 안 그런가? 친구."

둘이서 하는 수작을 멍하니 바라보고 있던 실버 드래곤은 한숨을 푹 내쉬었다. 아무리 생각해도 아들놈의 복수는 이미 물 건너갔음을 느낀 것이다. 왜 자신의 레어도 아닌 이곳에 있었나 했더니, 레드 드래곤 브로마네스 같은 강자까지 친구로 삼고 있을 줄이야.

더군다나 그가 아끼는 보물을 지 마음대로 꺼내 제스미네어에게 선물로 바쳐버렸는데도 불구하고 저 정도라니. 보물이라면 눈이 뒤집히는 드래곤의 생리상, 도저히 저 둘의 사이를 이해할 수가 없었다. 만약 자신이 저런 꼴을 당했다면 곧바로 사생결단을 냈을 것이다.

"돌아가자, 얘야."

"그냥 가자구요?"

"그럼 어쩔 거냐?"

아비 실버 드래곤은 더 이상 말을 않고, 자신의 레어로 곧바로 공간 이동해 버렸다. 졸지에 홀로 남겨진 애송이 실버 드래곤. 자신에게는 신경도 쓰지 않고 아웅다웅 입씨름만 벌이고 있는 레드와 골드 드래곤을 보며, 그가 뭐라고 할 수 있겠는가. 그 또한 한숨만 푹푹 내쉬다가 자신의 레어로 돌아가는 것 외에 달리 방법이 없었다.

두 실버 드래곤이 사라졌는데도 모를 만큼, 브로마네스는 흥분해서 고래고래 소리쳤다.

"이 새끼. 명세서 적어 보낼 테니, 거기에서 한 개라도 빼먹어 봐. 가만히 안 놔둘 거야."

"어허, 걱정 말게, 친구. 나와 거래 한두 번 하나? 내 미안한 마음을 담아 재료 외에도 금괴를……."

아르티어스는 처음에 호기롭게 떠올린 숫자가 너무 많은 것 같자, 즉시 반으로 뚝 잘랐다. 하지만 그것도 많다고 느껴졌는지, 거기에서 또 반으로 잘랐다.

"금괴 500Kg을 얹어서 주도록 하지. 어떤가? 이 정도면 꽤 만족스런 거래가 아닌가?"

"놀고 있네. 만족스럽기는 뭐가 만족스러워?"

거래가 만족스럽지 않은지는 몰라도, 얘기는 순조롭게 흘러가고 있었다. 브로마네스의 어조가 한 풀 꺾인 것을 보면 말이다.

"그러면 자네는 내가 여기에서 실버 떼거리들에게 몰매를 맞고 죽었어야 했다는 말인가? 이런 몰인정한 친구 같으니라구."

"네놈이 죽던 말던……."

"허, 그렇게 말하면 섭섭하지, 친구. 만약 입장이 바뀌어 자네가 나와 같은 처지에 빠졌다면, 나는 조각상 1개가 아니라 2개라도 흔쾌히 내놨을 걸세. 나중에 재료를 달라는 소리 따위는 하지도 않고 말이야."

아르티어스는 조각상 따위로 레어 안을 장식하는 것을 그다지 좋아하지 않았다. 드래곤치고는 꽤나 취향이 소박하다고 해야 할까? 그것은 아마도 아버지 아르티엔의 영향이었을 것이다. 그는 마법에 대한 탐닉 외에 다른 것에는 거의 무관심했었으니까.

그걸 잘 아는 브로마네스였지만, 그 얘기를 듣고 나니 기분이 훨씬 더 좋아진 것만은 사실이었다. 친구의 목숨을 살리기 위해 자신이 아끼는 예술품 2개를 내놓겠다는 데야 기분이 나쁠 리 없었던 것이다. 더군다나 아르티어스에게 재료를 받아, 드워프들을 족쳐서 똑같은 조각상 하나 더 만들어 내도록 하는 것도 그리 어려운 일은 아니었고 말이다.

어느새 기분을 돌린 브로마네스. 단순하기 짝이 없는 레드 일족답게, 그는 자신이 언제 신경질을 냈었냐는 듯 기대 가득한 어조로 물었다.

"그런데 재료는 언제 줄 거야?"

"내가 지금껏 약속을 어긴 적도 없는데, 보채기는."

아르티어스가 얼렁뚱땅 넘어가려고 하는 듯 하자 브로마네스는 왈칵 짜증을 토해냈다.

"없긴 뭐가 없어, 새꺄. 네놈이 떼먹은 게 어디 한두 번이야.

오크 껌 씹는 소리 하지 말고, 빨리 재료 내놔. 아니면 내가 직접 가서 가져갈까?"

아르티어스는 피식 미소 지으며 마음대로 하라는 듯 중얼거렸다.

"좋을 대로 하시게나, 친구. 겨우 그 정도 양을 가지고, 뭘 그렇게 안달을 하는지, 원……."

"나중에 너도 한번 당해봐, 임마. 하늘 색깔이 어떻게 바뀌는지 말이야."

브로마네스는 당시 정말 하늘이 노랗게 바뀌며 기절하는 줄 알았으니까.

"그건 그렇고, 친구. 내 일을 도와줄 생각이 아직도 없나? 자네가 도와준다면 정말 기쁠 텐데……."

"일 없어! 네놈 때문에 없어진 내 조각상을 드워프들 닦달해 만들기도 바쁘니까."

"이런 나쁜 새끼. 정 이런 식으로 나온다면, 재료를 아예 안 주는 수가 있어."

아르티어스의 위협에 브로마네스는 이미 예상하고 있었다는 듯 인상을 살짝 찌푸리며 투덜거렸다.

"봐봐, 내가 이럴 줄 알았다니까! 지금 당장 네놈 창고로 가서, 내가 직접 꺼내 갈 거야."

브로마네스는 자신의 말을 실천이라도 하겠다는 듯 곧바로 어딘가로 공간이동했다. 그가 어디로 공간이동 했을지는 불을 보듯 뻔한 사실.

아르티어스는 다급한 어조로 소리쳤다.

"어, 어딜 가나? 친구. 내가 주기도 전에 가져가면, 그건 도둑질이라니깐!"

하지만 이미 브로마네스가 있던 자리는 횅하니 비어있었다. 아르티어스도 어쩔 수 없이 그 뒤를 따라 자신의 레어로 돌아가는 수밖에 도리가 없었다.

첫 실전 투입

30

붉은 전갈 용병단

올란도와 그 부하들의 등장에 그륜드 마을의 촌장을 비롯한 모든 주민들은 의심스런 눈길을 감추지 못했다. 그럴 수밖에 없는 것이, 몇 달 전 영주가 파견한 기사는 매우 용맹스러워 보이는 병사들을 100여 명씩이나 이끌고 왔었지만 토벌에 실패했었다. 그런데 겨우 20명도 채 안 되는 후줄그레한 모습의 용병들이 모습을 드러냈으니, 어디 당최 믿음이 가겠는가 말이다.

촌장은 아직도 질랜드 남작이 병사들과 함께 마을로 들어서던 그 광경을 잊지 못하고 있었다. 화려한 갑옷을 입고 있는 그가 마치 구세주처럼 보였던 게 사실이었으니까. 문제는 신분이 높은 만큼 얼마나 거드름을 떨어대는지, 그가 마을에 머무는 동안 접대한다고 혼쭐이 났었지만 말이다.

어쨌거나 그렇게 관록이 있어 보이는 기사도 오크들과의 싸움에서 태반에 가까운 병력 손실을 입은 후, 도망치듯 마을을 떠나버렸다. 그런데 질랜드 남작이 거느리고 왔던 병사들에 비한다면 첫눈에 봐도 패잔병이나 다름없는 몰골을 하고 있는 용병들이 왔으니 그들의 눈에 찰 리가 없었다.

"어느 분께서 촌장이십니까?"

거드름을 피우지 않고, 공손하게 대한 게 오히려 역효과였다. 시골 촌장 주제에 자신에게 존대하는 올란도가 만만하게 느껴졌던 모양이다. 촌장은 목에 힘을 주고 거들먹거리며 대꾸했다.

"내가 촌장이올시다."

"오크들의 숫자가 어느 정도쯤 되는지 혹시 아십니까?"

올란도의 물음에 촌장은 성의 없이 대꾸했다.

"지난 가을에 마을을 덮쳤을 때 보니, 족히 이삼백 마리는 되는 것 같았는데……."

이삼백 마리라면 엄청나게 큰 규모의 오크족이었다. 오크는 수컷만이 사냥을 나간다. 암컷은 동굴에 남아 출산과 육아만을 전담했다. 오크들의 번식력이 대단한 것이 그 덕분이었던 것이다. 그런 걸 감안해서 암컷과 새끼들까지 다 계산해 보면 그 숫자는 무려 1천에 달한다는 얘기가 된다.

하지만 올란도는 촌장의 말을 믿지 않았다. 정말로 그 정도로 엄청난 규모의 오크족이 여기에 자리를 잡고 있다면, 이 근처 서너 개의 마을 뿐 아니라 훨씬 더 멀리까지 놈들의 영향력이 미쳤어야 했으니까. 아마 한밤중에 오크 떼가 몰려들다보니, 놈들의 숫자를 제대로 파악하지 못했음에 틀림없다고 올란도는 판단했다.

그런 올란도에게 그륜드 마을의 주민들은 너도나도 오크에게 입은 피해를 토로했다. 하지만 주민들의 고충 따위는 올란도로서는 알 바가 아니었다. 아니, 오히려 녀석들이 난리를 치면 칠수록 그에게는 득이 되었다. 놈들의 본거지를 털었을 때 돈이 될 만한 노획품이 나올 가능성이 커지기 때문이다.

올란도는 먼저 하늘을 봤다. 아직 해가 중천에 걸려있었다. 하지만 지금 식사 준비를 시켜서 밥 먹고 어쩌고 하다 보면 오늘 하루를 날릴 수밖에 없게 된다. 그렇기에 올란도는 결정을 내렸다.

"지금 당장 시작하자."

"에이, 중대장님. 하루 쉬고 내일 아침부터 시작하죠."

"잔말 말고 지금 당장 시작해. 빨리빨리 끝내고 다른 데로 가자! 그게 한 푼이라도 더 버는 길이다."

올란도는 각 소대별로 4명씩, 8명의 이름을 호명했다. 그 중에는 라이의 이름도 끼어 있었다.

"너희들은 미끼 역할이다. 마음에 맞는 사람끼리 둘씩 짝을 지어서, 숲 속으로 들어가."

"에이, 일을 시키더라도 밥은 먹여주고 시키라구요."

"너 한대 맞을래? 내가 언제 굶으라고 했냐? 숲 속 산책하면서 건량이라도 씹어 먹어!"

이미 이런 역할을 많이들 해봤는지 대원들은 투덜거리면서도 짐을 주섬주섬 챙겨서 숲으로 향했다. 라이도 선임병들의 눈치를 살피며 그들이 가져가는 물건을 챙겨들고 뒤를 따라갔다.

올란도는 남은 대원들에게 고개를 돌리며 지시했다.

"너희들은 빨리 밥해먹은 다음, 오크들의 습격에 대비해서 방어진을 구축해 둬라."

마지막으로 올란도는 각 소대에서 가장 활솜씨가 뛰어난 둘을 호명했다.

"아스탄, 모라이어스."

각 소대에는 활솜씨가 뛰어난 인물들이 하나씩 배치되어 있었다. 그들은 정식으로 레인저(Ranger) 교육을 받았기에, 숲속을 제집 드나들듯 할 수 있는 실력자들이었다.

"조금 있으면 놈들이 찾아올 거다. 들키지 않도록 조심해서 추격해."

"장사 한두 번 합니까? 염려하지 마십시오, 중대장님."

3소대에서 미끼 역할을 맡은 사람들은 쟈코, 바트, 하리스, 라이였다. 쟈코와 바트가 한 조가 되었고, 라이는 하리스와 짝을 지었다.

하리스가 앞서가며 라이에게 물었다.

"뺀질이! 너 오크에 대해서 잘 아냐?"

하리스의 물음에 라이가 볼멘 목소리로 항의했다.

"자꾸 뺀질이, 뺀질이 하지 마십쇼. 제가 언제 뺀질거렸다고……."

"허, 이놈 말하는 거 보게. 내가 눈치 채지 못한 줄 아는 모양인데, 너 뺀질이 맞거든. 그러니 잔말 말고, 내가 묻는 거에나 대답해."

오크와 1년씩이나 함께 생활한 게 사실이긴 했지만, 라이는 잘 모른다고 대답했다. 잘 안다고 해도, 상대가 이상하게 생각할 것 같아서였다.

하리스는 그럴 줄 알았다는 듯 말을 시작했다.

"오크는 넓은 들판에서 싸운다면 그리 어려운 상대는 아니야. 하지만 지금처럼 숲 속에 들어가서 상대해야 한다면, 상당히 까다로운 적이 되지. 어디서 튀어나올지 알 수가 없거든."

"오크는 밤에만 움직인다고 하던데요. 그러니까 지금은 안전한 거 아닙니까?"

"흠, 틀린 말은 아니야. 오크는 피부가 너무나도 연약해서 햇빛에 노출되면 금방 익어버리거든. 그래서 낮에 돌아다니는 것을 싫어하는 거지."

"예, 저도 그렇게 들었어요."

"하지만 여기에서 주의해야 할 게 있다. 싫어한다는 것이지, 못한다는 게 아니라는 점이야."

하리스는 짙은 녹음이 우거져 있는 숲 속을 손가락으로 가리키며 말했다.

"주위를 한번 둘러봐라. 햇빛이 잘 들어오냐?"

"아뇨."

고개를 가로저으며 라이는 자신이 잘 안다고 대답하지 않았던 것을 천만다행으로 생각했다. 사실, 그는 오크들의 동굴 밖 생활에 대해서는 전혀 모르고 있었으니까.

"이런 환경에서는 오크들도 대낮에 돌아다닌다. 놈들이 밤에 돌아다니는 이유는, 사냥감을 기습하기에는 낮보다 밤이 더 좋기에 밤을 주된 활동시간으로 삼고 있는 것일 뿐이야. 저쪽을 봐라. 만약 저렇게 그늘진 곳에 오크가 숨어있다면, 쉽게 눈에 띌 거 같으냐?"

"아뇨."

"놈들이 어디에서 튀어나올지 모르는 만큼, 너와 나의 협력이 그 어느 때보다 중요하다. 중대장님이 무슨 생각으로 너를 데려가라고 했는지 모르겠지만, 네가 나를 제대로 엄호해 주지 않으면 우리 둘 다 살아서 돌아가기 힘들다. 알겠냐?"

"명심할게요."

자신의 엄포에 바짝 긴장하는 라이를 바라보며 하리스는 키득거리더니 다시 말했다.

"그렇게 잔뜩 긴장해서 주위를 두리번거릴 필요까지는 없다. 내 말은 걸을 때 주의하라는 거야. 그리고 서로간에 일정한 거리를 유지하는 것 명심하고 말이지. 만약 매복하고 있던 오크 경계병이 나를 덮친다면, 뺀질거리고 있지 말고 즉시 나를 도와줘야 해. 알겠냐?"

"예, 알겠습니다."

하리스와 라이는 대략 여섯 걸음 정도의 거리를 두고 걸었다. 하리스는 아주 능숙한 움직임으로 숲을 헤쳐 나가고 있었다. 과연 고참병다운 관록이 묻어나는 모습이었다.

그에 비해 라이의 움직임은 누가 봐도 초보 티를 물씬 풍기고 있었다. 자기 딴에는 주위를 살핀다고 살피고 있었지만, 그 행동이 영 어설프기만 했다. 하지만 하리스는 모르고 있었다. 라이는 지금 시각보다는 후각에 의존해서 오크를 찾고 있다는 것을. 오랜 세월 오크 굴 속에 갇혀 지냈었던 만큼, 녀석들이 풍기는 냄새에 있어서는 이미 이골이 나있는 상태였던 것이다.

살금살금 앞서 걷던 하리스가 갑자기 쭈그려 앉으며 손을 살짝 들더니 주먹을 쥐어보였다. 정지 후 주위를 경계하라는 신호다! 라이는 재빨리 그를 따라 자세를 낮춰 앉으며 주위를 경계했다.

하리스가 살짝 자기 쪽으로 손짓을 했다. 라이가 살며시 다가가자, 그는 땅바닥을 손가락으로 가리켰다. 그가 가리키는 곳을 보니, 바닥에 있는 이끼가 뭔가에 밟혀 푹 꺼져있었다.

"이게 오크가 남겨놓은 발자국이야. 형태를 잘 기억해 두도록 해라. 녀석들은 보통 낙엽더미 위를 밟고 이동하기에 거의 흔적을 남기지 않는데, 운이 좋군."

하리스는 짓밟혔던 이끼가 천천히 복원되어 가는 과정을 라이에게 설명했다. 그런 다음 이 정도 복원되었다면 대략 3일쯤 전에 오크가 지나간 거라고 설명했다.

그 후로도 오크들이 남긴 발자국이 몇 개인가 더 발견되기는 했다. 하지만 겨우 그 정도만으로는 놈들의 규모라든지, 어디에 본거지가 있는지는 전혀 알 수가 없었다.

라이를 이끌고 숲 여기저기를 들쑤시고 다니던 하리스는 수풀 사이로 뚫고 들어오는 햇빛의 각도를 가늠해 보더니, 라이에게 말했다.

"빼질이, 오늘 수색은 이 정도에서 종료한다. 돌아가자."
"예? 아직 훤한데 더 찾지 않고요?"
예전에 사막에서 자신을 고생시켰던 때의 그 악몽까지 겹쳐져, 라이로서는 올란도가 유능한 지휘관으로는 도저히 생각되지 않았다. 도착하자마자 부하들을 식사도 제대로 시키지 않고 숲 속으로 내몬 것을 보면, 성공을 위해서라면 부하들의 희생 따위는 아무렇지도 않게 생각하는 지독한 지휘관으로 생각되었던 것이다.
더군다나 자신들은 노예병사들이 아닌가. 그런 만큼 아무런 소득도 없이 돌아가면 올란도가 신경질을 내며 문책이라도 가해오지 않을까 걱정되었던 것이다.
라이가 이런 말을 꺼낸 이유를 몰랐던 하리스는 자신의 생각을 그대로 들려줬다.
"내가 계속 빼질이 빼질이 라고 부르니까 성실한 척 하는 모양인데, 그런다고 내가 속을 거 같으냐? 자, 잘 봐라. 지금은 그래도 주위가 꽤 밝지만, 2시간 내로 해가 질 거다. 햇빛 한 점 없는 숲 속에서 오크와 만난다면 목숨을 부지하기 힘들어."
"나무 위에 숨어있으면 괜찮지 않을까요? 지금 돌아가 봐야 좋은 소리 듣기 힘들 거 같은데······."
하리스는 별 헛소리를 다 듣겠다는 듯 대꾸했다.
"크크, 나무 위라고 해서, 우리들의 안전을 보장해 주지는 못해. 놈들이 사람보다 나무를 더 잘 탄다는 말도 들었으니까. 쓸데없는 소리 하지 말고, 평상시 하던 대로 해. 나는 지금껏 용병

생활하면서 너처럼 재주껏 뺀질거리는 놈은 단 한 번도 보지 못했다. 내가 그런 것에 대해 뭐라 하지 않는 건, 목숨을 유지하는 데 있어서는 그것도 꽤 훌륭한 기술이기 때문이야. 명심해. 그 무엇보다 우리들의 목숨이 최우선이라는 사실을. 아무리 공을 많이 세워봐야 뭐해? 죽으면 그만인데."

"그건 그렇죠."

꽤 깊은 숲 속까지 들어가서 뒤지고 다녔던 것 같은데, 라이의 예상과는 달리 그리 깊게까지는 들어가지 않았던 모양이다. 30분도 채 걷지 않았는데, 숲에서 빠져나온 것을 보면 말이다.

라이는 모르고 있었지만, 하리스는 라이를 이끌고 숲 속 깊은 곳까지 들어가지 않고, 마을 주변 언저리만을 빙빙 돌고 있었던 것이다. 매일 라이를 보고 뺀질이라고 놀리는 하리스였지만, 사실 하리스는 라이보다 훨씬 더한 뺀질이인지도 모른다.

마을에 도착해 보니, 같이 출발했던 수색조 동료들은 이미 벌써 돌아와서 식사준비에 여념이 없었다. 하리스는 라이를 데리고 그쪽으로 다가갔다.

식사는 소대 단위로 실시했다. 식사를 준비하는 것부터 시작해서, 음식을 나눠먹는 것까지 모두 다. 중대장이 먹을 식사는 각 소대가 교대로 준비하는 게 관례였다.

거친 사내들이 음식을 해서 먹는 것인 만큼, 맛 따위는 아예 따지지도 않았다. 소대원 전체가 먹을 수 있을 정도 크기의 솥단지 한 개에 물을 펄펄 끓인 다음, 구할 수 있는 모든 재료들을 왕창 집어넣고 푹푹 끓여 걸쭉한 스튜를 만들어서 빵과 함께 나눠먹는 게 다였다.
 솥 옆에 놓여 있는 재료들을 바라본 하리스는 고개를 갸웃하며 물었다.
 "뭐야. 왜 이것밖에 없어?"
 "촌장 녀석에게 부탁해 봤는데, 자기들 먹을 것도 없다면서 닭 한 마리 내주지 않더라."
 기욘의 말에 하리스는 분개했다.
 "뭐라고? 이런 개새끼! 우리가 여기까지 와서 숲 속을 박박 기는 게 누구 때문인데?"
 "참아! 어쩔 수 없지. 주민들하고 분란을 일으켜 봐야 좋을 거 하나도 없잖아. 저쪽을 봐. 중대장 안색이 영 안 좋잖아. 촌장 늙은이가 얼마나 딱딱거려대는지, 중대장도 폭발하기 일보 직전이야."
 하리스는 재빨리 올란도 쪽으로 고개를 돌려 그의 눈치를 살폈다. 그런 다음 라이에게 속삭였다.
 "오늘 조심해. 괜히 중대장한테 걸려서, 시범 케이스로 작살나지 말고."
 "예."
 "그나저나 야외에서 식사 준비를 하는 것은 처음이지? 잘 봐. 다음부터는 네가 해야 할 테니까."
 라이는 뒤통수를 긁적거리며 중얼거렸다.
 "요리는 잘 못하는데……."

"허~, 이놈 시작도 하기 전에 뺀질거릴 궁리부터 하네. 잘 봐 둬. 이 정도는 오크도 할 수 있는 거니까."

솥의 물이 펄펄 끓기 시작하자 하리스는 옆에 쌓여 있던 재료들을 몽땅 다 한 번에 쓸어 넣어버렸다.

"허억, 그 그렇게 한꺼번에 때려 넣어도 되는 겁니까?"

"뭐가 어때서? 다들 이렇게 해."

끓는 물에 재료가 적당히 풀어지자, 하리스는 곱게 빻은 곡물 가루를 붓고는 숟가락으로 휘휘 저었다. 그러자 멀건 물 같던 스튜가 얼마 지나지 않아 걸쭉해지기 시작했다.

"잘 저어줘야 해. 안 그러면 솥에 눌러 붙거든."

대충 다 되었다고 생각될 무렵, 하리스는 소금을 넣고 간을 맞췄다.

"자, 식사준비 다 되었으니 모두들 이쪽으로 와!"

소대원들은 각자 가방을 뒤져 그릇과 숟가락, 그리고 커다란 빵을 한 덩어리씩 가지고 솥단지 가까이로 다가왔다.

"많이 있으니까 천천히들 먹으라구."

그다지 맛은 좋지 않았지만, 그래도 따뜻한 식사를 할 수 있다는 것만 해도 만족스러웠다. 안 그래도 숲 속을 뒤지고 다니느라 모두들 배가 고픈 상태였다. 시장이 반찬이라고, 형편없는 식사였음에도 불구하고 모두들 맛있게 식사를 했다.

커다란 빵을 스튜에 열심히 찍어먹고 있던 라이는 문득 깨달았다는 듯 하리스에게 물었다.

"그러고 보니 모라이어스씨가 안보이네요."

하리스는 숲 쪽을 바라보면서 대답했다. 입안에 빵을 가득 물고 있어서인지 발음이 이상하긴 했지만, 알아듣는 데는 큰 지장이 없었다.

"당연하지. 지금쯤 숲 속을 박박 기면서 오크 소굴을 찾고 있을 테니까."

그 말에 라이는 어이가 없었다.

"예? 혼자서 말인가요?"

"혼자는…, 옆 소대의 아스탄도 그러고 있을 텐데 뭘."

그게 뭔 큰일이냐는 식으로 아무렇지도 않게 대답하는 하리스의 모습에 라이는 질렸다는 표정으로 재차 질문을 던졌다.

"겨우 둘이서 이 밤중에 숲 속을 뒤진다고요?"

"그래. 그 둘은 레인저 교육을 받았거든."

"레인저요?"

라이가 레인저라는 말에 어리둥절해 하자, 하리스는 부지런히 빵을 스튜에 찍어먹으면서도 자세히 설명을 해줬다.

"너는 아직 잘 모르겠지만, 레인저라는 것은 숲 속에서의 전투에 특화된 병과야. 자신의 흔적을 지우고 적을 찾아내어 죽이는데 있어서, 그들을 따를 자가 없지. 그래서 오크 놈들 소굴을 찾는데 있어서, 그들만큼 적임자도 없다는 얘기야."

"아, 그렇군요."

고개를 끄덕이며 스튜를 몇 숟가락 더 떠먹던 라이는 그제서야 뭔가 이상한 점을 느꼈다. 그들이 그토록 오크 소굴을 잘 찾는다면, 왜 낮에 자신들이 숲 속을 헤매고 다녔던 것일까? 도무지 이해할 수가 없었던 것이다.

"그럼 오늘 낮에 우리가 했던 수색 작업은 뭐예요?"

"뭐긴 뭐야. 그들이 좀 더 원활하게 활동할 수 있도록 오크들의 이목을 끄는 역할을 한 거지. 그럼 너는 중대장님이 우리를 숲 속으로 보낸 게, 우리보고 숲 속에서 오크 소굴을 찾아오라고 한 줄 알았냐?"

그제야 오늘 올란도가 행한 전체적인 작전이 머릿속에 그려진 라이였다.

"그럼 저희가 미끼였다는 건가요?"

"당연하지. 우리들끼리 숲 속에 들어가서 뭘 하라고? 아차하면 바로 저승행이라는 것은 누가 봐도 뻔한 사실인데 말이야."

"그건 그렇죠."

잠시 고개를 끄덕이며 수긍하던 라이. 하지만 곧 그의 뇌리를 스치는 게 있었다. 오크의 시력은 그리 좋은 게 아니다. 대신, 놈들은 후각이 뛰어났다. 따라서 제아무리 숲 속에 잘 숨어있어 봤자, 자신의 냄새를 숨기지 못한다면 곧바로 오크들에게 발각될 것이다.

그것을 알기에 라이는 재빨리 물었다.

"그런데 오크들의 이목을 피해서, 숲 속을 뒤지는 게 가능하기는 해요? 그놈들이 냄새를 얼마나 잘 맡는데……."

"그건 누구나 다 아는 사실이지. 나는 잘 모르겠지만, 레인저들은 자신의 냄새를 숨기는 훈련도 받았을 거야. 그렇지 않았다면 새침데기 녀석은 벌써 죽었을 테니까. 녀석이 오크 소굴을 찾겠다고 숲 속으로 들어간 게 그동안 얼마나 되는데……. 헤아리기도 힘들 정도야. 그런데 녀석은 아직도 살아 있잖아. 그 녀석, 용병대에서 몇 년이나 살았는지 알아?"

"모르겠는데요."

그렇게 대답은 했지만, 아마 몇 년 되지는 않았을 거라고 라이는 생각했다. 모라이어스의 얼굴이 워낙에 동안(童顔)이라서, 자신보다 몇 살 많아 보이지도 않았기 때문이다.

"내가 알기로는 9년이 넘었어. 즉, 이제 제대할 때가 다 되어 간단 말이지."

그 말에 라이는 깜짝 놀라지 않을 수 없었다.

"그렇게나 오래 있었어요? 아무리 봐도 나하고 나이 차이도 몇 살 나지 않는 것 같던데……?"

"아, 난 또 뭐라고. 그 녀석은 엘프야. 그러니 어리게 보이는 거지."

엘프라는 말에 라이는 어리둥절한 표정으로 되물었다.

"엘프요? 그건 옛날 얘기에나 나오는 헛소리……."

빵을 먹다말고 멍청한 표정으로 되묻는 라이의 모습에 하리스는 킥킥거리며 웃다가 대답해 주었다.

"이거 정말 미치겠네. 이건 완전히 시골 촌구석에서 올라온 멍텅구리 아냐? 잘 들어. 엘프는 이 세상에 엄연히 실존하는 종족이야. 그 녀석 얼굴을 보면 모르겠냐? 물론 순종은 아니고, 물이 조금 튄 정도이기는 하지만 그래도 엘프는 엘프지. 뭐, 녀석은 엘프의 엘자만 들어도 신경질을 팍팍 내긴 하지만 말이야."

"아, 예……."

모라이어스가 엘프라는 말에 민감하게 반응했기에 지금껏 다른 소대원들이 '엘프'라는 말 자체를 꺼내지 않았다. 그 덕분에 라이는 아직까지도 그가 엘프와의 혼혈이라는 것을 몰랐던 것이다.

"너도 노예로 끌려 다녔으니까 잘 알게다. 얼굴 반반한 녀석들이 어떤 꼴을 당하게 되는지 말이다."

라이의 안색이 순간 창백하게 질렸다. 그는 알고 있었다. 잘 생긴 사내아이들이 끌려가서 무슨 짓을 당하는지를……. 여자애들 같은 경우 처녀성이라는 게 상품으로서 필요했기에 가급적이면 건드리지 않았지만, 남자애들은 얘기가 틀렸던 것이다.

"자신이 엘프라는 것을 증오하는 것도 다 그 때문이겠지. 알고 보면 불쌍한 녀석이야."

"예, 그렇군요……."

"얘기가 옆으로 잠시 샜는데…, 엘프는 가녀린 몸매와는 달리 아주 뛰어난 근력을 지니고 있는 종족이야. 숲 속에서의 삶에 특화된 종족이다 보니 그렇게 된 것이겠지. 나무 위에서 원숭이처럼 날렵하게 움직이기 위해서는 몸은 가벼워야 하지만 강한 근력 또한 지니고 있어야 하거든. 그리고 시력도 아주 뛰어나지. 그 뛰어난 시력을 이용해서 활을 쏴대니 누가 숲 속에서 엘프를 당할 수 있겠냐?"

"몬스터들이 있잖아요. 숲의 유령이라는 트롤, 그리고 숲의 제왕이라고 불리는 오우거."

라이는 예전에 트롤에게서 느꼈던 공포가 떠올랐다. 순식간에 나무 위를 타고 날아다니던 트롤의 그 놀라운 움직임. 더군다나 한밤중에 빛도 거의 없는 숲 속이다 보니, 트롤의 모습은 거의 찾아내지도 못했었다.

하지만 하리스는 라이가 지금 무슨 생각을 떠올리고 있는지 모른다. 그렇기에 담담한 어조로 반박했다.

"그건 하나만 알고, 둘은 모르는 무식한 자들이나 하는 소리지. 트롤이나 오우거가 강한 건 누구나 다 알고 있어. 하지만 너는 트롤이나 오우거가 수십, 아니 수백 마리씩 떼를 지어 연합작전을 펼친다는 소리 들어봤냐?"

"아뇨."

"엘프는 그렇게 해. 더군다나 장거리 무기인 활까지 가지고 말이야. 그러면 누가 더 위험한지 이해하겠지?"

트롤이 훨씬 더 위험할거라고 생각하긴 했지만, 엘프 쪽이 숫자가 많다고 하니 무조건 반박할 수도 없었다. 그렇기에 라이는 순순히 인정했다.

"예."

"먼 옛날, 엘프들이 대륙을 지배할 수 있었던 것도 다 이유가 있는 거야. 네가 앞으로 용병으로 살아남으려면 편견에 사로잡히지 말고, 좀 더 주위를 살펴볼 수 있는 시야가 필요할 게다. 알겠냐?"

무식한 용병인 줄만 알았는데 하리스의 말에는 그만의 경험과 철학이 녹아 있었다. 라이는 그제서야 눈에 보이는 것만이 전부가 아니라는 사실을 뼈저리게 느낄 수 있었다.

　그렇게 라이가 용병이 된 후, 첫 번째 맞이하는 야외에서의 밤이 지나가고 있었다.

똑똑한 오크보다 교활한 올란도

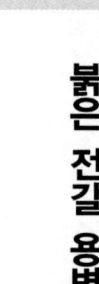

붉은 전갈 용병단

돼지처럼 생긴 생김새만을 보고 사람들은 머리가 안 좋은 몬스터의 대명사로 오크라는 이름을 써먹고 있었지만, 사실 오크는 아주 영악한 몬스터였다.
　식량 공급처로 점찍은 호비트 마을이 있으면, 일 년에 한두 번만 약탈한다. 약탈을 너무 자주 하면 호비트들이 거기에서 살지 못하고 다른 곳으로 떠나버린다는 것을 놈들은 잘 아는 것이다. 그리고 약탈을 한다고 해도 몽땅 다 털어가는 것도 아니다. 굶어죽지 않을 정도는 놔두고 간다.
　그렇게 해놔야 다음에도 또다시 그만큼의 식량을 얻을 수 있게 될 테니까. 그런 이유로 해마다 오크의 습격을 받으면서도 영지의 주민들이 이곳에서 끈질기게 버틸 수가 있었던 것이다.
　오크는 인간과 공존하는 삶의 지혜를 터득했지만, 인간의 영주들은 그렇지 못했다. 그들은 너무나도 욕심이 많았다. 오크 떼가 쓸어가 버리니, 제대로 된 세금을 거둘 수가 없었던 것이다.
　그렇기에 오크가 보이는 족족 씨를 말려버리기 위해 대규모 병력을 파견했지만, 성과는 그다지 신통치 않았다. 영악하기 짝이 없는 오크들은 대규모 병력이 눈에 띄면 곧바로 짐을 싸서

산속 깊은 곳으로 도망쳐 버렸기 때문이다.

이곳에 터를 잡고 있는 오크 족장 '츅바르'도 이런 식의 밀고 당기기에 도가 튼 오크였다.

"츅츅! 족장! 족장!"

아직 해가 지려면 한참 남은 상태. 경계병들을 제외하고, 대부분의 오크들이 잠을 자고 있을 시간이다. 그리고 츅바르 역시 단잠에 취해있었다.

자신을 부르는 소리에 츅바르는 본능적으로 후다닥 일어나 주위를 두리번거렸다. 어느 결에 집어 들었는지 그의 손에는 창한 자루가 쥐어져 있었다. 가끔 자신의 통솔에 불만을 품은 오크들이 반란을 일으키기도 하기에, 족장의 자리에 앉아있다고 해서 절대 안심하고 살 수는 없었다. 특히, 곤히 잠자고 있을 때가 가장 위험한 시간이었다.

아무런 이상이 없다는 것을 확인한 다음에야 긴장이 풀린 츅바르는 커다란 송곳니를 드러내며 입이 찢어져라 하품부터 했다.

"추익, 츅? 무슨…, 일이냐?"

"쇠 냄새 풍기는 호비트들 숲 뒤지고 있다."

경계병의 보고에, 츅바르는 또다시 토벌군이 왔다는 것을 눈치 챘다. 그는 두 눈을 매섭게 빛내며 물었다.

"츅? 몇 놈이냐?"

"몇 안 된다."

경계병 오크는 손가락을 주섬주섬 꼽더니 한참 만에야 대답했다.

"췍! 10마리 정도?"

"겨우 10마리?"

숲을 뒤지는 숫자치고는 너무 적었다. 고개를 갸웃하며 고심에 고심을 거듭하던 췍바르는 부하에게 명령했다.

"너, 마을 살펴라. 취익! 쇠 냄새 풍기는 놈 숫자 세라!"

오크족의 수컷이 전투에 능하듯, 호비트들 중에서 전투에 능한 것들은 짙은 쇠 냄새를 풍겼다. 철기(鐵器)로 중무장을 하고 있기 때문이다. 그런 만큼 쇠 냄새를 풍기는 놈들의 숫자만 파악하면, 앞으로의 행동을 결정지을 수 있다. 이곳에 남아서 싸울 것인지, 아니면 도망칠 것인지 말이다.

4시간쯤 흘렀을까? 마을로 보냈던 오크들이 돌아왔다.

"췍! 족장, 10마리 정도다."

자신의 손가락 10개를 쫙 펼쳐 보이는 오크. 그리고 그것을 바라보는 췍바르는 어이가 없었다. 주위를 뒤지고 있다는 놈이 10마리. 마을에 남은 게 10마리. 그렇다면 겨우 20마리 정도밖에 안 된다는 건데, 그 숫자로 감히 자신들을 없애겠다고 기어 들어왔다니…….

"취익! 가소로운 것들."

"췍! 족장, 어떻게 하나?"

"족장, 마을 쳐들어가자!"

마을을 습격할 때는 밤에 하는 게 최고라는 것을 췍바르도 잘 안다. 하지만 노회한 그는 쇠 냄새 풍기는 놈들을 상대로는 그게 썩 좋은 선택이 아니라는 것을 경험으로 알고 있었다.

오크가 겨우 몽둥이나 창 정도를 사용할 수 있는데 반해, 호비트들은 활이라는 무시무시한 무기를 쓸 줄 알았다. 더군다나 놈들도 이 근처에 오크가 있다는 것을 아는 이상 필히 대비를 철저히 하고 있을 게 아닌가. 완벽하게 대비 태세가 갖춰져 있는 곳으로 쳐들어 간다면 막심한 피해를 각오해야만 했다.

"쵝쵝! 숲에 들어온 놈 죽인다! 그게 호비트 죽이기 쉽다. 편하다."

족장이 결정을 내리자마자 오크들은 저마다 무기를 들고 밖으로 달려 나갔다. 쇠 냄새 풍기는 호비트들이 상당히 잘 싸운다는 것을 오크들도 잘 알고 있었지만, 울창한 숲 속에서 싸운다면 자신이 있었다. 더군다나 숲을 뒤지고 있는 호비트의 숫자는 겨우 10여 마리 남짓. 자신들의 숫자는 그 6배가 넘는 만큼, 겁날 게 없는 것이다.

오크들이 호기롭게 달려 나갔지만, 그들은 빈손으로 동굴로 돌아와야만 했다. 숲 속에 들어왔던 호비트들이 어느새 모두 다 철수하고, 한 마리도 없었던 것이다.

쵝바르는 저 멀리 보이는 마을을 아쉽다는 듯 바라봤다. 지금 당장 쳐들어갈까 하는 마음도 들었지만, 그럴 수는 없었다. 첫날인 만큼 놈들의 대비 태세 또한 가장 철저할 게 뻔했으니까.

"오늘 밤 사냥 없다."

오늘 밤에는 사냥을 하지 않는다는 쵝바르의 선언에 모두들 동요했다.

"사냥 없으면 고기 없다. 그럼 뭐 먹나? 족장."

"저장한 거 먹는다. 푹 쉬고 내일 새벽 싸운다!"

호비트 마을에서 약탈해 온 곡식류는 장기 보관이 되기에 동굴 안 깊숙한 곳에 보관해 뒀다. 사냥이 잘 안 되는 어려운 시기에 먹기 위해서다.

"마을 공격하나?"

"아니, 내일 숲 들어오는 놈 매복해서 죽인다."

오크들 중 경험이 많은 놈들은 칙바르가 왜 이런 결정을 내린 것인지 곧바로 이해했다. 새벽에 출발해서 숲 속 여기저기에 매복하고 있다가, 정탐하기 위해 들어오는 호비트들을 공격한다면 최소한의 손실만으로 놈들을 몽땅 다 때려죽일 수 있을 가능성이 컸다.

그렇기에 그들은 자신들이 현명한 족장을 모시고 있는 것을 행운이라 생각하며 소굴로 돌아갔다. 내일의 전투를 고대하며……

밤이 깊어서야 아스탄과 모라이어스가 돌아왔다. 하리스의 말대로 그들은 오크의 후각을 피해가는 재주가 있는 모양이다. 그 어떤 상처도 없는 것을 보면 말이다. 라이는 그들을 존경스러운 눈초리로 쳐다봤지만, 두 사람은 신경도 쓰지 않고 곧장 올란도에게로 다가갔다.

"그래, 알아냈나?"

"당연한 거 아니겠습니까."

오크 족장 칙바르는 자기 딴에는 꾀를 부린다고 부린 모양인데, 오히려 그게 올란도 일행을 도와준 결과가 되어버렸다. 지금껏 수많은 오크들을 상대해 본 올란도는, 오크들이 자신들을 살펴보기 위해 정찰병을 보낼 것을 예상하고 있었다. 아스탄과 모라이어스는 그 정찰병의 뒤를 밟아 역으로 그들의 소굴을 포착해 냈던 것이다.

"자, 이제 놈들의 소굴을 알아냈으니, 토벌하는 일만 남았군. 토벌작전은 내일 모래 새벽에 할 거니까, 내일은 모두들 푹 쉬도록 해라."

"예, 중대장님."

올란도는 오크들이 다음에 어떤 식으로 행동할지 이미 예측하고 있었다. 놈들이 지금까지 제대로 된 임자를 만나지 못했기에 아직까지 번성하고 있는 것이라면, 올란도 패거리는 지금까지 수없이 많은 오크족들의 씨를 말리면서 그 노하우를 터득한 강자들이었기 때문이다.

췩바르와 그의 부하들은 그 다음날 새벽 일찍부터 숲 속에 매복한 채 하루 종일 호비트 수색병들이 들어오기를 목이 빠져라 기다렸다. 하지만 해가 질 때까지 숲 속으로 들어온 호비트는 단 한 놈도 없었다.

"췩! 숲에 왜 안 들어오는 거냐?"

"눈치 챈 거 아닐까?"

"그럴 리 없다. 숲에 들어오지도 않고, 그걸 어떻게 알겠냐."

부하들과 토의해 본 결과, 췩바르는 결론을 내렸다. 놈들의 숫자는 겨우 20마리. 처음부터 자신들의 소굴로 쳐들어올 생각이 없었다고 말이다. 아니면, 나중에 본대가 도착할 때까지 시간이나 끌면서 시간을 보내려고 하는 것인지도 모른다.

"놈들은 처음부터 싸울 생각 없었던 거다. 췻! 사냥해서 배나 채우자."

호비트 놈들이 와서 기웃거린 탓에 밤에 사냥하고 낮에 잠자던 그들의 생활 패턴이 무너지고 있었다. 더군다나 어젯밤은 오늘 낮의 싸움을 위해 휴식을 취해두느라고 사냥도 제대로 하지 못했지 않은가.

단순하기 짝이 없는 오크들은 그때부터 시작해서 밤새도록 사냥한 다음 새벽녘에 실컷 퍼먹고는 잠에 빠져들었다. 그리고 올란도가 부하들과 함께 움직인 시점 또한 바로 그때였다.

"모두들 든든하게 먹어라. 오늘 힘 좀 써야 할 테니까 말이야."

"옛!"

새벽이 되기 전에 식사를 마친 후, 올란도는 촌장을 찾아갔다. 지금껏 촌장에게 당한 멸시에 대한 복수전을 하기 위함이다.

새벽에 자신의 단잠을 깨운 용병대장이 그리 달가울 리 없다. 안 그래도 후줄그레한 겉모습만을 보고 얕잡아보고 있었던 차인데 말이다. 그래서 촌장은 입이 찢어져라 하품을 한 뒤 시큰둥한 말투로 입을 열었다.

"꼭두새벽에 대체 무슨 일이시오?"

의심스런 눈길로 자신을 탐색하듯 바라보는 촌장. 안 그래도 어려운 살림에 식량이나, 돈이라도 내놓으라고 하면 어쩌나 하는 모양이다.

올란도는 심사가 뒤틀렸지만, 애써 내심을 숨기고 점잖게 말을 꺼냈다.

"오늘 오크 소굴을 토벌할 겁니다."

"벌써 말이오? 그런데 왜 나를 깨운 건지……?"

"놈들의 소굴은 숲 깊숙한 곳에 위치해 있습니다. 토벌을 마친 후, 저희들은 곧바로 이 마을을 떠날 예정입니다. 그런 만큼 누가 함께 가서 우리들이 토벌을 제대로 했는지 확인을 해주셔야겠습니다. 그리고 오크 소굴이 어디에 있는지 그 위치를 알아야, 놈들이 약탈해 간 식량을 마을로 다시 가져올 수 있을 게 아닙니까. 토벌 후 돌아와서 주민 몇 사람을 데리고 다시 오크 소굴까지 다녀오기에는 시간낭비가 너무 심하기에 드리는 말씀입니다."

올란도의 제안은 당연한 것이었다. 하지만 촌장은 전혀 따라갈 마음이 없었다. 이들이 토벌에 성공할 리 없다고 굳게 믿고 있었으니까. 그런 상황에서 저들을 따라 숲 속에 들어간다는 말은 곧 자살하러 들어가는 것이나 마찬가지인 셈이었다.

촌장은 고개를 가로저으며 완강하게 거부했다.

"그럴 수는 없소."

"방금 전에도 말씀드렸지만, 토벌 후에 다시 숲 속을 안내할 시간적 여유가 없습니다."

"싫소. 토벌 후에 안내해 주시오."

"저희들이 그렇게 해드릴 의무는 없습니다. 계약 내용에 오크들이 약탈해 간 식량을 되찾아 줘야 한다는 내용은 없었으니까요. 제가 이런 제안을 드리는 것은, 마을 형편이 어려운 만큼 그 식량이라도 확보해 드리는 게 도리가 아닌가 해서 드리는 겁니다. 그런데도 거절하시겠습니까?"

"우리는 그런 식량 따위는 필요 없소."

식량이 필요 없을 리가 없지만, 촌장은 목숨을 내걸고서까지 숲 속으로 들어갈 마음이 없었던 것이다.

"좋습니다. 그렇다면 여기에 서명해 주십시오."

올란도는 촌장이 이렇게 나올 줄 미리 예상하고 있었다. 그렇기에 자신의 제안을 촌장이 거절했다는 걸 증명해 줄 문서를 미리 만들어 왔던 것이다. 괜히 촌장이 나중에 영주에게 헛소리를 해대면 귀찮기 때문이다.

"이, 이게 뭐요?"

"방금 전에 촌장님께 드린 말씀을 문서로 남겨놓은 겁니다. 저는 분명히 사람을 보내달라고 했고, 촌장님은 필요 없다며 거부하셨죠? 바로 그 내용입니다. 자, 서명하시죠."

"아무리 그래도 서명을 해주는 건 좀……."

머뭇거리는 촌장을 향해 올란도는 강하게 다그쳤다.

"서명을 하시기 싫다면 사람을 보내주십쇼. 시간이 없습니다. 지금 당장 숲 속으로 들어가야 하니까요."

촌장은 두려움에 물든 시선으로 슬쩍 어두컴컴한 숲을 바라봤다. 오크가 야행성 동물이라는 것은 어린애도 다 아는 사실이다. 그런데 겨우 20명도 안 되는 인원으로, 해도 뜨지 않은 이 꼭두새벽에 숲 속으로 들어간다는 것은 자살행위나 다름없다고 느껴졌다.

올란도가 계속 채근하자, 촌장은 결국 문서에 서명하는 수밖에 다른 도리가 없었다. 그렇지 않으면 용병들 무리에 동행할 사람을 내줘야 할 판이었으니까.

촌장과의 일이 마무리된 후, 올란도는 부하들을 이끌고 숲 속으로 들어갔다. 선두에 서서 그들을 이끄는 것은 아스탄과 모라이어스였다. 둘 다 이미 오크들의 소굴까지 가봤기에 그들의 발걸음에는 거침이 없었다.

얼마 전에 이 마을로 오크를 토벌하러 왔던 질랜드 남작은 우세한 병력을 지니고 있었음에도 불구하고, 오크들의 홈그라운드라고 할 수 있는 숲 속에서의 전투를 고집했다. 사실, 오크와의 실전 경험이 그리 많지 않았던 그로서는 오크 소굴을 찾아낼 좋은 묘안도 없었고 말이다.

하지만 숲 속에서 오크와 싸운다는 게 그리 녹록한 일은 아니다. 나무가 울창하게 우거져 있는 숲 속에서는 공간이 없기에 진형을 짜서 적과 대치할 수도 없다. 더군다나 오크들이 정정당당하게 맞대결을 해주는 것도 아니다. 때문에 오크들을 찾아서 숲 속을 이리저리 헤매다가, 결국 놈들의 기습을 받고 각개격파 당하는 경우가 허다했던 것이다.

하지만 올란도의 휘하에 겨우 2개 소대밖에 없었는데도 불구하고, 단장이 그에게 오크 토벌을 명령할 수 있었던 것은 그와 그의 부하들이 그만큼 뛰어난 실력자들이었기 때문이다. 올란도는 절대로 숲 속에서 오크 떼와 싸우는 멍청한 짓은 하지 않았다.

얼마쯤 걸었을까? 갑자기 모라이어스가 대열을 이탈해 빠른 걸음으로 앞서나가더니, 어느덧 시야에서 사라져 버렸다. 대신 아스탄이 중대원 전체를 인도했다.

한 시간 정도 숲 속을 더 걸었을 때였다. 어디선가 나지막한 음조의 새소리가 들려왔다. 그와 동시에 아스탄이 주저앉으며 주먹을 번쩍 들어보였다. 멈추라는 신호였다! 그러자 중대원 전체가 그 자리에 주저앉으며 주위를 경계하기 시작했다. 라이 역시 도끼를 꽉 움켜쥔 채 주위를 열심히 살폈다. 어디서 오크들이 튀어나올까? 긴장해서 주위를 살펴보았지만, 아무런 일도 벌어지지는 않았다.

잠시 후, 방금 전에 들렸던 그 새소리가 2번 반복되며 다시 한 번 더 들려왔다. 그제서야 일어서서 움직이기 시작하는 아스탄. 그 뒤를 따르며 라이는 하리스에게 물었다.

"왜 저러는 거죠?"

"뭐가 말이냐?"

"새소리에 따라서 쉬었다가 갔다가 그러고 있잖아요?"

"아, 그건 저 앞쪽에서 새침데기가 내는 소리야. 그가 길을 열고 있는 거지. 보이지는 않지만 저 숲 어딘가에는 경계를 서던 오크들이 시체가 되어 나뒹굴고 있을 걸."

"아, 예……."

그렇게 대답은 했지만, 아무 소리도 없이 오크를 죽였다는 게 도저히 믿기지 않는 라이였다. 그런 일이 몇 번이나 계속된 후, 결국 3시간에 걸친 행군이 끝이 났다. 노릿하면서도 코를 찌르는 역겨운 오크 냄새. 그 냄새만 맡아도 이 근처에 오크들의 소굴이 있다는 것을 라이는 확신할 수 있었다.

오크 소굴로 들어가는 입구는 아주 교묘하게 위장되어 있었다. 그것 하나만 봐도 이곳 오크들이 얼마나 많이 인간들과 부대끼며 살아왔는지를 알 수 있었다.

바로 코앞에 오크 소굴이 있는데도 올란도는 긴장감 따위는 전혀 느끼지도 못하는 모양이다. 오크 소굴 앞에서 연신 코를 킁킁거리던 그는 익살스런 표정으로 중얼거렸다.

"크~, 냄새. 이 정도 악취라면 백 마리는 족히 들어앉아 있을 거야."

그는 부하들에게로 시선을 돌리더니 나직한 어조로 명령했다.

"자, 모두들 여기까지 오느라고 수고들 많았다. 잠시 후에 전투를 시작할 예정이니, 그동안 충분히 휴식을 취해두도록!"

중무장을 한 채 숲 속을 3시간씩이나 걸어온다는 게 쉬운 일은 아니다. 모두들 땀에 흠뻑 젖어있는 상태였다. 대원들은 올란도의 명령을 반기며 삼삼오오 숲 속에 자리를 잡았다.

라이는 하리스의 뒤를 쫓아가다 갑자기 발걸음을 멈췄다. 숲 속에 쓰러져 있는 오크 시체를 봤기 때문이다. 미간을 꿰뚫고 들어간 화살 한방이 그 오크가 죽은 이유였다. 정말이지 놀라운 솜씨였다!

라이가 오크 시체를 넋 나간 듯 보고 있을 때, 숲 속에 퍼질러 앉은 하리스는 배낭 안에서 햄과 빵 한 덩어리씩을 꺼냈다. 그리고 칼로 햄을 작게 잘라 빵과 함께 입안에 넣고 우물거리기 시작했다.

 이때, 옆에 앉아있던 바트가 그의 어깨를 툭 치며 물었다.
 "아, 뭐 하나 물어보자. 저 꼬맹이를 왜 뺀질이라고 부르는 거지?"
 "왜냐니? 뺀질이니까, 뺀질이라고 부르는 거지."
 그러자 바트는 고개를 갸웃하며 말했다.
 "이상하네. 내가 보기에는 순진하고, 성실해 보이던데, 거참!"
 "크크, 네가 임무를 나갔을 때 난 저놈 훈련시킨다고 남아있었잖아. 처음에는 나도 몰랐어. 그런데 강도 높은 훈련을 시켜보다 보니 알겠더라고. 놈이 얼마나 지능적으로 뺀질거리는지를."
 "훈련을?"
 고개를 끄덕이던 하리스는 어이가 없다는 표정으로 라이를 바라보며 다시 입을 열었다.
 "내, 참! 나도 처음에는 감쪽같이 속았다니까. 얼마나 기가 막히게 뺀질거리는지 눈치조차 채기 힘들었단 말이야. 너도 한번 생각을 해봐라. 너 같으면 통나무 치기를 2시간동안 줄곧 할 수 있겠냐? 그것도 햇볕이 쨍쨍 내리쬐는 대낮에 말이야."
 통나무 치기라는 것은 통나무 말뚝 하나를 땅에 박아넣은 다음, 그 말뚝을 상대로 무기와 방패술을 단련하는 수련법이었다. 혼자 수련할 수 있었기에 광범위하게 애용되고 있었다. 특히,

이때 사용하는 방패나 무기를 평상시 사용하는 것보다 무거운 것을 사용하면, 근력증대에 훨씬 더 효과적이었다. 움직이지도 않는 통나무를 적으로 삼는다고 우습게 생각할지 모르겠지만, 전력을 다해 방패로 내리찍고, 또 칼을 휘두르다 보면 20분도 채 되지 않아 땀으로 목욕을 해야 하는 강도 높은 수련법이기도 했다. 더군다나 갑옷으로 중무장까지 하고 있다면 그 효과는 배가 될 수밖에 없었다.

바트는 어이가 없다는 듯 대꾸했다.

"대낮에 2시간 동안? 에이, 말이 되는 소리를 해라."

"그렇지? 그런데 저놈은 그걸 해낸단 말이야."

"말도 안돼……."

"크크, 그렇기 때문에 내가 저놈을 뺀질이라고 부르는 거야. 어린놈이 얼마나 농땡이를 피우는데 도가 텄는지, 옆에서 빤히 보고 있는데도 모를 정도니 말이야. 하여간에 뺀질거리는 재능은 아주 타고난 거 같아."

하리스는 오크 시체를 쳐다보고 있는 라이를 향해 손짓했다.

"뺀질이, 뭐하고 있냐? 이쪽으로 안와?"

"아, 예."

라이는 얼른 하리스 옆에 자리를 잡고 앉았다. 하리스는 자신이 들고 있는 햄덩어리에서 한 조각을 크게 잘라 라이에게 건네주며 말했다.

"빵 꺼내서 이거를 얹어 같이 먹어봐. 꽤 맛있을 거다."

"감사합니다."

라이가 햄을 얹은 빵을 씹고 있을 때, 모라이어스가 숲 속에서 무표정한 얼굴로 걸어 나왔다. 그를 쳐다보며 라이는 존경심이 솟구치는 것을 느꼈다. 저렇게까지 뛰어난 활솜씨를 지닌 사람은 처음 봤으니까.
　수통을 꺼내 목을 축이고 있는 올란도. 라이는 틀림없이 그 안에 술이 잔뜩 들어있을 거라고 확신했다. 그 예상이 맞는지 수통에서 입을 떼는 올란도는 '크~.' 하면서 인상을 찡그렸다. 올란도는 모라이어스가 다가오는 것을 보고는 미소 띈 표정으로 치하했다.
　"수고들 했다. 이 안쪽은 우리가 해결할 테니, 너희 둘은 혹시 밖에서 접근해 오는 오크들이 있으면 처리하도록 해."
　"알겠습니다."
　올란도는 부하들에게 휴식시간을 충분히 제공했다. 해는 이미 중천에 떠있는 상태였다. 오크들은 지금 잠에 취해 있을 게 뻔했다. 서두를 필요가 전혀 없는 것이다.
　다만 한 가지, 부하들에게 명령해서 커다란 모닥불 하나를 피워두라는 명령은 잊지 않았다. 횃불이 있어야 저 어두운 굴속에서 싸울 수가 있을 테니까.
　이윽고 올란도가 자리에서 털고 일어서며 명령했다.
　"자, 휴식 끝! 전원 전투준비! 전투에 직접적인 필요가 없는 짐은 이곳에 놔두고 들어간다."

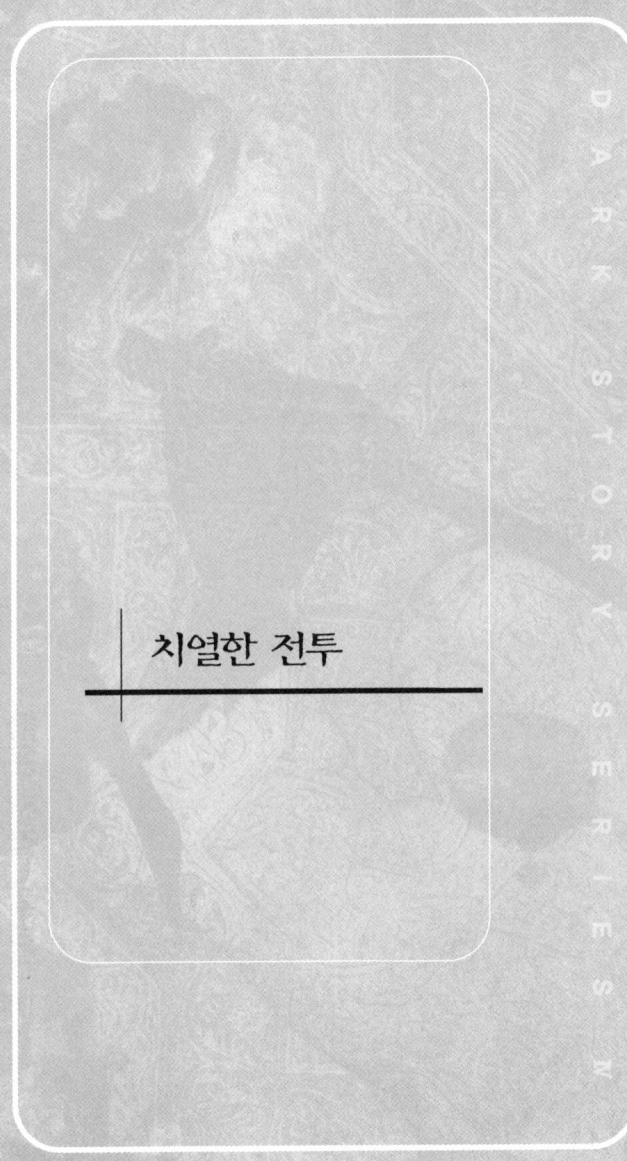

치열한 전투

30

붉은 전갈 용병단

이미 여러 번 오크 사냥을 해본 경험이 있는 부하들이였기에 휴식시간을 이용해서 횃불을 넉넉히 만들어 놓은 상태였다. 주변에서 장만한 나무 몽둥이에 천을 둘둘 만 다음, 거기에다가 기름을 듬뿍 묻혀놓은 것이다. 모두들 동굴 속으로 들어가기에 앞서 모닥불을 이용해 횃불에 불을 붙였다.

중대원들의 전투 준비가 끝났음을 확인한 올란도는 소대장들을 불렀다.

"론도, 라이언!"

"예."

"너희들이 앞장서라. 자, 모두들 주변 경계에 만전을 기하도록. 안쪽은 어두우니까."

횃불로 앞을 밝히며 동굴 안으로 들어서자 지독한 악취에 토악질이 절로 나올 것만 같았다. 밖에서 맡았을 때에 비한다면, 그야말로 코가 썩어 들어간다는 생각이 들 정도였다.

"크윽! 냄새! 이 새끼들은 평생 씻지도 않고 사나."

"오크 냄새 한두 번 맡냐? 웬 호들갑이야. 빨리 들어가."

어두운 곳에서 전투를 벌여야 하는 만큼 어려움이 많았다. 특히 횃불 때문에 더욱 문제였다. 놈들의 공격을 막아 줄 방패도 들어야 했고, 놈들을 공격할 무기도 들어야 했다. 그렇다면 횃불은 어느 손으로 들어야 하겠는가? 사람 몸에 손이 3개가 달려있지 않다 보니, 문제가 생긴 것이다.

때문에 가장 앞장서서 가는 사람들은 방패와 횃불을 들고 있었다. 오크를 만나게 되면, 방패로 막은 다음 횃불은 던져버리고 무기를 뽑아 싸워야 했다. 바닥에 떨어진 횃불이 곧바로 꺼지지는 않기에, 그게 빛을 밝혀주는 동안 적을 해치워야만 했다.

그리고 뒤에서 따라오는 동료가 들고 있는 횃불의 불빛에 의지할 수도 있었다. 하지만 문제는 나중에 난전이 벌어져 뒤죽박죽 엉키면 그때는 빛도 거의 없는 상황에서 악전고투를 벌일 수밖에 없게 되는 것이다.

두툼한 방패로 앞을 가린 채, 주위를 두리번거리며 앞서 나가는 론도와 라이언. 각 소대의 소대장들인 만큼, 둘의 실력은 소대원들보다는 훨씬 더 뛰어났다. 그런 만큼 올란도는 그들에게 앞길을 뚫는 중책을 맡긴 것이다.

이때, 앞쪽에서 돼지 멱따는 듯한 비명소리가 들려왔다.

"꾸웨에엑!"

그것은 오크들과의 본격적인 싸움의 시작을 뜻하는 신호나 다름없었다.

밝은 데 있다가 어두운 곳으로 들어가는 것인 만큼, 빨리 움직여서는 안 된다. 눈이 적응할 수 있도록 천천히 들어간다. 또한 언제든지 방패를 쓸 수 있도록 긴장의 끈을 놓지 않으면서.

오크 소굴에 붙잡혀 들어가 이미 뜨거운 맛을 경험해 본 적이 있었던 라이였기에, 오크를 소탕한답시고 동굴 안으로 들어가자니 감회가 남다를 수밖에 없었다.

'그때 나를 구해줬던 용병들의 마음도 이랬을까?'

동굴 안쪽으로 들어갈수록 굴은 점점 더 복잡하게 얽히기 시작했다. 앞쪽의 일정구간은 자연동굴인지 모르겠지만, 그 뒤쪽부터는 오크들이 필요에 따라 파고 들어가며 확장을 해놓은 부분이었기에 천연동굴에 비해 훨씬 더 복잡한 구조를 지니게 된 것이다.

처음 얼마간은 제일 앞에서 걸어가는 소대장들이 모든 싸움을 도맡아 했다. 횃불로 길을 밝히며 가야 했기에, 그들의 접근을 오크 경계병들이 눈치 채지 못할 리가 없었다.

"꾸웨에엑!"

오크 경계병들은 커다란 소리로 외친 다음, 곧장 침입자들을 공격해 들어왔다. 그리고 곧이어 놈의 신호를 접한 더 많은 오크들이 몰려들기 시작했다.

동굴이 처음에는 직선으로 쭉 뻗어 있었지만, 얼마 지나지 않아 이리저리 분기점들이 나오며 미로처럼 얽히기 시작했다. 그 분기점에서 오크들이 달려 나오다 보니 전투는 앞쪽만이 아니라 사방에서 벌어지게 되었다.

"뒤를 조심해! 뒤를 받쳐줄 동료가 없을 때는 등을 벽 쪽에 붙여라."

"예."

하리스의 조언을 받으며 맹렬히 싸우고 있는 라이. 6급 용병패를 받은 자답게, 오크와 정면대결을 펼치면서도 전혀 밀리지 않았다. 오크가 휘두르는 몽둥이 공격을 방패로 가볍게 막으며 도끼를 휘두르는 라이.

퍽!

첫번째 오크를 아무 생각 없이 찍어버린 탓에 흠뻑 피를 뒤집어썼다. 비록 온몸은 피투성이가 되어 있긴 했지만, 한 군데도 다친 곳은 없었다.

그런 라이를 뒤에서 지켜보고 있던 올란도의 눈빛은 조금 착잡한 것이었다. 그가 예상한 것보다 훨씬 잘 싸우고 있었는데, 오히려 그 점이 그의 마음에 들지 않았던 것이다.

'흥! 저게 실전 경험이 전혀 없다는 놈의 움직임이야?'

실력이 뛰어난 신병이라 해도 실전에 접어들면 자신의 실력을 100% 발휘하는 경우는 거의 없다. 제아무리 연습을 실전처럼 치열하게 받은 놈이라고 해도 말이다. 왜 그런가 하면 연습은 아무리 해도 연습일 수밖에 없기 때문이다.

지금처럼 어두컴컴한 곳에서 생사를 걸고 싸우는 연습을 하는 용병단이 이 세상 어디에 있겠는가. 더군다나 사방으로 비릿한 피 냄새까지 자욱하게 퍼지기 시작하면, 그냥 이성을 잃기 십상이다.

'흠, 가만히 보니 경험이 그리 많은 것은 아니군. 저렇게 아무 생각 없이 도끼를 휘둘러서 피를 그대로 덮어쓰다니……. 하지만 그래도 이해할 수가 없어. 초짜 주제에 엉성하긴 해도 제대로 싸우고 있잖아. 어지간히 피 냄새에 중독이 되어 있지 않고서야, 저게 가능이라도 한 건가? 아무리 봐도 부하로 두기에는 찝찝한 놈이란 말씀이야.'

올란도는 직접 전투에 뛰어들지는 않고 있었다. 이리저리 돌아다니며 부하들이 싸우는 모습을 살펴보고 있는 중이다. 만약 어느 한쪽이라도 부하들이 밀리는 곳이 있다면 그쪽으로 달려가 지원해 줄 요량으로 말이다.

이때였다. 갑자기 한쪽에서 싸우던 부하들이 뒤로 밀리는 게 보였다. 그는 즉시 그쪽으로 달려갔다.

"취익! 꾸억, 꾸어어억!!"

뭐라 떠들어 대는지 모르겠지만, 요란한 소리로 외쳐대고 있는 덩치 좋은 오크 한 마리가 있었다. 그놈 때문에 부하들이 뒤로 밀리고 있었던 것이다. 놈은 십여 마리의 부하들을 이끌고 한쪽 방향을 집중적으로 공략하고 있는 중이었다. 아마도 그쪽 방어선을 돌파한 다음, 숲 속으로 도망치려는 속셈인 모양이다.

놈과 놈의 직속부하들은 다른 오크들과는 달리 강철제 무기를 들고 있었다. 무기는 가지각색이었다. 도끼를 들고 있는 놈, 창을 든 놈, 심지어는 부러진 검(劍) 토막을 긴 나뭇가지에다가 묶은 것을 든 놈도 있었다.

순식간에 부하 2명이 부상을 당하며 밀리기 시작했다. 이때, 적시에 도착한 올란도. 만약 그가 도착하지 않았다면 2명의 부하들은 부상을 당하는 것 정도가 아니라 죽임을 당했을 게 확실했다.

올란도는 도착하자마자 어느 결에 뽑아들었는지 검을 들고 있었다. 부하들과는 달리 그는 방패를 가지고 있지도 않았다. 그저 왼손에는 횃불만을 들고 있을 뿐이다.

상대가 방패를 들고 있지 않다는 것을 안 오크들의 눈에 자신감이 어렸다. 자신들의 공격을 가로막는 방패라는 저주받을 마물만 없었다면, 진즉에 호비트놈들을 몰살시켜 버릴 수 있었을 거라고 그들은 생각하고 있었으니까.

오크 중 한 놈이 앞으로 달려 나오며 다짜고짜 도끼를 휘둘렀다. 그리고 그에 맞서 올란도의 검이 화려하게 공간을 가르기 시작했다.

"꾸어억!"

오크는 방패를 쓸 줄 모른다. 오크들도 인간들이 사용하는 방패가 얼마나 뛰어난 효능을 지니고 있는지 아는 이상, 노획한 방패를 써봤을 게 틀림없다. 하지만 방패라는 게 들고만 있다고 해서 방어를 해주는 게 아니었다. 방패를 쓰는 요령을 익혀야만 했다. 하지만 그 요령을 익히는데 성공한 오크는 거의 없었다.

방패를 쓰지 않다 보니, 강한 근력에서 뿜어져 나오는 막강한 공격력을 지니고는 있었지만, 방어력은 아주 취약한 게 바로 오크의 약점이었다. 트롤은 취약한 방어력을 재생력으로 보완하고 있었지만, 오크에게는 그런 게 없었던 것이다.

"쿠에엑!"

10여 마리씩이나 되는 오크를 혼자서 감당해야 하는 만큼, 엄청나게 어려운 전투가 되어야 했지만, 현실은 전혀 그렇지 않았다. 겨우 용병대 중대장밖에 안 되는 올란도의 검이 휘둘러질 때마다 어김없이 오크 한 마리가 피를 뿜으며 나뒹굴었다.

한 놈 한 놈 없애다 보니, 결국에는 마지막 한 마리만 남았다.

"꾸엑?"

도저히 믿어지지 않는다는 듯, 의심 가득한 눈길로 자신의 배에 난 커다란 상처를 바라보는 츅바르. 그 사이로 핏물은 물론이고, 내장까지 쏟아져 나오고 있는 중이었다. 상대가 언제 어떻게 검을 휘둘러 이런 상처를 낸 것인지, 그로서는 도저히 알 수가 없었다.

"케엑!"

츅바르가 남긴 마지막 비명이었다. 다음 순간 올란도의 검이 그의 목을 휩쓸고 지나갔기 때문이다.

"흠, 오크 치고는 제법이었어. 설마, 그 순간에 창을 집어던질 생각을 다 하다니."

방금 목을 벤 오크가 자신에게 창을 집어던진 것은, 여덟 번째 오크의 몸을 토막내고 있었을 때였다. 창 하나가 갑자기 그 오크의 몸을 꿰뚫고 튀어나와 자신의 코앞에 들이닥쳤을 때, 올란도는 등골이 서늘했었다.

단순무식한 오크가 이런 공격까지 할 수 있을 거라고는 상상조차 해본 적이 없었기에, 전혀 대비가 되어있지 않았던 것이다. 오크의 몸을 꿰뚫고 튀어나온 것이었던 만큼, 창의 속도가 그리 빠르지 않았다는 게 올란도에게는 행운이었다.

다급히 마나를 끌어올려 간신히 뒤로 빠져나갈 수 있을 만큼 실낱같은 여유를 얻을 수 있었기 때문이다. 마지막 한 놈을 해치웠지만, 깜짝 놀란 가슴은 아직까지도 진정이 되지 않고 있었다.

오랜만에 느껴보는 강렬한 긴장감. 오크 따위에게서 이런 긴장감을 느끼게 될 줄은 올란도로서는 생각조차 해본 적이 없었다.

"더군다나 이런 보너스까지 안겨주는군."

두목 오크 놈이 목에 걸고 있던 목걸이. 어떤 사람의 것이었는지는 모르겠지만, 꽤나 무게가 나가는 금반지를 가죽끈으로 묶어놓은 것이었다.

올란도는 방금 전에 자신이 해치운 오크들의 몸을 차근차근 뒤져나갔다. 여기 쓰러져 있는 놈들의 무기로 봤을 때, 꽤나 신분이 높은 오크들임에 틀림없었다. 그렇다면 다른 오크들보다는 값나가는 장신구를 많이 걸치고 있을 게 아니겠는가.

이때, 갑자기 요란한 발소리가 울리더니 라이언이 2명의 대원들과 함께 달려왔다. 그들 모두 핏물을 흠뻑 뒤집어쓴 듯한 몰골을 하고 있었다. 이곳에서 벌어진 오크들과의 전투가 그만큼 격렬했다는 뜻이리라.

그들은 부상을 당한 부하로부터 중대장이 혼자 10여 마리의 오크들과 싸우고 있다는 기별을 받고, 황급히 달려오는 길이었다.

그런데 위급한 상황에 빠져 있어야 할 중대장은 태연히 오크 시체를 뒤지며 콧노래를 흥얼거리고 있는 게 아닌가. 그것도 몸 어디 한곳에 핏물 한 방울조차 묻지 않은 채로.

순간 라이언은 어이가 없었다. 그 부하 놈들이 제대로 말을 해준 것인가? 아니면 그놈들이 뭔가 착각을 한 것인가? 중대장의 검술 실력이 뛰어나다는 것은 익히 알고 있었지만, 작금의 상황은 그의 이해력을 훨씬 넘어서 있는 상태였다.

설마 그 짧은 시간에 10여 마리씩이나 되는 오크를 혼자서 다 해치웠다는 건가?

"무, 무사하셨습니까?"

그러자 올란도는 별것 아니라는 듯 대꾸했다.

"아, 이쪽은 별일 없었다. 그쪽은 다 끝났냐?"

"예, 거의 끝나가고 있습니다. 마지막 방어선을 뚫고, 오크 암컷과 새끼들을 확보했으니까요."

"오, 그래? 수고했군."

남은 오크들의 몸을 뒤적였지만, 돈이 될 만한 것은 나오지 않았다. 이미 커다란 금반지로 한몫 단단히 챙겼음에도 불구하고, 올란도는 시침을 뚝 떼고는 오크 한 놈을 발길로 걷어차며 투덜거렸다.

"에잇, 거지같은 놈들. 어째 돈 될 만한 게 하나도 없냐. 그래, 넌 뭐 좀 건졌냐?"

그러자 하리스는 아니라는 듯 어깨를 으쓱거리며 대답했다.

"아뇨. 이놈들이 털어먹던 게 가난한 농민들 아니겠습니까. 돈이 될 만한 게 잔뜩 쌓여있다면, 그게 더 이상한 거겠죠."

"하긴, 자네 말이 맞는 거 같군."

"이제 나가시죠. 완전히 정리가 된 거 같은데 말입니다."

동굴 안쪽 그 어디에서도 오크와 싸우는 듯한 소리는 더 이상 들려오지 않고 있었다. 오크들이 가장 소중히 여기는 게 바로 암컷과 새끼들인 만큼, 라이언이 이끄는 소대가 그들을 찾아냈다는 것은, 이 동굴 속 가장 깊숙한 곳까지 다 훑었다는 뜻이었다.

"암컷들과 새끼들을 확실히 처리하라고 일러놨겠지?"

"예, 걱정하실 필요 없습니다. 그놈들을 살려줘 봐야, 좋을 거 하나도 없으니 말입니다."

그렇게 대답하는 라이언의 표정이 조금은 착잡해 보였다. 그럴 수밖에 없는 것이, 오크 새끼는 노예시장에서 상당히 고가에 거래되고 있었다. 암컷과 새끼를 워낙에 소중히 아끼고 보호하는 오크들의 특성상, 수컷들을 완벽히 전멸시키지 않고서는 새끼 한 마리조차 포획할 수 없었기 때문이다.

더군다나 어떻게 새끼를 포획했다고 해도, 오크들의 소굴이 산골짝 깊숙한 곳에 위치하고 있는 만큼, 데리고 나오는 과정에서 태반 이상이 스트레스와 탈진 등으로 죽어버리곤 했다.

살려서 데리고만 가면 꽤 짭짤한 돈이 될 게 뻔한데도 올란도는 지금껏 단 한 번도 몬스터의 새끼를 살려서 데리고 나간 적이 없었다. 공돈이라면 환장을 하는 올란도를 잘 아는 라이언이었기에, 그런 올란도의 행태가 조금 이해가 되지 않았던 것이다.

"잘했군. 내가 확인 안 해봐도 되겠지?"

"염려 놓으십시오. 대원들이 확실히 처리했을 겁니다."

"그럼, 이제 나가지. 더 이상 이놈의 악취를 맡았다가는 내 코가 썩어버릴 것 같으니까."

오크들을 토벌한 올란도와 중대원들은 마을 안으로 들어가지는 않았다. 온 몸에 피칠을 한데다가, 오크 소굴에서 마을까지 걸어오는 도중에 땀으로 흠뻑 젖다 보니 뭐라고 형언하기 힘든 괴괴한 냄새가 진동을 했기 때문이다.

아침 일찍부터 출동해 얼마 전까지 치열한 전투를 벌였음에도 모두의 얼굴은 아주 밝았다. 겨우 1주일도 채 일하지 않았는데도 불구하고 월급의 50%를 수당으로 확보했다. 더군다나 전투에서 단 한 명도 죽지 않았다.

물론 몇몇 부상자가 생기기는 했지만, 뛰어난 실력의 신관 덕분에 모두들 거의 완쾌되어 있었다. 중대원들은 이 이상 좋을 수가 없으니, 사기가 충천할 수밖에.

올란도는 마을 인근에 흐르고 있는 시냇물을 가리키며 부하들에게 지시했다.

"너희들은 저기로 가서 우선 몸부터 깨끗하게 씻어라. 그런 흉악한 몰골로 어디 마을에 들어갈 수나 있겠냐."

부하들이 즐거운 마음으로 몸을 씻고, 또 갑옷 등을 정비하고 있을 때 올란도는 혼자서 천천히 마을로 들어갔다. 콧노래를 흥얼거리며……. 이제야 촌장에게 요 며칠 마음속에 새겨놨던 복수를 할 수 있게 된 것이다.

촌장은 새벽에 봤을 때와 다름없는 올란도의 멀쩡한 모습을 보며 의심스런 시선으로 물었다.

"오크 토벌을 하러 숲에 들어가신 게 아니었소?"

"방금 전에 돌아왔습니다. 부하들은 저 냇가에서 피를 씻어내고 있는 중이죠."

피를 씻는다는 말에 촌장은 급히 고개를 돌려 시냇물 쪽을 바라봤다. 하지만 울창한 나무에 가려 용병들의 모습은 잘 보이지 않았다.

"그런데 왜 나를 찾았소?"

이제 저녁식사 준비를 할 때가 다 되어가는 만큼, 혹시 음식이라도 좀 나눠달라고 하지나 않을까 하는 듯 경계하는 눈초리였다.

"오크 토벌을 완료했다는 보고를 드리기 위해섭니다. 영주님께는 저희 용병단에서 정식으로 보고를 올릴 테니까, 촌장님이 따로 보고를 드리실 필요는 없을 겁니다."

오크 토벌이 완료되었다는 말에 촌장의 눈이 일순 화등잔만 해졌다. 어느새 용병이라고 상대를 멸시하는 듯한 표정이 완전히 사라져 버렸다. 물론 은근히 깔보는 듯한 말투 역시.

"그, 그게 정말입니까?"

"사실입니다. 또 다른 오크 무리가 이리로 들어와서 정착을 하게 된다면 모르겠지만, 그 전까지는 안심하고 숲에 들어가서 일을 보셔도 될 겁니다. 그럼 전 이만 가보겠습니다."

올란도가 바로 가버리려고 하자, 촌장은 다급히 그를 붙잡으며 물었다.

"오크 무리를 토벌했다면, 그놈들이 그동안 뺏어간 우리 식량은 어떻게 했습니까?"

그러자 올란도는 태연한 표정으로 대꾸했다.

"그야…, 여기 주민들이 가져오지 않는다면, 동굴 안에서 푹 푹 썩게 되겠죠."

촌장은 얼른 고개를 숙이며 비굴한 표정으로 사정하기 시작했다.

"제발 부탁드립니다. 그 동굴이 어디에 있는지 위치만이라도 좀……."

"당연히 알려드려야죠."

올란도는 품속에서 오크 동굴이 있는 위치를 상세히 기록해 놓은 종이쪽지를 꺼내 촌장에게 건네줬다. 하지만 길도 없는 깊은 숲 속에 위치한 오크 동굴을 종이쪽지만 보고 무슨 재주로 찾아가겠는가.

만약 종이쪽지만 보고 동굴까지 찾아갈 수 있을 거라고 생각했다면, 오늘 새벽에 촌장에게 마을 주민 한두 명을 데리고 가겠다는 말조차 꺼내지도 않았을 것이다.

종이쪽지를 받아 황급히 자세하게 살펴본 촌장은 곧 울 듯한 표정으로 다시 사정하기 시작했다.

"이, 이걸로는 도저히 알 수가 없으니, 제발 그쪽으로 안내를 좀……."

하지만 올란도는 촌장의 얘기는 못들은 척 말했다. 물론 속으로는 10년 묵은 체증이 쑥 내려가는 듯한 통쾌함을 느끼면서 말이다.

"마을에서 오크 소굴까지 거의 왕복 6시간 정도는 걸리는 거리입니다. 그것도 서둘러 걸었을 때 말이죠. 만약 짐까지 운반해서 온다면 하루 종일 걸려도 힘들지도 모릅니다. 그런 만큼 새벽 일찍 출발하셔야 할 겁니다."

"아, 아니 이렇게 그냥 가면 어쩌시나. 그 동굴로 안내를 좀 해줘야죠."

촌장이 사정을 하며 붙잡았지만, 올란도는 매정하게 뿌리치고 말에 올랐다.

"그럼 저희는 이만 가보겠습니다."

이미 말 위에 올라탄 올란도를 더 이상 붙잡지는 못하고, 아래에서 애걸복걸하는 촌장이었다. 하지만 올란도는 매정하게도 그냥 출발해 버렸다. 안 그래도 여기에 왔을 때 자신과 부하들을 마치 거지새끼 보듯 바라봤던 촌장과 마을사람들이 마음에 들지 않았던 차라, 통쾌하기 짝이 없었다.

"이, 이보시게. 이렇게 그냥 가버리면 우리는 어쩌라고……. 이 빌어먹을 용병 놈들아! 그러니 네놈들이 그렇게 칼질이나 하고 사는 거야. 이 매정하기 짝이 없는 놈들아!"

결국 쌍심지를 켜며 고래고래 욕설을 퍼붓는, 너무나 이기적인 촌장과 마을 사람들의 행태에 임무를 성공적으로 끝마쳤으면서도 뒷맛이 씁쓸한 올란도였다.

『〈묵향〉 31권에 계속』